A VOLTA AO MUNDO EM 80 DIAS

O livro é a porta que se abre para a realização do homem.

Jair Lot Vieira

JÚLIO VERNE

A volta ao mundo em 80 dias

Tradução e notas
Daniel Aveline

ViaLeitura

Copyright da tradução e desta edição © 2017 by Edipro Edições Profissionais Ltda.

Título original: Le Tour du monde en quatre-vingts jours. Publicado originalmente em Paris em 1873, por Pierre-Jules Hetzel. Traduzido a partir da primeira edição.

Todos os direitos reservados. Nenhuma parte deste livro poderá ser reproduzida ou transmitida de qualquer forma ou por quaisquer meios, eletrônicos ou mecânicos, incluindo fotocópia, gravação ou qualquer sistema de armazenamento e recuperação de informações, sem permissão por escrito do editor.

Grafia conforme o novo Acordo Ortográfico da Língua Portuguesa.

1ª edição, 1ª reimpressão 2025.

Editores: Jair Lot Vieira e Maíra Lot Vieira Micales
Produção editorial: Denise Gutierres Pessoa
Assistência editorial: Thiago Santos
Capa: Marcela Badolatto | Studio Mandragora
Preparação: Marta Almeida de Sá
Revisão: Andressa Bezerra Corrêa e Denise Gutierres Pessoa
Editoração eletrônica: Balão Editorial
Adaptação de capa: Karine Moreto de Almeida

Dados Internacionais de Catalogação na Publicação (CIP)
(Câmara Brasileira do Livro, SP, Brasil)

Verne, Júlio, 1828-1905.

    A volta ao mundo em 80 dias / Júlio Verne ; tradução e notas de Daniel Aveline. — São Paulo: Via Leitura, 2017. — (Coleção Clássicos da Literatura Universal).

    Título original: Le Tour du monde en quatre-vingts jours; 1ª edição 1873.

    ISBN 978-85-67097-36-7

    1. Literatura infantojuvenil. I. Aveline, Daniel. II. Título. III. Série.

16-07893   CDD-028.5

Índices para catálogo sistemático:
1. Literatura infantojuvenil : 028.5
2. Literatura juvenil : 028.5

São Paulo: (11) 3107-7050 • Bauru: (14) 3234-4121
www.vialeitura.com.br • edipro@edipro.com.br
@editoraedipro   @editoraedipro

A volta ao mundo em 80 dias

I. No qual Phileas Fogg e Passepartout se aceitam reciprocamente, um como patrão, outro como criado

No ano de 1872, a casa de número 7 de Savile Row, Burlington Gardens – casa na qual Sheridan morrera em 1814 –, era habitada por Phileas Fogg, escudeiro,[1] um dos membros mais singulares e mais destacados do Reform Club de Londres, embora parecesse esforçar-se para não atrair atenção.

A um dos maiores oradores que honram a Inglaterra sucedia então este Phileas Fogg, personagem enigmático, sobre o qual nada se sabia senão que era um homem galante e um dos mais belos *gentlemen* da alta sociedade inglesa.

Dizia-se que era parecido com Byron – pela cabeça, pois era irrepreensível quanto aos pés –,[2] porém um Byron de bigode e de suíças, um Byron impassível, que teria vivido mil anos sem envelhecer.

Inglês, sem dúvida, Phileas Fogg talvez não fosse londrino. Não o haviam jamais visto nem na bolsa, nem no banco, nem em qualquer dos mercados da cidade. Nem as bacias nem as docas de Londres haviam jamais recebido um navio que tivesse por armador Phileas Fogg. Este *gentleman* não figurava em nenhum comitê administrativo. Seu nome jamais ecoara em um colegiado de advogados, nem no Temple, nem no Lincoln's-inn, nem no Gray's inn. Nunca pleiteara a corte do chanceler, nem o Banco da Rainha, nem o Tesouro, nem uma corte eclesiástica. Ele não era nem industrial, nem negociante, nem comerciante, nem agricultor. Não fazia parte nem da Instituição Real da Grã-Bretanha, nem da Ins-

---

1. De *esquire*, título de cortesia do Reino Unido que, formalmente, está acima de *gentleman* e abaixo de cavaleiro. (N.T.)
2. Pés no sentido de unidade métrica poética, fazendo, portanto, alusão a algumas críticas relativas à métrica de Lord Byron. (N.T.)

tituição de Londres, nem da Instituição dos Artesãos, nem da Instituição Russell, nem da Instituição Literária do Oeste, nem da Instituição do Direito, nem dessa Instituição das Artes e das Ciências Reunidas, que é de patrocínio direto de Sua Graciosa Majestade. Ele não pertencia, enfim, a nenhuma das diversas sociedades que pululam na capital da Inglaterra, desde a Sociedade da Armônica até a Sociedade Entomológica, fundada principalmente com o objetivo de destruir os insetos nocivos.

Phileas Fogg era membro do Reform Club, e isso era tudo.

A quem se espantasse com o fato de um *gentleman* tão misterioso estar entre os membros desta respeitável associação, responder-se-ia que lá ele estava sob a recomendação dos irmãos Baring, junto aos quais tinha um crédito aberto. A isso se devia certa "aparência", em virtude de seus cheques serem regularmente pagos à vista por débito em sua conta-corrente, invariavelmente credora.

Seria este Phileas Fogg rico? Incontestavelmente. Mas como havia feito fortuna é o que os mais bem informados não sabiam dizer, e mister Fogg era o último a quem convinha abordar para esclarecê-lo. Em todo caso, ele não era pródigo com nada, no entanto também não era avaro. Pois em todo lugar em que faltasse uma contribuição para uma coisa nobre, útil ou generosa, ele a fazia silenciosamente, e mesmo de forma anônima.

Em suma, ninguém era menos comunicativo que este *gentleman*. Ele falava tão pouco quanto possível e parecia tanto mais misterioso quanto era silencioso. Sua vida, no entanto, não tinha segredos, mas tudo o que fazia era tão matematicamente sempre a mesma coisa, que a imaginação, insatisfeita, ia além.

Teria viajado? Era provável, pois ninguém dominava melhor que ele o mapa do mundo. Não havia lugar distante o suficiente sobre o qual não parecesse ter um conhecimento especial. Às vezes, mas com poucas palavras, breves e claras, corrigia as diferentes ideias que circulavam no clube a respeito dos viajantes perdidos ou desgarrados; indicava as verdadeiras probabilidades, e suas palavras eram amiúde vistas como inspiradas por uma clarividência, já que o desfecho acabava sempre por justificá-las. Era um homem que devia ter viajado por toda parte – em espírito, pelo menos.

O que era certo, contudo, é que havia muitos anos que Phileas Fogg não deixava Londres. Aqueles que tinham a honra de conhecê-lo um pouco mais que os outros atestavam que – se não no caminho direto que percorria todo dia para vir de sua casa ao clube – ninguém poderia pretender vê-lo em outro lugar. Seu único passatempo era ler os jornais e jogar uíste.[3] Neste jogo silencioso, tão apropriado à sua natureza, ele frequentemente ganhava, mas seus ganhos não entravam jamais em seu patrimônio, e figuravam como uma soma importante de seus gastos com caridade. Além disso, é preciso destacar, mister Fogg jogava evidentemente por jogar, não para ganhar. O jogo era para ele uma disputa, uma luta contra uma dificuldade, mas uma luta sem movimento, sem deslocamento, sem fadiga, e isso fazia parte de sua personalidade.

De Phileas Fogg não se conheciam nem mulher, nem filhos – o que pode acontecer às pessoas mais honestas –, nem parentes, nem amigos – o que na verdade é mais raro. Phileas Fogg vivia só em sua casa na Savile Row, onde ninguém entrava. De seu interior jamais se tratava. Um só criado bastava para servi-lo. Almoçava e jantava no clube em horas cronometricamente determinadas, na mesma sala, na mesma mesa, sem receber seus colegas, sem convidar nenhum estranho, ele voltava à casa apenas para deitar-se, precisamente à meia-noite, sem jamais usar os confortáveis quartos que o Reform Club mantém à disposição dos membros do círculo. Das vinte e quatro horas, ele passava dez em seu domicílio, seja para dormir, seja para ocupar-se da toalete. Se passeasse, era invariavelmente a um passo igual, na sala de entrada com assoalho marchetado, ou na galeria circular, acima da qual arredonda-se um domo de vitrais azuis, que vinte colunas jônicas em pórfiro vermelho sustentam. Se jantasse ou almoçasse, eram as cozinhas, a despensa, a copa, a peixaria, a leiteria do clube que forneciam à sua mesa suas suculentas reservas; eram os criados do clube, sérios personagens em vestes escuras, calçados com sapatos de palmilhas de lã, que o serviam em uma porcelana especial e sobre uma admirável toalha da Saxônia; eram os cristais de formas peculiares que continham seu xerez, seu vinho do

---

3. Uíste: jogo de cartas, ancestral do bridge, muito popular no século XIX. (N.E.)

Porto ou seu clarete de canela, de capilária e de cinamomo; era enfim o gelo do clube – gelo vindo a grandes custos dos lagos da América – que mantinha suas bebidas em um satisfatório estado de frescor.

Se viver nessas condições é ser excêntrico, há de se convir que a excentricidade tem seu lado positivo!

A casa de Savile Row, sem ser suntuosa, recomendava-se por ser extremamente confortável. Além disso, com os hábitos invariáveis do locatário, o serviço se reduzia a pouco. Todavia, Phileas Fogg exigia de seu único criado uma pontualidade, uma regularidade extraordinária. Nesse dia mesmo, 2 de outubro, Phileas Fogg despedira James Forster – sendo o jovem culpado de levar-lhe a água para sua barba a oitenta e quatro graus Fahrenheit, e não a oitenta e seis –, e esperava seu sucessor, que devia apresentar-se entre onze horas e onze e meia.

Phileas Fogg, sentado rígido em sua poltrona, com os dois pés paralelos como os de um soldado em uma revista, as mãos apoiadas sobre os joelhos, o corpo ereto, a cabeça erguida, observava mover-se os ponteiros de seu relógio de pêndulo – complicado aparelho que indicava as horas, os minutos, os segundos, os dias da semana, os dias do mês e o ano. Ao soar das onze e meia, mister Fogg devia, segundo seu hábito cotidiano, deixar a casa e dirigir-se ao Reform Club.

Nesse momento, bateram à porta do pequeno salão em que se encontrava Phileas Fogg.

James Forster, o despedido, apareceu.

– O novo criado – disse ele.

Um jovem de uns trinta anos de idade apresentou-se e cumprimentou-o.

– Você é francês e se chama John? – perguntou-lhe Phileas Fogg.

– Jean, se não for incômodo – respondeu o recém-chegado. – Jean Passepartout, um nome que me ficou e que justifica minha aptidão natural para sair de situações difíceis. Acho que sou um jovem honesto, senhor, mas, para ser franco, já tive diversos trabalhos. Fui cantor ambulante, jóquei de um circo, fazendo exercícios de acrobacia como Léotard e dançando sobre a corda como Blondin; depois fui professor de ginástica a fim de tornar meus talentos mais úteis e, por último, sargento de bombeiros em Paris. Tenho mesmo em meu currículo incêndios memoráveis. Mas já se vão cinco anos desde que deixei a França e que, querendo gozar da vida de família, passei a trabalhar como pajem na Inglaterra. Ora, encontrando-me sem colocação e tendo ouvido que monsieur Phileas Fogg era o homem mais correto e mais sedentário do Reino Unido, apresentei-me em sua casa com a esperança de aqui viver tranquilo e de até esquecer este nome de Passepartout...

– Passepartout me convém – respondeu o *gentleman*. – Você me foi recomendado. Tenho boas indicações sobre sua pessoa. Conhece minhas condições?

– Sim, senhor.

– Bem. Que horas são?

– São 11h22 – respondeu Passepartout, tirando das profundezas do bolso do colete um enorme relógio de prata.

– Está atrasado – disse mister Fogg.

– Que o senhor me perdoe, mas é impossível.

– Está atrasado em quatro minutos. Não importa. Basta constatar a diferença. Então, a partir deste momento, 11h29 da manhã desta quarta-feira, 2 de outubro de 1872, você está a meu serviço.

Dito isso, Phileas Fogg levantou-se, pegou seu chapéu com a mão esquerda, colocou-o sobre a cabeça com um movimento de autômato e desapareceu sem acrescentar palavra.

Passepartout ouviu a porta da rua fechar-se uma primeira vez – era seu novo senhor que saía –, depois, uma segunda vez – era seu predecessor, James Forster, que, por sua vez, retirava-se.

Passepartout ficou só na casa de Savile Row.

II. Onde Passepartout se convence de que encontrou enfim seu ideal

"Juro", disse a si mesmo Passepartout, um pouco estupefato a princípio, "que conheci no Madame Tussauds homens tão vivos quanto meu novo patrão!"

Convém dizer aqui que os "homens" do Madame Tussauds são figuras de cera, muito visitadas em Londres e às quais falta somente falar.

Durante os breves instantes da recente entrevista com Phileas Fogg, Passepartout examinara rápida mas cuidadosamente seu futuro mestre. Era um homem que aparentava ter quarenta anos, de figura nobre e bela, alto, que não transparecia excesso de peso algum, tinha cabelos louros e usava suíças, a testa sem aparência de rugas nas têmporas, as faces mais pálidas que coradas, dentes magníficos. Parecia possuir no mais alto grau isso que os fisionomistas chamam "o descanso na ação", faculdade comum a todos aqueles que fazem mais trabalho que barulho. Calmo, fleumático, o olhar puro, a pálpebra imóvel, esse era o tipo perfeito desses ingleses de sangue-frio que se encontram muito frequentemente no Reino Unido, e dos quais a atitude acadêmica foi maravilhosamente expressa por Angelika Kauffmann e seus pincéis. Visto nos diversos atos de sua existência, esse *gentleman* tinha a aparência de um ser bem equilibrado em todas as suas partes, precisamente ponderado, tão perfeito quanto um cronômetro Leroy ou Earnshaw. É que, de fato, Phileas Fogg era a exatidão personificada, o que se via claramente pela "expressão de seus pés e de suas mãos", pois no homem, assim como nos animais, os membros são por si mesmos órgãos expressivos das paixões.

Phileas Fogg era dessas pessoas matematicamente exatas que, jamais com pressa e sempre prontas, são econômicas nos seus atos e nos seus movimentos. Ele não dava um passo a mais, indo sempre pelo caminho mais curto. Não desperdiçava olhares com o teto. Não se permitia nenhum gesto supérfluo. Jamais foi visto emocionado ou preocupado. Era o homem menos apressado do mundo, mas chegava sempre a tempo. Contudo, compreender-se-á que vivesse sozinho e, por assim dizer, fora de toda relação social. Ele sabia que a vida requer sua quota de contatos e atritos, mas, como os atritos atrasam, evitava qualquer contato.

Quanto a Jean, conhecido como Passepartout, um verdadeiro parisiense de Paris, havia cinco anos que habitava a Inglaterra, exercia em Londres o ofício de pajem e em vão procurava um patrão ao qual pudesse afeiçoar-se.

Passepartout não era um destes Frontins ou Mascarilles que, de ombros altos, o nariz ao vento, o olhar seguro de si, o olho seco, não passam de esquisitos despudorados. Não. Passepartout era um bom jovem, de amável fisionomia, lábios um pouco salientes, sempre prontos a experimentar ou a acariciar, um ser doce e prestativo, com uma dessas cabeças redondas que se gosta de ver sobre os ombros de um amigo. Tinha os olhos azuis, a tez corada, a figura assaz gorda para que pudesse ver os pômulos do seu rosto, o peito largo, o tronco forte, uma musculatura vigorosa, e tinha uma força hercúlea que os exercícios de sua juventude haviam admiravelmente desenvolvido. Seus cabelos castanhos eram um pouco revoltos. Se os escultores da Antiguidade conheciam dezoito maneiras de arranjar o cabelo de Minerva, Passepartout conhecia apenas uma forma de dispor o seu; três passadas de pente e estava penteado.

Dizer se o caráter expansivo desse jovem se conciliaria com o de Phileas Fogg é o que a prudência mais elementar não permite. Seria Passepartout esse criado essencialmente perfeito de que necessitava seu mestre? Só o veremos com o tempo. Após ter tido, como se sabe, uma juventude deveras errante, ele aspirava ao repouso. Tendo ouvido louvores ao metodismo inglês e à frieza proverbial dos *gentlemen*, foi buscar fortuna na Inglaterra. Contudo, até então, o destino lhe havia sido ingrato. Não pudera criar raízes em parte alguma. Trabalhara em dez casas. Em todas, era-se extravagante, desigual, caçador de aventuras ou um viajante contumaz – o que já não podia convir a Passepartout. Seu último patrão, o jovem lorde Longsferry, membro do Parlamento, após passar suas noites nos *oyster rooms* de Haymarket, frequentemente voltava para casa carregado por policiais. Passepartout, querendo antes de tudo respeitar seu patrão, arriscou algumas respeitosas observações que foram mal recebidas, então romperam. Nesse intervalo, tomou conhecimento de que Phileas Fogg, escudeiro, procurava um criado. Informou-se a respeito desse *gentleman*. Um personagem cuja existência era tão regular, que não dormia fora de casa, não viajava, não se ausentava jamais, nem mesmo um único dia, não podia senão lhe ser conveniente. Apresentou-se e foi admitido nas circunstâncias de que se sabe.

Passepartout – já soadas as onze e meia – encontrava-se, desse modo, sozinho na casa de Savile Row. Rapidamente começou a inspeção. Percorreu-a do porão ao sótão. Esta casa asseada, arrumada, severa, puritana, bem organizada para o serviço lhe agradou. Ela lhe pareceu uma concha de caracol, mas uma concha clara e aquecida a gás, pois o hidrogênio queimado lhe bastava para todas as necessidades de luz e de aquecimento. Passepartout encontrou sem dificuldade, no segundo andar, o quarto que lhe era destinado. Convinha-lhe. Timbres elétricos e cabos acústicos o colocavam em comunicação com os apartamentos da sobreloja e do primeiro andar. Sobre a chaminé, um pêndulo elétrico correspondia-se com o pêndulo do dormitório de Phileas Fogg, e os dois aparelhos batiam, ao mesmo instante, o mesmo segundo.

"Isto me convém, isto me convém!", disse a si mesmo Passepartout.

Ele notou também, em seu quarto, um aviso preso acima do pêndulo. Era o programa de serviço diário. Ele compreendia – desde as oito horas, horário em que regularmente se levantava Phileas Fogg, até as onze e meia, horário em que deixava sua casa para almoçar no Reform Club – todos os detalhes do serviço, o chá, as torradas das 8h23, a água para barba das 9h37, o arranjo dos cabelos das 9h40 etc. Depois, das onze e meia até a meia-noite – horário em que se deitava o metódico *gentleman* –, tudo estava anotado, previsto, regularizado. Passepartout ficou profundamente feliz com a ideia de meditar sobre esse programa e de gravá-lo com todos os seus detalhes em seu espírito.

Quanto ao guarda-roupa do senhor, ele era muito bem montado e maravilhosamente preenchido. Cada calça, cada veste ou colete levava um número de ordem reproduzido em um registro de entrada e saída, indicando a data em que, cada uma a sua vez e segundo a estação, as roupas deveriam ser usadas. Mesmas regras para os calçados.

Em suma, nessa casa de Savile Row – que devia ser o templo da desordem à época do ilustre mas licencioso Sheridan –, o mobiliário confortável anunciava uma bela tranquilidade. Nenhuma biblioteca, nenhum livro, já que o Reform Club colocava a disposição duas bibliotecas, uma dedicada às letras, outra ao direito e à política. No dormitório, um cofre-forte de tamanho médio, cuja estrutura protegia tanto de incêndios quanto de roubos. Nada de armas na casa, nenhum utensílio de caça ou de guerra. Tudo lá denotava os hábitos mais pacíficos.

Depois de examinar a residência em detalhes, Passepartout esfregou as mãos; seu largo rosto como que desabrochou, então ele repetiu alegremente:

"Isto me convém! Eis o que me agrada! Nós nos entendemos perfeitamente, mister Fogg e eu! Um homem caseiro e regular! Uma verdadeira máquina! Pois não me incomoda servir a uma máquina!"

III. Onde se trava uma conversa que poderá custar caro a Phileas Fogg

Phileas Fogg deixara sua casa de Savile Row às onze e meia e, após ter posto quinhentas e setenta e cinco vezes seu pé direito à frente de seu pé esquerdo, e quinhentas e setenta e seis vezes seu pé esquerdo à frente de seu pé direito, chegou ao Reform Club, vasto edifício, erguido na Pall Mall, que não custou menos de três milhões para ser construído.

Phileas Fogg dirigiu-se logo à sala de jantar, cujas nove janelas davam para um belo jardim com árvores já douradas pelo outono. Lá, tomou seu lugar à mesa habitual onde seu couvert o esperava. Seu almoço compunha-se de um aperitivo, de um peixe cozido preparado com um *reading sauce* de primeira, de um rosbife escarlate acompanhado de cogumelos, de um salgado cheio de talos de ruibarbo e de groselhas verdes, de um pedaço de chéster – tudo isso regado com algumas xícaras de um excelente chá, especialmente escolhido para o gabinete do Reform Club.

Às 12h47, o *gentleman* levantou-se e dirigiu-se ao salão grande, espaço suntuoso, ornado de pinturas ricamente emolduradas. Lá, um criado ofereceu-lhe o *Times* ainda embrulhado, a cujo laborioso desdobre Phileas Fogg procedeu com uma firmeza de mãos que denotava uma grande familiaridade com essa difícil operação. A leitura desse jornal ocupou Phileas Fogg até as 15h45, e a do *Standard* – que lhe sucedeu – durou até o jantar. Essa refeição realizou-se nas mesmas condições do almoço, com o acréscimo do *royal british sauce*.

Às 17h40, o *gentleman* reapareceu no salão grande e lá ficou absorto na leitura do *Morning Chronicle*.

Meia hora depois, diversos membros do Reform Club chegavam e aproximavam-se da chaminé, onde queimava um fogo de hulha. Eram os parceiros habituais de mister Phileas Fogg, impetuosos jogadores de uíste como ele: o engenheiro Andrew Stuart, os banqueiros John Sullivan e Samuel Fallentin, o cervejeiro Thomas Flanagan e Gauthier

Ralph, um dos administradores do Banco da Inglaterra – sujeitos ricos e estimados, mesmo neste clube que conta entre seus membros sumidades da indústria e da finança.

– Pois então, Ralph – perguntou Thomas Flanagan –, como vai o caso do roubo?

– Bom – respondeu Andrew Stuart –, o banco vai ter de arcar com o prejuízo.

– Esperamos, ao contrário – disse Gauthier Ralph –, pôr as mãos no autor do roubo. Inspetores de polícia, pessoas muito capazes, foram enviados à América e à Europa, a todos os principais portos de embarque e desembarque, e será difícil a este senhor escapar-lhes.

– Mas já se tem a descrição física do ladrão? – perguntou Andrew Stuart.

– Em primeiro lugar, não é um ladrão – respondeu seriamente Gauthier Ralph.

– Como? Não é um ladrão esse indivíduo que subtraiu cinquenta e cinco mil libras em papel-moeda (um milhão, trezentos e setenta e cinco mil francos)?

– Não – respondeu Gauthier Ralph.

– Então é um industrial? – indagou John Sullivan.

– O *Morning Chronicle* garante que é um *gentleman*.

Quem deu esta resposta não foi outro senão Phileas Fogg, cuja cabeça então emergia da grande quantidade de papel acumulado em sua volta. Ao mesmo tempo, Phileas Fogg cumprimentou os colegas, que retribuíram os cumprimentos.

O fato de que se tratava, e que diversos jornais do Reino Unido discutiam com ardor, havia ocorrido três dias antes, em 29 de setembro. Um maço de notas, perfazendo a enorme soma de cinquenta e cinco mil libras, fora tomado do balcão do caixa principal do Banco da Inglaterra.

A quem se espantava que tal roubo pudesse dar-se tão facilmente, o subdiretor Gauthier Ralph limitava-se a responder que, nesse exato momento, o caixa ocupava-se do registro de uma receita de três xelins e seis centavos, e que não se pode estar de olho em tudo.

Mas convém observar aqui – o que torna o fato mais explicável – que esse admirável estabelecimento, o Banco da Inglaterra, parece preocupar-se demais com a dignidade de seu público. Não há guardas, não há grades! O ouro, a prata, as notas são expostas livremente e, por assim dizer, à mercê de qualquer um. Não se poderia pôr em suspeita a honra de um transeunte qualquer. Um dos melhores observadores dos costumes ingleses conta mesmo o seguinte: em uma das salas do banco em que se encontrava certo dia, teve a curiosidade de ver mais de perto um lingote de ouro que pesava sete ou oito libras, exposto sobre o balcão de um caixa; ele pegou esse lingote, examinou-o, passou-o a seu vizinho, este passou-o a outro, de modo que o lingote, de mão em mão, foi-se até o fim de um corredor escuro e só voltou a seu lugar meia hora mais tarde, sem que o caixa tivesse sequer levantado a cabeça.

Mas, no dia 29 de setembro, as coisas não se passaram exatamente assim. O maço de notas não voltou, e quando o magnífico relógio, situado acima do *drawing office*, anunciou o fechamento dos escritórios, às cinco, ao Banco da Inglaterra restava apenas passar cinquenta e cinco mil libras pela conta dos lucros e perdas.

Uma vez o roubo correta e devidamente reconhecido, detetives – escolhidos entre os mais capazes – foram enviados aos principais portos, a Liverpool, a Glasgow, ao Havre, a Suez, a Brindisi, a Nova York etc., com a promessa de, em caso de sucesso, uma premiação de duas mil libras (cinquenta mil francos) e cinco por cento da soma que fosse recuperada. Esperando as informações que o inquérito recém-iniciado deveria proporcionar, os inspetores tinham a missão de observar escrupulosamente todos os viajantes que chegassem ou partissem.

Ora, precisamente como dizia o *Morning Chronicle*, havia motivos para supor que o autor do roubo não fazia parte de nenhuma das sociedades de ladrões da Inglaterra. Durante esse dia 29 de setembro, um *gentleman* bem-vestido, de boas maneiras, ar distinto, fora visto indo e vindo da sala de pagamentos, cenário do roubo. O inquérito permitira refazer perfeitamente a descrição física deste *gentleman*, descrição que foi imediatamente endereçada a todos os detetives do Reino Unido e do continente. Algumas boas almas – e Gauthier Ralph era uma delas – tinham, portanto, motivos para esperar que o ladrão não escapasse.

Como imaginavam, esse fato estava na ordem do dia de Londres e de toda a Inglaterra. Discutia-se, exaltava-se a favor e contra as probabilidades de sucesso da polícia metropolitana. Ninguém se surpreenderia, então, ao ouvir os membros do Reform Club tratando da mesma questão, tanto mais que um dos subdiretores do banco se encontrava entre eles.

O honorável Gauthier Ralph não queria duvidar do resultado das buscas, estimando que a recompensa oferecida deveria aguçar singularmente o zelo e a inteligência dos agentes. No entanto, seu colega Andrew Stuart estava longe de partilhar dessa confiança. Assim, a discussão continuou entre os *gentlemen*, que estavam sentados a uma mesa de uíste; Stuart diante de Flanagan, Fallentin em frente a Phileas Fogg. Durante o jogo, os competidores não falavam, mas nos intervalos a conversa interrompida era retomada ainda mais intensamente.

– Sustento – disse Andrew Stuart – que as chances estão a favor do ladrão, que não pode deixar de ser um homem hábil!

– Mas, convenhamos – respondeu Ralph –, não há um só país em que ele possa se refugiar.

– Por exemplo!

– Aonde você quer que ele vá?

– Não sei – respondeu Andrew Stuart –, mas, no fim das contas, a Terra é muito vasta.

– Ela já foi outrora... – disse à meia-voz Phileas Fogg. E em seguida: – Sua vez de cortar, monsieur – acrescentou, apresentando as cartas a Thomas Flanagan.

A discussão foi suspensa durante a rodada. Entretanto, logo Andrew Stuart a retomou, dizendo:

– Como assim outrora? A Terra por acaso diminuiu?

– Sem dúvida – respondeu Gauthier Ralph. – Tenho a mesma opinião de mister Fogg. A Terra diminuiu, já que podemos atravessá-la dez vezes mais rápido do que nós a atravessaríamos cem anos atrás. E é isto que, em relação ao caso de que nos ocupamos, tornará as buscas mais rápidas.

– E tornará mais fácil também a fuga do ladrão!

– Sua vez de jogar, monsieur Stuart! – disse Phileas Fogg.

Contudo o incrédulo Stuart não estava convencido e, assim que a partida foi encerrada, ele continuou:

– É preciso confessar, monsieur Ralph – retomou ele –, que você encontrou uma maneira engraçada de dizer que a Terra diminuiu! Assim parece que se pode fazer a volta ao mundo em três meses...

– Em oitenta dias somente – disse Phileas Fogg.

– Com efeito, messieurs – acrescentou John Sullivan –, oitenta dias, desde que a seção entre Rothal e Allahabad foi aberta sobre a Great Indian Peninsula Railway, e eis aqui o cálculo feito pelo *Morning Chronicle*:

De Londres a Suez pelo Mont-Cenis e Brindisi, trens e paquetes	7 dias
De Suez a Bombaim, paquete	13 ...
De Bombaim a Calcutá, trem	3 ...
De Calcutá a Hong Kong (China), paquete	13 ...
De Hong Kong a Yokohama (Japão), paquete	6 ...
De Yokohama a San Francisco, paquete	22 ...
De San Francisco a Nova York, trem	7 ...
De Nova York a Londres, paquete e trem	9 ...
Total	80 dias

– Sim, oitenta dias! – exclamou Andrew Stuart, que por desatenção cortou uma carta mestra –, mas sem incluir o mau tempo, os ventos contrários, os naufrágios, os descarrilamentos etc.

– Tudo isso incluso – respondeu Phileas Fogg continuando a jogar, pois, dessa vez, a discussão já não respeitava o uíste.

– Mesmo se os hindus ou os indígenas arrancarem os trilhos? – perguntou Andrew Stuart. – Mesmo se pararem os trens, pilharem os furgões, escalpelarem os viajantes?

– Tudo incluso – respondeu Phileas Fogg, que, mostrando seu jogo, acrescentou: – Dois trunfos mestres.

Andrew Stuart, de quem era a vez de dar as cartas, juntou-as dizendo:

– Teoricamente você tem razão, monsieur Fogg, mas na prática...

– Na prática também, monsieur Stuart.

– Gostaria muito de ver isso.

– Cabe somente a você. Partamos juntos.

– Deus me perdoe! – exclamou Stuart –, mas eu bem apostaria quatro mil libras (cem mil francos) que tal viagem, feita nessas condições, é impossível.

– Ao contrário, muito possível – respondeu mister Fogg.

– Bom, faça-a então!

– A volta ao mundo em oitenta dias?

– Sim.

– Gostaria muito.

– Quando?

– Imediatamente. Só o previno de que cobrarei a dívida.

– Que loucura! – exclamou Andrew Stuart, que começava a incomodar-se com a insistência de seu parceiro. – Tome! Joguemos antes.

– Então distribua de novo – respondeu Phileas Fogg –, pois não estão bem dadas as cartas.

Andrew Stuart retomou as cartas com uma mão febril; depois, de um golpe, colocando-as sobre a mesa, disse:

– Bem, sim, monsieur Fogg – disse ele –, aposto as quatro mil libras!

– Meu caro Stuart – disse Fallentin –, acalme-se. Isso não é sério.

– Quando eu digo que aposto – respondeu Andrew Stuart – é sempre sério.

– Pois que seja! – disse mister Fogg. Depois, virando-se para seus colegas, completou: – Tenho vinte mil libras (quinhentos mil francos) depositadas com os irmãos Baring. Arriscá-las-ei com prazer.

– Vinte mil libras! – exclamou John Sullivan. – Vinte mil libras que um atraso imprevisto pode lhe fazer perder!

– O imprevisto não existe – respondeu simplesmente Phileas Fogg.

– Mas, monsieur Fogg, esse lapso de oitenta dias é calculado apenas como um mínimo de tempo!

– Um mínimo bem empregado basta a tudo.

– Mas para não ultrapassá-lo é preciso saltar matematicamente dos trilhos para os paquetes e dos paquetes para as ferrovias!

– Saltarei matematicamente.

– É um gracejo!

– Um bom inglês jamais graceja quando se trata de uma coisa tão séria quanto uma aposta – respondeu Phileas Fogg. – Aposto vinte mil libras contra quem quiser que farei a volta em torno da Terra em oitenta dias ou menos, seja mil, novecentas e vinte horas ou cento e quinze mil e duzentos minutos. Aceitam?

– Nós aceitamos – responderam os senhores Stuart, Fallentin, Sullivan, Flanagan e Ralph após se entenderem.

– Bem – disse mister Fogg –, o trem de Dover parte às 20h45. Vou pegar esse trem.

– Esta noite mesmo? – perguntou Stuart.

– Esta noite mesmo – respondeu Phileas Fogg. – Então – acrescentou enquanto consultava o calendário de bolso –, já que hoje é quarta-feira, 2 de outubro, deverei estar de volta a Londres, neste mesmo salão do Reform Club, no sábado, 21 de dezembro, às 20h45. Caso contrário, as vinte mil libras depositadas atualmente em meu crédito junto aos irmãos Baring lhes pertencerão de fato e de direito, senhores. Eis um cheque de igual valor.

Um processo verbal da aposta foi redigido e assinado imediatamente pelos seis cointeressados. Phileas Fogg permaneceu frio. Não havia, certamente, apostado para ganhar, e empenhara apenas essas vinte mil libras – metade de sua fortuna – porque previa ter de gastar a outra metade para levar a cabo esse difícil, para não dizer impraticável, projeto. Quanto a seus adversários, pareciam perturbados não por causa do valor da aposta, mas porque tinham algum escrúpulo contra contendas nessas condições.

Soavam então as sete horas. Alguém sugeriu a mister Fogg a suspensão do uíste, a fim de que ele pudesse fazer seus preparativos para a viagem.

– Estou sempre pronto! – respondeu este impassível *gentleman* e, dando as cartas, na hora de mostrar a última distribuída, concluiu: – É de ouros – disse ele. – Sua vez de jogar, monsieur Stuart.

IV. No qual Phileas Fogg surpreende Passepartout, seu criado

Às 7h25, Phileas Fogg, após ter ganhado uns vinte guinéus no uíste, despediu-se de seus respeitáveis colegas e deixou o Reform Club. Às 7h50, abriu a porta de sua casa e entrou.

Passepartout, que conscienciosamente estudara seu programa, ficou deveras surpreendido ao ver mister Fogg, culpável de inexatidão, aparecer àquela hora insólita. Segundo o aviso, o locatário de Savile Row não devia chegar em casa até a meia-noite em ponto.

Phileas Fogg primeiro foi até seu quarto, depois chamou:

– Passepartout.

Passepartout não respondeu. Este chamado não podia ser dirigido a ele. Ainda não era a hora.

– Passepartout – repetiu mister Fogg sem levantar a voz.

Passepartout apareceu.

– É a segunda vez que o chamo – disse mister Fogg.

– Mas não é meia-noite – respondeu Passepartout, com o relógio na mão.

– Eu sei – retomou Phileas Fogg –, e não o repreendo. Partiremos em dez minutos para Dover e Calais.

Uma espécie de esgar esboçou-se no rosto redondo do francês. Era evidente que tinha entendido mal.

– Monsieur vai viajar? – ele perguntou.

– Sim – respondeu Phileas Fogg. – Daremos a volta ao mundo.

Passepartout, com os olhos desmesuradamente abertos, a pálpebra e a sobrancelha sobrelevadas, os braços frouxos, o corpo prostrado, apresentava então todos os sintomas de espanto elevado ao estupor.

– A volta ao mundo – murmurou.

– Em oitenta dias – respondeu mister Fogg. – Sendo assim, não temos um só instante a perder.

– Mas e as malas...? – indagou Passepartout, que balançava inconscientemente a cabeça para a direita e para a esquerda.

– Sem malas. Uma bolsa de viagem somente. Dentro, duas camisas de lã, três pares de ceroulas. O mesmo para você. Compraremos mais na viagem. Desça com meu impermeável e minha coberta de viagem. Leve bons calçados. Aliás, nós andaremos pouco ou nada. Vá.

Passepartout queria ter podido responder. Não pôde. Saiu do quarto de mister Fogg, entrou no seu, deixou-se cair sobre uma cadeira e, empregando uma frase bastante vulgar em seu país, exclamou:

– Ah, essa é boa, hein! E eu, que queria tranquilidade!...

E, de forma mecânica, fez seus preparativos de viagem. A volta ao mundo em oitenta dias! Estaria ele lidando com um louco? Não... Seria um gracejo? Ia-se a Dover, bem. A Calais, vá lá. Afinal, isso não podia contrariar consideravelmente o bom jovem que não pisava no solo de sua pátria havia cinco anos. Talvez mesmo se fosse a Paris, e reveria com prazer a grande capital. Mas certamente um *gentleman* tão econômico em seus passos pararia por lá... Sim, sem dúvida, mas não era menos verdade que partia, viajava, este *gentleman* tão caseiro até então!

Às oito horas, Passepartout já havia preparado sua modesta bolsa, que continha seu guarda-roupa e o de seu patrão; depois, com o espírito ainda perturbado, deixou seu quarto, cuja porta fechou cuidadosamente, e juntou-se a mister Fogg.

Mister Fogg estava pronto. Levava sob o braço o *Bradshaw's Continental Railway Steam Transit and General Guide*, que deveria fornecer todas as indicações necessárias à viagem. Apanhou a mala das mãos de Passepartout, abriu-a e lá inseriu um grande maço dessas belas notas bancárias que correm por todos os países.

– Não se esqueceu de nada? – perguntou ele.

– De nada, monsieur.

– Meu impermeável e minha coberta?

– Aqui.

– Bem, leve a mala.

Mister Fogg devolveu a mala a Passepartout.

– E tenha cuidado com ela – acrescentou. – Há vinte mil libras aí dentro (quinhentos mil francos).

A mala quase caiu das mãos de Passepartout, como se as vinte mil libras fossem em ouro e pesassem consideravelmente.

O patrão e o empregado, então, desceram, e a fechadura da porta da rua foi trancada com duas voltas.

Uma estação de carros localizava-se ao fim da Savile Row. Phileas Fogg e seu criado subiram em um táxi, que rapidamente se dirigiu para a estação de Charing Cross, que conduz a um dos ramais da South Eastern Railway.

Às 8h20, o táxi parou em frente à grade da estação. Passepartout pulou do carro. Seu mestre o seguiu e pagou o cocheiro.

Nesse momento, uma pobre mendicante, de mão dada com uma criança, pés nus na lama, com um chapéu de penas muito puído, um xale em farrapos sobre os andrajos, aproximou-se de mister Fogg e pediu-lhe esmola.

Mister Fogg tirou de seu bolso os vinte guinéus que acabara de ganhar no uíste e, exibindo-os à mendicante, disse:

– Pegue, minha boa mulher, estou contente por tê-la encontrado!

E então prosseguiu.

Passepartout sentiu algo como uma umidade em volta da pupila. Seu patrão subia em sua estima.

Mister Fogg e ele entraram logo em seguida no grande saguão da estação. Lá, Phileas Fogg deu a Passepartout a ordem de comprar dois bilhetes de primeira classe para Paris. Depois, voltando-se, avistou seus cinco colegas do Reform Club.

– Senhores – disse ele –, partirei, e os diversos vistos aplicados sobre o passaporte que levo com esta finalidade lhes permitirão, na volta, controlar meu itinerário.

– Oh, monsieur Fogg – respondeu polidamente Gauthier Ralph –, é inútil. Nós nos fiaremos à sua honra de *gentleman*!

– Assim é melhor – disse mister Fogg.

– Não se esqueça de que deve estar de volta... – observou Andrew Stuart...

– Em oitenta dias – respondeu mister Fogg. – Sábado, 21 de dezembro de 1872, às 20h45. Adeus, senhores.

Às 20h40, Phileas Fogg e seu criado tomaram seus lugares no mesmo compartimento. Às 20h45, um apito soou, e o trem pôs-se em marcha.

A noite estava escura. Caía uma chuva fina. Phileas Fogg, apoiado em seu encosto, não falava. Passepartout, ainda atordoado, apertava de forma tensa contra si a mala com as notas de dinheiro.

Mal o trem passou Sydenham, e Passepartout emitiu um verdadeiro grito de desespero!

– O que você tem? – perguntou mister Fogg.

– É que... na minha precipitação... minha agitação... eu me esqueci...

– O quê?

– De apagar o bico de gás do meu quarto!

– Bem, meu jovem – respondeu friamente mister Fogg –, ele queima às suas custas!

V. No qual um novo valor aparece na praça de Londres

Phileas Fogg, ao deixar Londres, pouco duvidava, certamente, do grande alarde que provocaria sua viagem. A notícia da aposta espalhou-se primeiro no Reform Club, e produziu uma verdadeira comoção entre os membros do respeitável círculo. Em seguida, do clube essa comoção passou aos jornais, por intermédio dos repórteres, e dos jornais ao público de Londres e de todo o Reino Unido.

Essa "questão da volta ao mundo" foi comentada, discutida, dissecada com tanta paixão e ardor como se fosse uma nova polêmica acerca do *Alabama*.[1] Uns tomaram o lado de Phileas Fogg, outros – e formaram logo uma maioria considerável – pronunciaram-se contra ele. Essa volta ao mundo a ser feita – não em teoria nem no papel – nesse mínimo de tempo, com os meios de comunicação em uso na época, não era só impossível, era insensata!

O *Times*, o *Standard*, o *Evening Star*, o *Morning Chronicle* e vinte outros jornais de grande publicação declararam-se contra mister Fogg. Somente o *Daily Telegraph* deu-lhe, em alguma medida, apoio. Phileas Fogg recebeu, de modo geral, o tratamento de maníaco, de louco, e seus colegas do Reform Club foram recriminados por terem participado da aposta, que denunciava um enfraquecimento das faculdades mentais de seu autor.

Artigos extremamente apaixonados, mas lógicos, apareceram tratando da questão. Sabe-se o interesse que se dá, na Inglaterra, a tudo aquilo que diz respeito à geografia. Assim, não havia um só leitor, de

---

1. Navio de guerra usado pelos estados confederados na Guerra Civil Americana e que foi construído secretamente pelo governo britânico e depois vendido aos confederados. As reivindicações de indenização do governo americano ao governo britânico ficaram conhecidas como Alabama Claims. (N.T.)

qualquer classe que fosse, que não devorasse as colunas consagradas ao caso de Phileas Fogg.

Durante os primeiros dias, alguns espíritos audaciosos – as mulheres principalmente – estiveram a seu favor, sobretudo quando a *Illustrated London News* publicou seu retrato com base em sua fotografia registrada nos arquivos do Reform Club. Certos *gentlemen* ousavam dizer: "He! He! Por que não, afinal? Já vimos coisas mais extraordinárias!". Eram, sobretudo, leitores do *Daily Telegraph*. Porém logo se percebeu que mesmo esse jornal começava a esmaecer.

Com efeito, um longo artigo foi publicado, em 7 de outubro, no boletim da Sociedade Real de Geografia. Tratava da questão sob todos os pontos de vista, e demonstrou claramente o delírio do empreendimento. Segundo esse artigo, tudo estava contra o viajante; obstáculos humanos, obstáculos naturais. Para ter êxito nesse projeto, era preciso haver uma concordância miraculosa entre as horas de partida e de chegada, concordância que não existia, que não podia existir. A rigor, e na Europa, que forma um percurso de extensão relativamente medíocre, pode-se contar com a chegada de trens a horas fixas; mas, quando se emprega três dias para atravessar a Índia, sete para atravessar os Estados Unidos, pode-se fundar sobre a exatidão deles os elementos de um tal problema? E os acidentes de máquina, descarrilamentos, abalroamentos, o clima ruim, o acúmulo de neve, não estava tudo contra Phileas Fogg? Nos paquetes não se encontraria ele, durante o inverno, à mercê das ventanias e dos nevoeiros? É tão raro, então, que os melhores navios das linhas transoceânicas sofram atrasos de dois ou três dias? Ora, bastaria um só atraso, um só, para que a cadeia de comunicações fosse irreparavelmente quebrada. Se Phileas Fogg perdesse, mesmo que por algumas horas, a partida de um paquete, ele seria forçado a esperar o paquete seguinte, e por isso mesmo sua viagem estaria irrevogavelmente comprometida.

O artigo criou bastante alvoroço. Quase todos os jornais o reproduziram, e as ações de Phileas Fogg baixaram de modo singular.

Durante os primeiros dias que seguiram a partida do *gentleman*, importantes negócios ligaram-se ao "risco" de seu empreendimento. Sabe-se o que é o mundo dos apostadores na Inglaterra, mundo mais inteligente, mais destacado que o dos jogadores. Apostar faz parte do temperamento inglês. Assim, não somente os diversos membros do Reform Club estabeleceram apostas consideráveis a favor e contra Phileas Fogg, mas a massa do público entrou também no movimento. Phileas Fogg foi inscrito como um cavalo de corrida em uma espécie de *studbook*.[2] Fez-se dele também um valor de bolsa, que foi imediatamente cotado na praça de Londres. Solicitavam e ofereciam "Phileas Fogg" a preço fixo ou a juros, e fizeram enormes negócios. No entanto, cinco dias após sua partida, após o artigo do Boletim da Sociedade de Geografia, as ofertas começaram a afluir. O Phileas Fogg baixou. Ofereciam-no em lotes. Comprado inicialmente em lotes de cinco, depois de dez, não era mais vendido senão aos vinte, cinquenta, cem.

Um só partidário lhe restou. Era o velho paralítico lorde Albermarle. O respeitável *gentleman*, pregado sobre sua poltrona, ofereceria a sua fortuna para poder dar a volta ao mundo, mesmo em dez anos! E apostou cinco mil libras (cem mil francos) em favor de Phileas Fogg. E quando, ao mesmo tempo que a estupidez do projeto, demonstravam-lhe a inutilidade, ele se contentava em responder: "Se a coisa é factível, é bom que seja um inglês o primeiro a tê-la feito!".

Ora, essa era a situação, os partidários de Phileas Fogg rareavam pouco a pouco; todo mundo, e não sem razão, colocava-se contra ele; não o compravam senão aos cento e cinquenta, aos duzentos contra um, quando, sete dias após sua partida, um incidente, completamente inesperado, fez que não o comprassem mais de todo.

Com efeito, nesse dia, às nove horas da noite, o diretor da polícia metropolitana recebeu um despacho telegráfico assim concebido:

Suez a Londres.

Rowan, diretor de polícia, administração central, posto Escócia.

Sigo ladrão de banco Phileas Fogg. Envie sem tardar mandado de prisão a Bombaim (Índia inglesa).

Fix, detetive

---

2. Livro que registra o pedigree dos cavalos. (N.T.)

O efeito desse despacho foi imediato. O respeitável *gentleman* desapareceu para dar lugar ao ladrão de notas de banco. Sua fotografia, arquivada no Reform Club com as fotografias de todos os seus colegas, foi examinada. Ela reproduzia todos os traços da descrição física que havia sido feita durante o inquérito. Lembraram o que a existência de Phileas Fogg tinha de misterioso – seu isolamento, sua viagem súbita –, e pareceu evidente que esse personagem, com o pretexto de uma viagem ao redor do mundo e assentando-a sobre uma aposta insensata, não tinha outro objetivo senão o de despistar os agentes da polícia inglesa.

VI. No qual o agente Fix demonstra uma impaciência bastante legítima

Eis aqui em quais circunstâncias fora lançado esse despacho relativo ao senhor Phileas Fogg.

Na quarta-feira, 9 de outubro, esperava-se para as onze horas da manhã, em Suez, o paquete *Mongolia*, da Companhia Peninsular e Oriental, navio a vapor de ferro, dotado de *spardeck*,[1] movido a hélice, com capacidade para duas mil e oitocentas toneladas e com uma força nominal de quinhentos cavalos. O *Mongolia* fazia regularmente as viagens de Brindisi a Bombaim pelo canal de Suez. Era uma das embarcações mais rápidas da companhia, e as velocidades regulamentares, fossem dez milhas por hora entre Brindisi e Suez, fossem nove milhas e cinquenta e três centésimos entre Suez e Bombaim, ela as ultrapassava sempre.

Esperando a chegada do *Mongolia*, dois homens perambulavam pelo cais em meio à multidão de nativos e de estrangeiros que afluem a esta cidade, até pouco tempo um pequeno burgo, à qual a grande obra de mister de Lesseps[2] garante um futuro considerável.

Destes dois homens, um era o agente consular do Reino Unido, estabelecido em Suez e que – a despeito dos incômodos prognósticos do governo britânico e das sinistras previsões do engenheiro Stéphenson – via todos os dias os navios atravessarem esse canal, encurtando, assim, pela metade a antiga rota da Inglaterra às Índias pelo Cabo da Boa Esperança.

O outro era um homem pequeno e magro, de figura assaz inteligente, inquieto, que contraía com uma persistência notável os músculos

---

1. Em inglês no original. Espardeque, ponte pequena na cobertura superior do navio. (N.T.)
2. Ferdinand Marie, visconde de Lesseps (1805-1894), foi um diplomata e empreendedor francês conhecido pelo importante papel desempenhado na idealização e realização do canal de Suez. (N.T.)

superciliares. Através de seus longos cílios brilhava um olhar bastante vivo, cujo ardor, porém, ele sabia voluntariamente extinguir. Neste momento ele mostrava certas marcas de impaciência, indo, vindo, não conseguindo manter-se em um só lugar.

Este homem chamava-se Fix, e era um dos detetives ou agentes da polícia inglesa que foram enviados a diferentes portos após o roubo cometido contra o Banco da Inglaterra. Esse Fix devia vigiar com o maior cuidado todos os viajantes tomando a rota de Suez, e se um deles lhe parecesse suspeito, devia segui-lo e esperar um mandado de prisão.

Precisamente, depois de dois dias, Fix recebera do diretor da polícia metropolitana a descrição física do suposto autor do roubo. Era a descrição desse personagem distinto e bem-vestido que fora visto na sala de pagamentos do banco.

O detetive, evidentemente bastante atraído pela grande recompensa prometida em caso de sucesso, esperava, então, com uma impaciência fácil de compreender, a chegada do *Mongolia*.

– E me diz, senhor cônsul – perguntou pela segunda vez –, que esse navio não deve tardar?

– Não deve, senhor Fix – respondeu o cônsul. – Ele foi visto ontem ao largo de Port Said, e os cento e sessenta quilômetros do canal são insignificantes para um navio desses. Repito-lhe que o *Mongolia* sempre ganhou a recompensa de vinte e cinco libras que o governo concede para cada avanço de vinte e quatro horas sobre os tempos regulamentares.

– Esse paquete vem diretamente de Brindisi? – perguntou Fix.

– De Brindisi mesmo, onde pegou a mala das Índias, de Brindisi, de onde ele partiu sábado às cinco horas da tarde. Assim, tenha paciência, ele não deve tardar a chegar. Mas realmente não sei como, com essa descrição que recebeu, poderá reconhecer seu homem, se ele estiver a bordo do *Mongolia*.

– Senhor cônsul – respondeu Fix –, essas pessoas, nós as sentimos antes de reconhecê-las. É faro que se precisa ter, e o faro é como um sentido especial com o qual concorrem a audição, a vista e o olfato. Detive em minha vida mais de um destes *gentlemen*, e, se meu ladrão estiver a bordo, prometo-lhe que não me escapará das mãos.

– Assim o desejo, senhor Fix, pois trata-se de um roubo importante.

– Um roubo magnífico – respondeu o agente entusiasmado. – Cinquenta e cinco mil libras! Não temos esta sorte toda tão frequentemente! Os ladrões se tornam mesquinhos! A raça dos Sheppard[3] está desaparecendo! Agora, por alguns xelins, já se deixam enforcar!

– Senhor Fix – respondeu o cônsul –, o senhor fala de tal maneira que lhe desejo sucesso; mas, repito, nessa condição em que está, temo que lhe seja difícil. Bem sabe que, segundo a descrição que recebeu, esse ladrão assemelha-se perfeitamente a um homem honesto.

– Senhor cônsul – respondeu dogmaticamente o inspetor de polícia –, os grandes ladrões assemelham-se sempre a gente honesta. O senhor compreende bem que aqueles que têm feições de escroque não têm senão um caminho a seguir, que é o de permanecer probos, sem o que seriam presos. As fisionomias honestas, sobretudo, é dessas que se deve desconfiar. Trabalho difícil, admito, e que já não é uma profissão, é arte.

Vê-se que o aludido Fix não carecia de certa dose de amor-próprio.

Entretanto o cais animava-se pouco a pouco. Marinheiros de diversas nacionalidades, comerciantes, corretores, carregadores, felás afluíam para lá. A chegada do paquete evidentemente se aproximava.

O tempo estava bastante bonito, mas o ar permanecia frio devido ao vento do leste. Alguns minaretes desenhavam-se acima da cidade, sob os pálidos raios de sol. Para o sul, um quebra-mar de dois mil metros se estendia como um braço sobre a enseada de Suez. À superfície do mar Vermelho cruzavam vários barcos de pesca e de cabotagem, entre os quais alguns conservavam em seus traços o elegante gabarito da galé antiga.

Sempre circulando entre a populaça, Fix, por um hábito de sua profissão, encarava os transeuntes com um rápido golpe de vista.

Eram então dez e meia.

– Mas não vai chegar esse paquete! – exclamou ele ao ouvir soar o relógio do porto.

– Ele não deve estar longe – respondeu o cônsul.

– Por quanto tempo ficará estacionado em Suez? – perguntou Fix.

---

3. Jack Sheppard (1702-1724) foi um ladrão inglês do início do século XVIII que ficou famoso por escapar seguidas vezes da polícia. Daniel Defoe, então jornalista, dedicou-lhe uma reportagem. Foi enforcado em 1724. (N.T.)

– Quatro horas. O tempo de embarcar seu carvão. De Suez a Áden, na extremidade do mar Vermelho, contam-se mil, trezentas e dez milhas, e é preciso abastecer-se de combustível.

– E de Suez o navio vai diretamente a Bombaim? – perguntou Fix.

– Diretamente, sem baldeações.

– E, bem – disse Fix –, se o ladrão tomou esta rota e este navio, deve estar em seus planos desembarcar em Suez, a fim de chegar por outra via às possessões holandesas ou francesas da Ásia. Ele deve bem saber que não estará em segurança na Índia, que é uma terra inglesa.

– A menos que seja um homem arguto – respondeu o cônsul. – O senhor sabe, um criminoso inglês estará sempre mais bem escondido em Londres que no estrangeiro.

Com essa reflexão, que deu muito que refletir ao agente, o cônsul voltou a seu escritório, situado perto dali. O inspetor de polícia permaneceu só, tomado de uma impaciência nervosa, com o pressentimento assaz bizarro de que seu ladrão deveria encontrar-se a bordo do *Mongolia* – e, na verdade, se esse escroque deixara a Inglaterra com a intenção de chegar ao Novo Mundo, a rota das Índias, menos vigiada ou mais difícil de vigiar que a do Atlântico, devia ter ganhado sua preferência.

Fix não se entregou a estas reflexões por muito tempo. Vivos assobios anunciaram a chegada do paquete. Toda a horda dos carregadores e dos felás precipitou-se ao cais em um tumulto algo inquietante para os membros e as roupas dos passageiros. Uma dezena de canoas soltou-se da margem e foi ao encontro do *Mongolia*.

Logo viu-se o casco do *Mongolia*, passando entre as margens do canal, e batiam onze horas quando o navio a vapor veio ancorar na enseada, enquanto seu vapor crepitava altissonante pelos tubos de escapamento.

Havia muitos passageiros a bordo. Alguns permaneceram sobre o *spardeck* contemplando o panorama pitoresco da cidade; mas a maioria desembarcou com as canoas que vieram acostar-se ao *Mongolia*.

Fix examinava escrupulosamente todos aqueles que pisavam em terra.

Nesse momento, um deles aproximou-se dele, após vigorosamente repelir os felás que o importunavam com ofertas de serviço, e perguntou-lhe muito polidamente se lhe poderia indicar o escritório do agente consular inglês. E ao mesmo tempo esse passageiro apresentava um passaporte sobre o qual sem dúvida desejava carimbar o visto britânico.

Fix instintivamente tomou o passaporte e, com um rápido golpe de vista, identificou a fisionomia.

Um movimento involuntário quase lhe escapou. A folha tremeu em sua mão. Os traços físicos dispostos sobre o passaporte eram idênticos aos que recebera do diretor da polícia metropolitana.

– Este passaporte não é seu? – disse ao passageiro.

– Não – respondeu este –, é o passaporte de meu patrão.

– E seu patrão?

– Ficou a bordo.

– Mas – retomou o agente – é preciso que ele se apresente em pessoa ao escritório do consulado a fim de provar sua identidade.

– Qual! Isso é necessário?

– Indispensável.

– E onde fica o escritório?

– Lá, no canto da praça – respondeu o inspetor indicando uma casa distante duzentos passos.

– Então vou procurar meu patrão, que, no entanto, não vai ficar muito feliz com essa história.

Lá de cima, o passageiro cumprimentou Fix e retornou ao navio.

VII. Que atesta uma vez mais a inutilidade dos passaportes em matéria de polícia

O inspetor tornou a descer ao cais e dirigiu-se rapidamente ao escritório do cônsul. Imediatamente, seguindo sua demanda urgente, foi apresentado a este funcionário.

– Senhor cônsul – disse-lhe sem nenhum preâmbulo –, tenho fortes razões para acreditar que nosso homem está a bordo do *Mongolia*.

E Fix contou o que se passara entre esse criado e ele a respeito do passaporte.

– Bem, senhor Fix – respondeu o cônsul –, não me incomodarei em ver a figura deste escroque. Mas talvez ele não se apresente em meu escritório, se for quem supõe. Um ladrão não gosta de deixar indícios de sua passagem, e, além disso, a formalidade dos passaportes não é mais obrigatória.

– Senhor cônsul – respondeu o agente –, se ele é um homem astuto, como se deve imaginá-lo, ele virá!

– Carimbar o passaporte?

– Sim. Os passaportes não servem senão para perturbar gente honesta e favorecer a fuga dos escroques. Afirmo-lhe que este estará em ordem, mas bem espero que não o carimbe...

– E por que não? Se o passaporte estiver regular – respondeu o cônsul –, não terei o direito de recusar meu visto.

– No entanto, senhor cônsul, é necessário que eu detenha este homem aqui até que eu tenha recebido de Londres um mandado de prisão.

– Ah! Isso, senhor Fix, é um problema seu – respondeu o cônsul –, mas eu, eu não posso...

O cônsul não terminou sua frase. Nesse momento, batiam à porta de seu gabinete, e o assistente introduziu dois estranhos, dos quais um era precisamente esse criado com quem o detetive conversara.

Eram, com efeito, patrão e criado. O patrão apresentou seu passaporte, pedindo laconicamente ao cônsul que fizesse o favor de carimbá-lo.

Este pegou o passaporte e o leu atentamente, enquanto Fix, em um canto do gabinete, observava, ou, antes, devorava o estranho com os olhos.

Quando o cônsul terminou sua leitura, disse:

– É Phileas Fogg, escudeiro?

– Sim, senhor – respondeu o *gentleman*.

– E este homem é seu criado?

– Sim, um francês chamado Passepartout.

– Vem de Londres?

– Sim.

– E vai...?

– A Bombaim.

– Bem, senhor. Sabe que esta formalidade do passaporte é inútil, e que nós já não exigimos a apresentação do passaporte?

– Sei, senhor – respondeu Phileas Fogg –, mas desejo constatar com seu visto minha passagem por Suez.

– Pois bem, senhor.

E o cônsul, depois de assinar e datar o passaporte, aplicou seu carimbo. Mister Fogg quitou as taxas de visto e, após friamente despedir-se, saiu, seguido de seu criado.

– E então? – perguntou o inspetor.

– E então – respondeu o cônsul – que ele tem ares de um homem perfeitamente honesto!

– Possível – respondeu Fix –, mas não é disso que se trata. Não lhe parece, senhor cônsul, que este fleumático *gentleman* se assemelha, traço por traço, ao ladrão do qual recebi a descrição?

– Concordo, mas, sabe... todas as descrições...

– Tirarei isso a limpo – respondeu Fix. – O criado me parece ser menos indecifrável que o patrão. Ademais, é um francês, que não conseguirá manter-se calado. Até logo, senhor cônsul.

Ao dizer isso, o agente saiu e pôs-se à procura de Passepartout.

Nesse meio-tempo, mister Fogg, ao deixar a casa consular, havia se dirigido ao cais. Lá, deu algumas ordens a seu criado; em seguida, embarcou em uma canoa, pôs-se a bordo do *Mongolia* e entrou em sua cabine. Pegou então sua caderneta, que continha as seguintes notas:

Saída de Londres, quarta-feira, 2 de outubro, 20h45.

Chegada em Paris, quinta-feira, 3 de outubro, 7h20.

Saída de Paris, quinta-feira, 8h40.

Chegada pelo Mont-Cenis em Turim, sexta-feira, 4 de outubro, 6h35.

Saída de Turim, sexta-feira, 7h20.

Chegada em Brindisi, sábado, 5 de outubro, quatro horas da tarde.

Embarque no *Mongolia*, sábado, cinco horas da tarde.

Chegada em Suez, quarta-feira, 9 de outubro, onze horas da manhã.

Total de horas despendidas: cento e cinquenta e oito horas e trinta minutos, ou, em dias: seis dias.

Mister Fogg inscrevera essas datas sobre um itinerário disposto em colunas que indicava – desde 2 de outubro até 21 de dezembro – o mês, o dia do mês, o dia da semana, as chegadas estipuladas e as chegadas efetivas em cada ponto principal – Paris, Brindisi, Suez, Bombaim, Calcutá, Singapura, Hong Kong, Yokohama, San Francisco, Nova York, Liverpool, Londres –, o que permitia calcular o ganho obtido ou a perda sofrida em cada trecho do percurso.

Assim, este metódico itinerário mantinha anotações sobre tudo, e mister Fogg sabia sempre se estava adiantado ou atrasado.

Ele inscreveu, então, este dia, quarta-feira, 9 de outubro, sua chegada em Suez, que, de acordo com a chegada estipulada, não constituía nem ganho nem perda.

Em seguida, mandou servir o almoço em sua cabine. Quanto a ver a cidade, nem pensava nisso, dado que era dessa raça de ingleses que visitam por meio de seus criados os países por que passam.

VIII. No qual Passepartout fala talvez um pouco mais que o conveniente

Poucos instantes depois, Fix encontrou-se novamente, no cais, com Passepartout, que deambulava e observava, não se reputando, ele, obrigado a nada ver.

– Bem, meu amigo – disse-lhe Fix ao abordá-lo –, seu passaporte está carimbado?

– Ah! É o senhor – respondeu o francês. – Muito obrigado. Nós estamos perfeitamente em ordem.

– E observa o país?

– Sim, mas nós estamos indo tão rápido que me parece que viajo em sonho. E, rápido assim, nós estamos em Suez?

– Em Suez.

– No Egito?

– No Egito, perfeitamente.

– E na África?

– Na África.

– Na África – repetiu Passepartout. – Não posso acreditar nisso. Creia, senhor, que não imaginava ir além de Paris, e essa famosa capital, revi-a exatamente das 7h20 às 8h40 da manhã, entre a estação do norte e a estação de Lyon, através dos vidros de um fiacre e de uma forte chuva! Lamento! Teria gostado de rever o padre Lachaise e o Circo dos Campos Elísios!

– Está com muita pressa? – perguntou o inspetor de polícia.

– Eu não, mas meu patrão, sim. A propósito, preciso comprar meias e camisas! Partimos sem malas, com uma bolsa de viagem somente.

– Vou levá-lo a um bazar em que encontrará tudo de que precisa.

– O senhor é de uma grande generosidade... – respondeu Passepartout.

E ambos se colocaram a caminho. Passepartout sempre papeando.

– Preciso, sobretudo – disse ele –, tomar cuidado para não perder o navio!

– Tem tempo – respondeu Fix –, ainda é quase meio-dia!

Passepartout sacou seu grande relógio.

– Meio-dia – disse ele. – Ora, vamos! São 9h52!

– Seu relógio está atrasado – respondeu Fix.

– Meu relógio! Um relógio de família, que vem de meu bisavô! Ele não varia nem cinco minutos por ano. Um verdadeiro cronômetro!

– Entendi do que se trata – respondeu Fix. – Você manteve a hora de Londres, que está cerca de duas horas atrás do horário de Suez. É preciso tomar o cuidado de acertar o seu relógio com o horário de cada país.

– Ora essa! Tocar em meu relógio! – exclamou Passepartout. – Jamais!

– Bem, ele não estará mais de acordo com o horário solar.

– Tanto pior para o sol, senhor! É ele quem estará errado!

E o bom jovem devolveu seu relógio ao bolso do colete com um gesto altivo.

Alguns instantes depois, Fix dizia:

– Deixaram Londres precipitadamente, então?

– Creio que sim! Na última quarta-feira, às oito horas da noite, contra todos os seus hábitos, monsieur Fogg voltou de seu círculo, e três quartos de hora depois tínhamos partido.

– Mas aonde vai ele, então, seu patrão?

– Sempre em frente! Está dando a volta ao mundo!

– A volta ao mundo? – exclamou Fix.

– Sim, em oitenta dias! Uma aposta, diz ele, mas, cá entre nós, não creio em nada disso. Isso vai contra o senso comum. Há algo mais.

– Ah! É um excêntrico, este monsieur Fogg?

– Creio que sim.

– É rico então?

– Evidentemente, e leva uma bela quantia consigo, em notas novinhas! E não poupa o dinheiro na viagem! Veja! Ele prometeu uma recompensa magnífica ao maquinista do *Mongolia* se nós conseguirmos chegar a Bombaim com um bom avanço!

– E o conhece há muito tempo, seu patrão?

– Eu? – respondeu Passepartout. – Eu comecei a trabalhar no dia em que viajamos.

Imagina-se facilmente o efeito que essas respostas devem ter produzido sobre o espírito já superexcitado do inspetor de polícia.

Essa partida precipitada de Londres, pouco tempo após o roubo, essa grande quantia levada, essa pressa em chegar a países longínquos, esse pretexto de uma aposta excêntrica, tudo confirmava e devia confirmar as ideias de Fix. Ele fez o francês falar mais um pouco e teve a certeza de que o jovem não conhecia de modo nenhum seu patrão, que este vivia isolado em Londres, que lhe diziam rico sem saber a origem de sua fortuna, que era um homem inescrutável etc. Porém, ao mesmo tempo, Fix pôde ter como certo que Phileas Fogg não desembarcaria em Suez, e que ia realmente a Bombaim.

– É longe Bombaim? – perguntou Passepartout.

– Bastante longe – respondeu o agente. – Precisam ainda de mais uns dez dias de mar.

– E onde é Bombaim?

– Na Índia.

– Na Ásia?

– Naturalmente.

– Diabo! É que vou lhe dizer... Há uma coisa que me inquieta... É meu bico!

– Que bico?

– Meu bico de gás, que me esqueci de apagar e que queima à minha custa. Ora, calculei que gastava dois xelins a cada vinte e quatro horas, apenas seis centavos a mais do que ganho, e o senhor compreende que, por pouco que a viagem se prolongue...

Fix havia compreendido o caso do gás? É pouco provável. Ele já não escutava e tomava uma decisão. O francês e ele chegaram ao bazar. Fix deixou sua companhia fazer suas compras, recomendou-lhe não perder a partida do *Mongolia*, e voltou com toda a pressa ao escritório do agente consular.

Fix, agora que sua convicção estava formada, havia recobrado todo seu sangue-frio.

– Senhor – disse ao cônsul –, já não tenho dúvida nenhuma. Tenho meu homem. Ele se faz passar por um excêntrico que quer dar a volta ao mundo em oitenta dias.

– Então é um velhaco – respondeu o cônsul – e pretende voltar a Londres depois de despistar todas as polícias dos dois continentes!

– Veremos – respondeu Fix.

– Mas o senhor não estaria enganado? – perguntou mais uma vez o cônsul.

– Não me engano.

– Então por que este ladrão quis constatar com um visto sua passagem por Suez?

– Por quê...? Não tenho ideia, monsieur cônsul – respondeu o detetive –, mas me ouça.

E, em algumas palavras, ele relatou os pontos relevantes de sua conversa com o criado do dito Fogg.

– Com efeito – disse o cônsul –, todos os indícios vão contra este homem. E que vai fazer o senhor?

– Expedir um despacho para Londres com a demanda urgente de enviar-me um mandado de prisão a Bombaim; embarcar no *Mongolia*, seguir meu ladrão até as Índias e, lá, sobre essa terra inglesa, abordá-lo polidamente, com meu mandado à mão e a mão sobre seu ombro.

Pronunciadas friamente estas palavras, o agente despediu-se do cônsul e dirigiu-se ao escritório telegráfico. De lá, expediu ao diretor da polícia metropolitana o despacho já conhecido.

Um quarto de hora mais tarde, Fix, com sua leve bagagem à mão, aliás, bem abastecida com dinheiro, embarcava no *Mongolia*, e logo o rápido navio seguia a todo vapor sobre as águas do mar Vermelho.

IX. Onde o mar Vermelho e o mar das Índias mostram-se propícios aos desígnios de Phileas Fogg

A distância entre Suez e Áden é exatamente de mil, trezentas e dez milhas, e o caderno de normas e encargos da Companhia conferia a seus paquetes um lapso de tempo de cento e trinta e oito horas para percorrê-la. O *Mongolia*, cujas chaminés eram ativamente estimuladas, progredia de maneira a superar a chegada regulamentar.

A maioria dos passageiros embarcados em Brindisi tinha a Índia por destino. Uns seguiam para Bombaim, outros para Calcutá, mas via Bombaim, porque, desde que uma ferrovia agora atravessa em toda a sua amplidão a península indiana, já não é necessário contornar a ponta de Ceilão.[1]

Entre os passageiros do *Mongolia*, contavam-se diversos funcionários civis e oficiais de todas as categorias. Destes, uns pertenciam ao exército britânico propriamente dito, outros comandavam as tropas indígenas de cipaios,[2] todos muito bem remunerados, mesmo agora que o governo se substituiu à antiga Companhia das Índias em seus direitos e deveres: subtenentes a sete mil francos, brigadeiros a sessenta mil, generais a cem mil.[3]

Vivia-se bem, portanto, a bordo do *Mongolia*, nessa sociedade de funcionários, aos quais se misturavam alguns jovens ingleses que, com seus milhões no bolso, iam a lugares distantes fundar feitorias. O co-

---

1. Atual Sri Lanka. (N.T.)
2. Mercenários ou soldados hindus a serviço do exército britânico na época da colonização da Índia. (N.A.)
3. O tratamento dos funcionários civis é ainda mais elevado. Os simples assistentes, ao primeiro nível da hierarquia, recebem doze mil francos; os juízes, sessenta mil francos; os presidentes de corte, duzentos e cinquenta mil francos; os governadores, trezentos mil francos; e o governador-geral, mais de seiscentos mil francos. (N.A.)

missário de bordo, o homem de confiança da Companhia, o igual do capitão a bordo, fazia as coisas suntuosamente. No café da manhã, no almoço das duas horas, no jantar das cinco e meia, na ceia das oito horas, as mesas vergavam sob os pratos de carne fresca e demais alimentos fornecidos pelo açougue e pela copa do paquete. As passageiras – havia algumas – faziam a toalete duas vezes por dia. Tocava-se música, dançava-se mesmo, quando o mar o permitia.

Contudo o mar Vermelho é muito caprichoso, e amiúde muito agitado, como todos os golfos longos e estreitos. Quando o vento soprava, quer vindo da Ásia, quer vindo da África, o *Mongolia*, longo fuso à hélice, atingido de través, oscilava temerosamente. As damas então desapareciam; os pianos calavam-se; cantos e danças cessavam simultaneamente. E, no entanto, apesar das rajadas, apesar do marulho, o paquete, impelido por sua possante máquina, corria sem atraso em direção ao estreito de Bab-el-Mandeb.

Que fazia Phileas Fogg durante esse tempo? Poder-se-ia crer que, sempre inquieto e ansioso, ele se preocupava com as mudanças de vento prejudiciais ao progresso do navio, com os movimentos desordenados do marulho que arriscavam causar um acidente; enfim, com todas as avarias possíveis que, obrigando o *Mongolia* a fazer uma escala em algum porto, teriam comprometido sua viagem?

De modo algum, ou, no mínimo, se este *gentleman* pensava nessas eventualidades, não deixava nada transparecer. Era sempre o homem impassível, o membro imperturbável do Reform Club, a quem nenhum incidente ou acidente podia surpreender. Ele não parecia mais impressionado que os cronômetros a bordo. Raramente o viam sobre o convés. Inquietava-se pouco ao observar esse mar Vermelho, tão fecundo de memórias, esse teatro das primeiras cenas históricas da humanidade. Não vinha conhecer as curiosas cidades espalhadas sobre suas margens, das quais a pitoresca silhueta distinguia-se às vezes no horizonte. Nem mesmo pensava nos perigos desse golfo arábico, do qual os historiadores antigos – Estrabão, Arriano, Artemidoro, Edrisi – sempre falaram com temor, e ao qual os navegadores outrora não se arriscavam jamais a ir sem ter abençoado sua viagem com sacrifícios propiciatórios.

Que fazia então este excêntrico, aprisionado no *Mongolia*? Antes de tudo, fazia suas quatro refeições diárias sem que jamais a arfagem ou qualquer balanço pudesse descompor uma máquina tão maravilhosamente organizada. Depois, jogava uíste.

Sim! Ele havia encontrado parceiros tão obstinados quanto ele: um coletor de impostos que se dirigia a Goa, um ministro, o reverendo Décimus Smith, retornando a Bombaim, e um brigadeiro-general da armada inglesa, que se reunia a seu corpo em Varanasi. Estes três passageiros tinham pelo uíste a mesma paixão que mister Fogg e jogavam durante horas inteiras, não menos silenciosamente que ele.

Quanto a Passepartout, o mal do mar não tinha efeito nenhum sobre ele. Ele ocupava uma cabine dianteira e comia, ele também, conscienciosamente. É preciso dizer que essa viagem, feita nessas condições, decididamente já não o desagradava. Resignava-se. Bem alimentado, bem instalado, via esses países, e, aliás, afirmava a si mesmo que toda essa fantasia acabaria em Bombaim.

No dia seguinte da partida de Suez, 29 de outubro, não foi sem certo prazer que reencontrou no convés o obsequioso personagem a que se dirigira ao desembarcar no Egito.

– Se não me engano – disse ele ao abordá-lo com seu mais amável sorriso –, não foi o senhor que tão generosamente me serviu de guia em Suez?

– De fato – respondeu o detetive –, eu o reconheço. É o criado daquele inglês extravagante...

– Precisamente, monsieur...?

– Fix.

– Monsieur Fix – respondeu Passepartout. – Encantado em reencontrá-lo a bordo. Para onde vai, então?

– Bem, assim como você, vou a Bombaim.

– Que bom! Já fez esta viagem?

– Várias vezes – respondeu Fix. – Sou um agente da Companhia Peninsular.

– Então conhece a Índia?

– Bem... sim... – respondeu Fix, que não queria se revelar demais.

– E é curiosa essa tal Índia?

– Curiosíssima! Mesquitas, minaretes, templos, faquires, pagodes, tigres, serpentes, dançarinas! E espera ter tempo de visitar o país?

– Espero, monsieur Fix. O senhor compreende bem que não é lícito a um homem são de espírito passar a vida saltando de um paquete a uma estrada de ferro e de uma estrada de ferro a um paquete, sob o pretexto de dar a volta ao mundo em oitenta dias! Toda essa ginástica cessará em Bombaim, não tenha dúvida.

– E monsieur Fogg passa bem? – perguntou Fix com o tom mais natural.

– Muito bem, monsieur Fix. Eu também, aliás. Tenho comido feito um ogro que estivesse de jejum. É o ar marítimo.

– E o seu patrão? Nunca o vejo no convés.

– Nunca. Ele não é curioso.

– Sabe, monsieur Passepartout, que essa pretensa viagem em oitenta dias bem poderia estar escondendo alguma missão secreta... uma missão diplomática, por exemplo!

– Juro, monsieur Fix, não sei de nada, confesso, e na verdade não daria meio tostão para saber.

Depois desse encontro, Passepartout e Fix conversaram ainda muitas outras vezes. O inspetor de polícia queria aproximar-se do criado do senhor Fogg. Isso poderia ser-lhe útil eventualmente. Portanto, frequentemente oferecia-lhe, no bar do *Mongolia*, algumas doses de uísque ou de pale ale, que o bom jovem aceitava sem cerimônia e até retribuía para não ficar devendo nada – julgando, assim, este Fix um *gentleman* bem honesto.

No entanto, o paquete avançava rapidamente. No dia 13, avistaram Moka, que apareceu com seu cinturão de muralhas arruinadas, sobre as quais se destacavam algumas tamareiras verdejantes. Ao longe, nas montanhas, desdobravam-se vastos cafezais. Passepartout sentiu-se eufórico por contemplar essa cidade célebre e considerou mesmo que, com seus muros circulares, e um forte desmantelado que se desenhava como uma alça, ela se parecia com uma enorme meia xícara.

Durante a noite seguinte, o *Mongolia* atravessou o estreito de Bab--el-Mandeb, cujo nome árabe significa Porta das Lágrimas, e no outro dia, 14, fazia escala em Steamer Point, ao noroeste da enseada de Áden. Era lá que deveria se reabastecer de combustível.

Grave e importante é a questão da alimentação da fornalha dos paquetes a tais distâncias das usinas. Só para a Companhia Peninsular, é uma despesa anual da cifra de oitocentas mil libras (vinte milhões de francos). Foi preciso, com efeito, estabelecer depósitos em vários portos, e nesses mares distantes o carvão sai a oitenta francos a tonelada.

O *Mongolia* tinha ainda mil seiscentas e cinquenta milhas a bater antes de atingir Bombaim, e devia permanecer quatro horas em Steamer Point, a fim de abastecer seu paiol.

Mas esse atraso não poderia de modo nenhum perturbar a programação de Phileas Fogg. Ele estava previsto. Além disso, o *Mongolia*, em vez de chegar a Áden somente em 15 de outubro pela manhã, lá chegava na noite do dia 14. Era um ganho de quinze horas.

Mister Fogg e seu criado desceram a terra. O *gentleman* queria visar seu passaporte. Fix seguiu-o sem ser percebido. Uma vez cumprida a formalidade do visto, Phileas Fogg voltou a bordo para retomar sua partida interrompida.

Passepartout, este, deambulou, seguindo seu costume, no meio dessa população de somalis, baneanes, parses, judeus, árabes, europeus que compõem os vinte e cinco mil habitantes de Áden. Admirou as fortificações dessa cidade, o Gibraltar do mar das Índias, de magníficas cisternas nas quais trabalham ainda os engenheiros ingleses, dois mil anos após os engenheiros do rei Salomão.

– Muito curioso, muito curioso! – dizia a si mesmo Passepartout ao voltar a bordo. – Percebo que não é inútil viajar, se se quer ver coisas novas.

Às dezoito horas, o *Mongolia* batia as pás de sua hélice nas águas da enseada de Áden e logo já corria sobre o oceano Índico. Eram-lhe dadas cento e sessenta e oito horas para completar a travessia de Áden a Bombaim. De resto, esse mar das Índias lhe fora favorável. O vento mantinha-se ao noroeste. As velas vinham ao auxílio do vapor.

O navio, mais bem sustentado, balançou menos. As passageiras, com suas toaletes recém-feitas, reapareceram no convés. Os cantos e as danças recomeçaram.

A viagem completou-se, assim, nas melhores condições. Passepartout estava encantado com o amável companheiro que o acaso lhe havia oferecido na pessoa de Fix.

No domingo, 20 de outubro, perto do meio-dia, avistou-se a costa indiana. Duas horas mais tarde, o piloto subia a bordo do *Mongolia*. No horizonte, um pano de fundo de colinas perfilava-se harmoniosamente sobre o céu. Logo os renques de palmeiras que cobrem a cidade se destacaram vivamente. O paquete penetrou nessa enseada formada pelas ilhas Salsete, Colava, Elefanta, Butcher e, às quatro e meia da tarde, acostava nos cais de Bombaim.

Phileas Fogg terminava então sua trigésima terceira rodada do dia, e seu parceiro e ele, graças a uma manobra audaciosa, tendo feito todos os trezes lanços, terminaram essa bela travessia com uma vitória impecável e admirável.

O *Mongolia* não devia chegar a Bombaim senão no dia 22 de outubro. Ora, ele chegara lá no dia 20. Era, assim, desde sua partida de Londres, um ganho de dois dias, que Phileas Fogg inscrevera metodicamente em seu itinerário na coluna dos ganhos.

X. Onde Passepartout fica bastante feliz por safar-se perdendo apenas os sapatos

Ninguém ignora que a Índia – esse grande triângulo invertido cuja base fica ao norte e a ponta ao sul – compreende uma superfície de um milhão e quatrocentas milhas quadradas, sobre a qual está inegavelmente distribuída uma população de cento e oitenta milhões de habitantes. O governo britânico exerce um domínio real sobre certa parte desse imenso país. Ele mantém um governador-geral em Calcutá, governadores em Madrasta, em Bombaim, em Bengala, e um vice-governador em Agra.

No entanto, a Índia Inglesa propriamente dita não conta senão com uma superfície de setecentas mil milhas quadradas e uma população de cem milhões a cento e dez milhões de habitantes. Basta dizer que uma parte notável do território escapa à autoridade da rainha; e, com efeito, para alguns rajás do interior, ferozes e terríveis, a independência hindu é ainda absoluta.

Desde 1756 – época em que foi fundado o primeiro estabelecimento inglês sobre o local hoje ocupado pela cidade de Madrasta – até o ano em que estourou a grande insurreição dos cipaios, a célebre Companhia das Índias foi todo-poderosa. Ela anexava pouco a pouco as diversas províncias, compradas dos rajás pelo preço de rendas que ela pouco ou nada pagava; nomeava seu governador-geral e todos os seus empregados civis ou militares; mas agora ela já não existe, e as possessões inglesas da Índia dependiam diretamente da Coroa.

Também o aspecto, os costumes, as divisões etnográficas da península tendem a modificar-se todos os dias. Outrora, viajava-se por todos os antigos meios de transporte, a pé, a cavalo, de charrete, de carrinho de mão, de palanquim, nas costas dos homens, de carruagem etc. Agora, os navios a vapor percorrem a grande velocidade o Indo e o Ganges; e uma estrada de ferro, que atravessa a Índia em toda a sua extensão, ramificando--se durante o percurso, põe Bombaim a apenas três dias de Calcutá.

O traçado dessa estrada de ferro não segue uma linha reta através da Índia. O voo de um pássaro percorreria uma distância de mil ou mil e cem milhas, e os trens, animados apenas a uma velocidade média, não empregariam três dias para vencê-la; mas essa distância é aumentada em um terço, ao menos, pela corda que os trilhos descrevem ao elevar-se até Allahabad, no norte da península.

Eis, em suma, o traçado da Great Indian Peninsula Railway. Saindo da ilha de Bombaim, ela atravessa Salsete, salta para o continente em frente a Tannah, passa a cadeia dos Gates Ocidentais, corre em direção ao nordeste até Burhanpur, deixa suas marcas no território quase independente de Bundelkund, eleva-se até Allahabad, curva-se para o leste, encontra o Ganges em Varanasi, afasta-se ligeiramente e, tornando a descer em direção ao sudeste por Burdwan e pela cidade francesa de Chandernagore, dispara até Calcutá.

Às quatro e meia, os passageiros do *Mongolia* desembarcaram em Bombaim, e o trem de Calcutá partiria às oito horas em ponto.

Mister Fogg despediu-se, então, de seus parceiros, deixou o paquete, deu a seu criado a lista de compras a fazer, recomendou-lhe expressamente que se apresentasse antes das oito horas na estação e, com seu passo regular que batia os segundos como o pêndulo de um relógio astronômico, dirigiu-se à seção de passaportes.

Assim, portanto, das maravilhas de Bombaim, não pensava em ver nada, nem o hotel da cidade, nem a magnífica biblioteca, nem os fortes, nem as docas, nem o mercado de algodão, nem os bazares, nem as mesquitas, nem as sinagogas, nem as igrejas armênias, nem o esplêndido pagode de Malabar Hill, ornado com duas torres polígonas. Não contemplaria nem as obras-primas de Elefanta, nem seus misteriosos hipogeus, escondidos ao sudeste da enseada, nem as grutas Kanheri da ilha Salsete, restos admiráveis da arquitetura budista!

Não! Nada. Ao sair da seção de passaportes, Phileas Fogg dirigiu-se tranquilamente à estação, e lá mandou servirem o jantar. Entre outros pratos, o chefe dos garçons pensou em recomendar-lhe uma *gibelotte*[1] de "coelho do país", da qual lhe disse maravilhas.

---

1. Prato da culinária francesa em que se serve guisado de coelho ao molho branco. (N.T.)

Phileas Fogg aceitou a *gibelotte* e provou-a conscienciosamente; mas, a despeito de seu molho apimentado, julgou-a detestável.

Chamou o chefe dos garçons.

– Monsieur – disse-lhe observando-o fixamente –, é isto aqui o coelho?

– Sim, milorde – respondeu atrevidamente o velhaco –, um coelho das selvas.

– E este coelho aqui não miou quando o mataram?

– Miar! Oh, milorde! Um coelho! Eu juro...

– Monsieur, não jure, e lembre-se disto: antigamente, na Índia, os gatos eram considerados animais sagrados. Eram bons tempos.

– Para os gatos, milorde?

– E talvez também para os viajantes!

Depois de fazer essa observação, mister Fogg continuou tranquilamente a jantar.

Alguns instantes depois de mister Fogg, o agente Fix havia, ele também, desembarcado do *Mongolia* e corrido até o diretor de polícia de Bombaim. Fez saber de sua qualidade de detetive, da missão de que estava encarregado, sua situação frente ao suposto autor do roubo. Haviam recebido de Londres o mandado de prisão...? Não haviam recebido nada. E, com efeito, o mandado, que havia partido depois de Fogg, não poderia já ter chegado.

Fix ficou bastante desconcertado. Quis obter do diretor uma ordem de prisão contra o senhor Fogg. O diretor recusou-se. O caso dizia respeito à administração metropolitana, e somente ela podia legalmente lavrar um mandado. Essa severidade de princípios, essa observação rigorosa da legalidade, é perfeitamente explicável, dados os costumes ingleses que, em matéria de liberdade individual, não admitem nenhuma arbitrariedade.

Fix não insistiu e compreendeu que devia resignar-se a esperar seu mandado. Entretanto resolveu não perder de vista seu impenetrável escroque durante todo o tempo que ele permanecesse em Bombaim. Não duvidava que Phileas Fogg iria deter-se um pouco por lá – e, sabe-se, essa era também a convicção de Passepartout –, o que dava ao mandado de prisão tempo para chegar.

Porém, desde as últimas ordens que lhe foram dadas por seu patrão ao sair do *Mongolia*, Passepartout bem compreendera que Bombaim seria como Suez e Paris, que a viagem não terminaria ali, que ela prosseguiria ao menos até Calcutá, e talvez fosse mais longe. E ele começou a perguntar-se se essa aposta de mister Fogg não era absolutamente séria, e se a fatalidade não o arrastava, ele que queria viver descansadamente, a completar a volta ao mundo em oitenta dias!

Aguardando, e depois de ter comprado algumas camisas e meias, ele passeava pelas ruas de Bombaim. Nelas havia uma grande afluência de populares, e, no meio de europeus de todas as nacionalidades, persas com toucas pontudas, *bunhyas* com rotundos turbantes, sindes com toucas quadradas, armênios em longas vestes, parses com mitras negras. Era precisamente uma festa celebrada por esses parses ou guebres, descendentes diretos dos sequazes do Zoroastro, que são os mais industriosos, os mais civilizados, os mais inteligentes, os mais austeros dos hindus – raça à qual pertencem atualmente os ricos negociantes indígenas de Bombaim. Nesse dia, celebravam uma espécie de carnaval religioso, com procissões e divertimentos nos quais figuravam dançarinas vestidas com gazas rosas brocadas em ouro e prata, as quais, ao som das violas e ao ruído dos tambores, dançavam maravilhosamente, e com uma perfeita decência aliás.

Se Passepartout observava essas curiosas cerimônias, se seus olhos e suas orelhas se abriam desmesuradamente para ver e ouvir, se seu ar – sua fisionomia – era bem aquele do pateta noviço que se pode imaginar, não é o caso de insistir-se sobre isso aqui.

Infelizmente para ele e para seu patrão, cuja viagem ele arriscava comprometer, sua curiosidade o levou para mais longe do que convinha.

Com efeito, após ter entrevisto esse carnaval parse, Passepartout dirigia-se à estação quando, passando em frente ao admirável pagode de Malabar Hill, teve a desastrada ideia de visitar seu interior.

Ele ignorava duas coisas: primeiro, que a entrada em certos pagodes hindus é formalmente interdita aos cristãos, e depois que os crentes mesmos não podem penetrá-los sem deixar suas meias à porta. É preciso destacar aqui que, por razões de uma política sadia, o governo inglês, respeitando e fazendo respeitar até em seus mais insignificantes detalhes a religião do país, pune severamente quem quer que viole essas práticas.

Passepartout, lá dentro, sem maus pensamentos, como um simples turista, admirava, no interior de Malabar Hill, esse ouropel ofuscante da ornamentação bramânica quando foi repentinamente derrubado sobre as lajes sagradas. Três sacerdotes, com os olhares tomados de furor, precipitaram-se sobre ele, arrancaram seus sapatos e suas meias e começaram a golpeá-lo, proferindo gritos selvagens.

O francês, vigoroso e ágil, levantou-se vivamente. Com um soco e um pontapé, derrubou dois de seus adversários, muito embaraçados em suas longas vestes, e, lançando-se para fora do pagode com toda a velocidade de suas pernas, logo se afastou do terceiro hindu, que se jogara em seu encalço, arrebanhando a multidão.

Quando faltavam cinco para as oito, apenas alguns minutos antes da partida do trem, sem chapéu, com os pés nus, tendo perdido na bulha o pacote contendo suas compras, Passepartout chegava à estação da estrada de ferro.

Fix estava lá, sobre a plataforma. Tendo seguido o senhor Fogg à estação, compreendera que o escroque deixaria Bombaim. Sua decisão fora imediatamente a de acompanhá-lo até Calcutá, e mais longe se necessário. Passepartout não viu Fix, que se mantinha na sombra, mas Fix ouviu a narrativa de suas aventuras, que Passepartout contou em poucas palavras a seu patrão.

– Espero que isso não mais aconteça – respondeu simplesmente Phileas Fogg, tomando seu lugar em um dos vagões do trem.

O pobre jovem, descalço e totalmente desbaratado, seguiu seu mestre sem dizer palavra alguma.

Fix ia subir em um vagão separado quando um pensamento o deteve e modificou subitamente seu projeto de viagem.

– Não, eu fico – disse a si mesmo. – Um delito cometido sobre o território indiano... Tenho meu homem.

Nesse momento, a locomotiva emitiu um vigoroso apito, e o trem desapareceu na noite.

XI. Onde Phileas Fogg compra uma montaria por um preço fabuloso

O trem havia partido à hora regulamentar. Levava certo número de viajantes; alguns oficiais, funcionários civis e negociantes de ópio e índigo, atraídos pelo comércio na parte oriental da península.

Passepartout ocupava o mesmo compartimento que seu mestre. Um terceiro viajante encontrava-se no canto oposto.

Era o general de brigada sir Francis Cromarty, um dos parceiros de mister Fogg durante a travessia de Suez a Bombaim, que se reuniria com suas tropas alojadas em Bénarès.

Sir Francis Cromarty, grande, louro, cerca de cinquenta anos de idade, que recebera muitas distinções durante a última revolta dos cipaios, mereceria verdadeiramente a qualificação de nativo. Desde sua juventude ele habitava a Índia e fizera apenas raras aparições em seu país natal. Era um homem instruído, que teria de bom grado fornecido informações sobre o costume, a história, a organização do país hindu, se Phileas Fogg fosse homem de perguntar por elas. Mas esse *gentleman* não perguntava nada. Não viajava, descrevia uma circunferência. Era um corpo grave, percorrendo uma órbita ao redor do globo terrestre, seguindo as leis da mecânica racional. Nesse momento, refazia mentalmente o cálculo das horas despendidas desde que partira de Londres, e teria esfregado as mãos se fosse de sua natureza fazer movimentos inúteis.

Sir Francis Cromarty não deixara passar despercebida a originalidade de seu companheiro de viagem, ainda que o tivesse estudado com base apenas nas cartas da mão e entre duas rodadas. Estava, portanto, autorizado a perguntar-se se um coração humano batia sob esse frio invólucro, se Phileas Fogg tinha uma alma sensível às belezas da natureza, às aspirações morais. Para ele, era uma questão que se impunha. De todos os excêntricos que o general encontrara, nenhum se comparava a este produto das ciências exatas.

Phileas Fogg não escondera de sir Francis Cromarty seu projeto de viagem ao redor do mundo nem as condições em que ele o executava. O general de brigada não viu nessa aposta senão uma excentricidade sem fim útil e à qual faltaria necessariamente o *transire benefaciendo*[1] que deve guiar todo homem razoável. Pelo ritmo em que marchava esse bizarro *gentleman*, ele passaria evidentemente sem "nada fazer", nem para si nem para os outros.

Uma hora depois de ter deixado Bombaim, o trem, após ultrapassar os viadutos, atravessara a ilha Salsete e corria sobre o continente. Na estação de Kalyan, escolheu a ramificação da direita, que, por Kandallah e Pounah, desce em direção ao sudeste da Índia, e ganhou a estação de Pauwell. Nesse ponto, adentrou as montanhas tão ramificadas dos Gates Ocidentais, cadeias formadas por trapa e basalto, cujos picos são cobertos por densas florestas.

De tempos em tempos, sir Francis Cromarty e Phileas Fogg trocavam algumas palavras, e, num desses momentos, o general de brigada, ressuscitando uma conversa que constantemente morria, disse:

– Há alguns anos, monsieur Fogg, o senhor teria sofrido, nesse lugar, um atraso que teria provavelmente comprometido seu itinerário.

– Por que, sir Francis?

– Porque a estrada de ferro ia só até as bases dessas montanhas, as quais deviam ser atravessadas em palanquim ou nas costas de pôneis até a estação de Kandallah, situada na vertente oposta.

– Esse atraso não teria de modo algum alterado o itinerário de meu programa – respondeu mister Fogg. – Certamente eu não teria deixado de prever a eventualidade de certos obstáculos.

– No entanto, monsieur Fogg – retomou o general de brigada –, o senhor arrisca ter um belo problema nas mãos com a aventura desse jovem.

Passepartout, com os pés envoltos em sua coberta de viagem, dormia profundamente e nem sonhava que se estivesse falando dele.

– O governo inglês é extremamente severo, e com razão, para com esse tipo de delito – retomou sir Francis Cromarty. – Ele deseja acima de

---

1. Frase latina que significa "viajar fazendo o bem". (N.T.)

tudo que se respeitem os costumes religiosos dos hindus, e se seu criado tivesse sido pego...

– Bem, se tivesse sido pego, sir Francis – respondeu mister Fogg –, ele teria sido condenado, teria cumprido sua pena e, depois, teria voltado tranquilamente à Europa. Não vejo em que esse caso poderia ter atrapalhado seu patrão!

E, nesse ponto, a conversa morreu de novo. Durante a noite, o trem venceu os Gates, passou a Nashik, e no dia seguinte, 21 de outubro, lançou-se através de um país relativamente plano, formado pelo território do Khandesh. A planície, bem cultivada, estava cheia de pequenos burgos, acima dos quais o minarete do pagode substituía o campanário da igreja europeia. Diversos pequenos cursos d'água, a maioria afluente ou subafluente do Godavari, irrigavam essa região fértil.

Passepartout, desperto, observava, e não podia acreditar que atravessava o país dos hindus em um trem da Great Indian Peninsula Railway. Isso lhe parecia inverossímil. E, no entanto, nada mais real! A locomotiva, dirigida pelo braço de um maquinista inglês e aquecida com hulha inglesa, lançava sua fumaça sobre as plantações de algodoeiros, de cafeeiros, de moscadeiras, de goiveiros, de pimenteiras. O vapor contorcia-se em espirais em volta de grupos de palmeiras, entre os quais surgiam pitorescos bangalôs, alguns *viharis*, espécie de monastérios abandonados, e templos maravilhosos que enriqueciam a inesgotável ornamentação da arquitetura indiana. Depois, imensas extensões de terra prolongavam-se a perder de vista, selvas em que não faltavam nem serpentes nem tigres que se espantassem com o rincho do trem, e, enfim, florestas, fendidas pelo traçado da via, ainda habitadas por elefantes que, com um olhar pensativo, observavam passar o comboio e seu penteado de fumaça.

Durante essa manhã, além da estação de Malligaum, os viajantes atravessaram esse território funesto, que foi muitas vezes coberto de sangue pelos seguidores da deusa Kali. Não longe dali, elevavam-se Ellora e seus pagodes admiráveis, pouco distantes da célebre Aurangabad, capital do feroz Aurangzeb, sede de uma das províncias separadas do Reino de Nizam. Era sobre essa região que Feringhea, chefe dos Thugs, rei dos Estranguladores, exercia seu domínio. Esses assassinos, unidos em uma associação fechada, estrangulavam, em honra à deusa da Morte, vítimas de todas as idades, sem jamais verter sangue, num tempo em que não se podia escavar lugar algum desse solo sem que se encontrasse um cadáver. O governo inglês pôde impedir os assassinatos em uma notável proporção, mas a medonha associação existe ainda e permanece em atividade.

Ao meio-dia e meia, o trem parou na estação de Burhanpur, e Passepartout pôde conseguir a preço de ouro um par de babuchas, ornadas com pérolas falsas, que ele calçou com um sentimento de evidente vaidade.

Os viajantes almoçaram rapidamente e partiram para a estação de Assurghur, logo depois de ter costeado a margem de Tapty, pequeno rio que aflui ao golfo de Cambaia, perto de Surate.

É oportuno descrever os pensamentos que ocupavam então o espírito de Passepartout. Até sua chegada a Bombaim, ele acreditara, e pôde acreditar, que as coisas acabariam ali. Porém agora, uma vez que atravessava a todo vapor a Índia, uma transformação havia ocorrido em seu espírito. Seus instintos lhe vinham a galope. Reencontrava as ideias fantasistas da juventude, levava a sério os projetos de seu patrão, acreditava na aposta e, consequentemente, nessa volta ao mundo e nesse limite de tempo, que era preciso não extrapolar. Já até inquietava-se com possíveis atrasos, com acidentes que poderiam sobrevir na viagem. Sentia-se como um participante dessa aposta e tremia ao pensar que pudera comprometê-la na véspera com sua imperdoável basbaquice. Também, muito menos fleumático que mister Fogg, era muito mais inquieto. Contava e recontava os dias passados, amaldiçoava as paradas do trem, acusava-o de lentidão e culpava *in petto*[2] mister Fogg por não ter prometido uma recompensa ao maquinista. Não sabia, o bravo jovem, que aquilo que é possível em um paquete já não o é numa estrada de ferro, cuja velocidade é regulamentada.

Perto do anoitecer, penetraram nos desfiladeiros das montanhas de Sutpour, que separam o território de Khandesh de Bundelkund.

---

2. "Em segredo", expressão latina. (N.E.)

No dia seguinte, 22 de outubro, a uma pergunta de sir Francis Cromarty, Passepartout, tendo consultado seu relógio, respondeu que eram três horas da manhã. E, com efeito, esse famoso relógio, sempre orientado pelo meridiano de Greenwich, que se encontrava a aproximadamente setenta e sete graus a oeste, devia atrasar-se, e atrasava-se de fato em quatro horas.

Sir Francis retificou então a hora informada por Passepartout, ao qual fez a mesma observação que este já recebera da parte de Fix. Tentou lhe fazer compreender que devia orientar-se segundo cada novo meridiano e que, já que marchava constantemente para o leste, isto é, ao encontro do sol, os dias estavam mais curtos, na medida de quatro minutos por cada grau percorrido. Foi inútil. Quer o teimoso jovem tivesse compreendido ou não a observação do general de brigada, ele permanecia obstinado a não adiantar seu relógio, o qual mantinha invariavelmente no horário de Londres. Inocente mania, aliás, que não podia prejudicar ninguém.

Às oito horas da manhã e quinze milhas antes da estação de Rothal, o trem parou no meio de uma vasta clareira, cercada por alguns bangalôs e por cabanas de operários. O condutor do trem passou em frente à linha dos vagões dizendo:

– Os passageiros descem aqui.

Phileas Fogg olhou para sir Francis Cromarty, que parecia nada compreender dessa parada no meio de uma floresta de tamarindos e tâmaras.

Passepartout, não menos surpreso, lançou-se para a via e voltou quase imediatamente, exclamando:

– Monsieur, não há mais estrada de ferro!

– Que você quer dizer? – perguntou sir Francis Cromarty.

– Quero dizer que o trem não continua!

O general de brigada desceu imediatamente do vagão.

Phileas Fogg seguiu-o, sem se apressar. Ambos abordaram o condutor:

– Onde nós estamos? – perguntou sir Francis Cromarty.

– Na aldeia de Kholby – respondeu o condutor.

– E paramos aqui?

– Sem dúvida. A estrada de ferro não está acabada...

– Como?! Não está acabada?

– Não! Há ainda um pedaço de umas cinquenta milhas por instalar entre este ponto e Allahabad, onde a via recomeça.

– Todavia os jornais anunciaram a abertura completa da estrada!

– Que você quer, meu oficial? Os jornais se enganaram.

– E vocês vendem bilhetes de Bombaim a Calcutá! – retomou sir Francis Cromarty, que começava a enervar-se.

– Sem dúvida – respondeu o condutor –, mas os passageiros sabem muito bem que devem ter uma condução de Kholby até Allahabad.

Sir Francis Cromarty estava furioso. Passepartout teria de bom grado batido no condutor, que não tinha culpa de nada. Ele não ousava olhar para seu patrão.

– Sir Francis – disse simplesmente mister Fogg –, nós vamos, se também o quiser, pensar em um meio de chegar a Allahabad.

– Monsieur Fogg, trata-se de um atraso absolutamente prejudicial a seus interesses?

– Não, sir Francis, isso estava previsto.

– Qual! O senhor sabia que a via...

– De modo algum, mas sabia que um obstáculo qualquer surgiria cedo ou tarde em minha viagem. Ora, não há nada comprometido. Tenho dois dias de vantagem para sacrificar. Há um navio a vapor que parte de Calcutá para Hong Kong no dia 25 ao meio-dia. Nós estamos apenas no dia 22, e chegaremos a tempo em Calcutá.

Não havia nada a dizer após uma resposta feita com uma tão completa segurança.

Era mesmo verdade que a atividade da estrada de ferro interrompia-se naquele ponto. Os jornais são como certos relógios que têm a mania de adiantar-se, e eles tinham prematuramente anunciado a conclusão da linha. A maioria dos viajantes conhecia essa interrupção na via, e, descendo do trem, os passageiros tomaram todos os tipos de veículos que essa pequena aldeia possuía, *palkigaris* a quatro rodas, charretes puxadas por zebus, espécie de boi com bossas, carros de viagem semelhantes a pagodes ambulantes, palanquins, pôneis etc. Assim, mister Fogg e sir Francis Cromarty, após terem procurado em toda a aldeia, voltaram sem ter encontrado nada.

– Irei a pé – disse Phileas Fogg.

Passepartout, que naquele momento se aproximava de seu patrão, emitiu uma expressão significativa, observando suas magníficas mas insuficientes babuchas. Muito felizmente, estivera, por sua vez, também procurando descobrir o que fazer, então, hesitando um pouco, disse:

– Monsieur, creio ter encontrado um meio de transporte.

– Qual?

– Um elefante! Um elefante que pertence a um indiano que mora a cem passos daqui.

– Vamos ver o elefante – respondeu mister Fogg.

Cinco minutos mais tarde, Phileas Fogg, sir Francis Cromarty e Passepartout chegaram a uma cabana contígua a um cercado de altas paliçadas. Na cabana havia um indiano, e no cercado, um elefante. A pedido deles, o indiano introduziu mister Fogg e seus dois companheiros no cercado.

Lá, viram-se na presença de um animal, meio domesticado, que seu proprietário criava não para fazer dele um animal de carga, mas um animal de combate. Com essa finalidade, ele começara a modificar o caráter naturalmente doce do animal, de modo a conduzi-lo gradualmente a esse paroxismo de ira chamado *mutsh* na língua hindu, e isso alimentando-o durante três meses com açúcar e manteiga. Esse tratamento pode parecer impróprio para fornecer tal resultado, mas é empregado com algum sucesso pelos criadores. Muito felizmente para mister Fogg, o elefante em questão havia sido posto recentemente sob esse regime, e o *mutsh* ainda não havia se desenvolvido.

Kiouni – este era o nome do animal – podia, como todos os seus congêneres, executar durante um longo período uma marcha rápida, e, à falta de outra montaria, Phileas Fogg resolveu valer-se dele.

Entretanto os elefantes são caros na Índia, onde eles começam a tornar-se raros. Os machos, que são os únicos convenientes para as lutas dos circos, são extremamente procurados. Esses animais reproduzem-se apenas raramente, quando são reduzidos ao estado de domesticidade, de tal modo que não se pode obter um senão por meio da caça. Assim, eles são objeto de cuidados extremos, e quando mister Fogg perguntou ao indiano se este queria lhe alugar o elefante, o indiano recusou francamente.

Fogg insistiu e ofereceu pelo animal um preço excessivo, dez libras (duzentos e cinquenta francos) a hora. Recusa. Vinte libras? Outra recusa. Quarenta libras? Recusa ainda. Passepartout dava um salto a cada lance. Contudo o indiano não se deixava tentar.

Era uma bela quantia, no entanto. Admitindo que o elefante empregasse quinze horas até chegar a Allahabad, seriam seiscentas libras (quinze mil francos) que ele renderia a seu proprietário.

Phileas Fogg, sem animar-se de modo algum, propôs então ao indiano comprar-lhe o animal e ofereceu-lhe inicialmente mil libras (vinte e cinco mil francos).

O indiano não queria vendê-lo! Talvez o malandro sentisse o cheiro de um magnífico negócio.

Sir Francis Cromarty chamou mister Fogg à parte e o pôs a refletir antes de ir mais longe. Phileas Fogg respondeu a seu companheiro que não tinha o hábito de agir sem refletir, que se tratava no fim das contas de uma aposta de vinte mil libras, que esse elefante lhe era necessário e que, mesmo que precisasse pagar vinte vezes seu valor, ele teria esse elefante.

Mister Fogg voltou-se ao indiano, cujos pequenos olhos, iluminados pela cobiça, bem deixavam ver que para ele não era senão uma questão de preço. Phileas Fogg ofereceu sucessivamente mil e duzentas libras; depois, mil e quinhentas; depois, mil e oitocentas; enfim, duas mil (cinquenta mil francos). Passepartout, tão corado normalmente, estava pálido de emoção.

A duas mil libras, o indiano se rendeu.

– Pelas minhas babuchas! – exclamou Passepartout. – Eis como dar um bom preço à carne de elefante!

Concluído o negócio, agora era apenas o caso de encontrar um guia. O que foi mais fácil. Um jovem parse, de traços inteligentes, ofereceu seus serviços. Mister Fogg aceitou e lhe prometeu uma grande remuneração, que não podia senão redobrar a sua inteligência.

O elefante foi conduzido e equipado sem atrasos. O parse conhecia perfeitamente o ofício de *mahout*, ou cornaca. Ele cobriu com uma espécie de xabraque as costas do elefante e dispôs, de cada lado, dois tipos de cesto pouquíssimo confortáveis.

Phileas Fogg pagou o indiano com notas retiradas do famoso saco. Parecia verdadeiramente que as tirava das entranhas de Passepartout. Depois, mister Fogg ofereceu a Francis Cromarty transportá-lo à estação de Allahabad. O general de brigada aceitou. Mais um viajante não fatigaria o gigantesco animal.

Víveres foram comprados em Kholby. Sir Francis Cromarty tomou seu lugar em um dos cestos, e Phileas Fogg acomodou-se no outro. Passepartout pôs-se em posição escanchada sobre a capa entre seu mestre e o general de brigada. O parse empoleirou-se sobre o pescoço do elefante, e, às nove horas, o animal, deixando a aldeia, tomava o caminho mais curto em meio à densa floresta de palmeiras.

XII. Onde Phileas Fogg e seus companheiros se aventuram pelas florestas da Índia, e o que se segue

O guia, a fim de encurtar a distância a percorrer, deixou à sua direita o traçado da via, cujos trabalhos estavam em curso. Esse traçado, muito contrariado pelas caprichosas ramificações dos montes Vindhias, não seguia o caminho mais curto, que Phileas Fogg tinha o interesse de tomar. O parse, bastante familiarizado com as rotas e veredas do país, pretendia ganhar umas vinte milhas cortando por meio da floresta, e todos confiaram nele.

Phileas Fogg e sir Francis Cromarty, entocados até o pescoço em seus cestos, estavam sendo muito chacoalhados pelo trote firme do elefante, ao qual seu *mahout* imprimia uma marcha rápida. Entretanto eles suportavam a situação com a fleuma mais britânica, conversando bem pouco, aliás, e olhando pouquíssimo um para o outro.

Quanto a Passepartout, posto sobre as costas do animal e diretamente submetido aos choques e solavancos, esforçava-se, por recomendação de seu patrão, para não colocar a língua entre os dentes, pois ela poderia ser decepada. O bravo jovem, ora lançado sobre o pescoço do elefante, ora devolvido à garupa, fazia acrobacias, como um palhaço em um trampolim. No entanto ele gracejava, ria durante seus saltos carpados e, de tempos em tempos, tirava de sua sacola um pedaço de açúcar, que o inteligente Kiouni tomava com a ponta de sua tromba, sem interromper por um só momento seu trote regular.

Após duas horas de marcha, o guia parou o elefante e lhe deu uma hora de repouso. O animal devorou galhos e arbustos depois de ter matado a sede em uma poça d'água vizinha. Sir Francis Cromarty não se queixava dessa parada. Estava dolorido. Mister Fogg parecia estar tão disposto quanto estaria se tivesse saído de sua cama.

– Mas ele é mesmo de ferro! – disse o general de brigada, observando-o com admiração.

– De ferro forjado – respondeu Passepartout, que se ocupava de preparar um almoço sumário.

Ao meio-dia, o guia deu o sinal de partida. O país tomou logo um aspecto bem selvagem. Às grandes florestas sucediam matas de tamarindos e palmeiras-anãs; depois, vastas planícies áridas, crivadas de minguados arbustos e repletas de grandes blocos de sienito. Toda essa parte do alto Bundelkund, pouco frequentada por viajantes, é habitada por uma população fanática, empedernida pelas práticas mais terríveis da religião hindu. A dominação dos ingleses não pôde estabelecer-se regularmente sobre um território submetido à influência dos rajás, que fora difícil atingir em seus inacessíveis recessos nos Vindhias.

Muitas vezes, perceberam-se bandos de indianos ferozes, que faziam gestos encolerizados ao ver passar o rápido quadrúpede. Além disso, o parse os evitava tanto quanto possível, reputando-os como gente de quem era melhor guardar distância. Viram-se poucos animais durante a jornada; com dificuldade, alguns macacos, que fugiam com mil movimentos e esgares, os quais divertiam bastante Passepartout.

Um pensamento entre muitos outros inquietava esse jovem. Que mister Fogg faria com o elefante quando chegasse à estação de Allahabad? Levá-lo-ia consigo? Impossível. O preço do transporte somado ao preço de aquisição faria dele um animal ruinoso. Vendê-lo-ia, devolvê-lo-ia à liberdade? Este estimado animal bem merecia que cuidassem dele. Se, por acaso, mister Fogg desse como presente a ele, Passepartout, isso o faria ficar muito embaraçado. Essa ideia não deixava de preocupá-lo.

Às oito horas da noite, a principal cadeia dos Vindhias havia sido vencida, e os viajantes fizeram uma parada ao pé da vertente setentrional em um bangalô em ruínas.

A distância percorrida durante essa jornada era de cerca de vinte e cinco milhas, e restava ainda o mesmo tanto a percorrer para chegar à estação de Allahabad.

A noite estava fria. No interior do bangalô, o parse acendeu um fogo com galhos secos cujo aquecimento foi bastante apreciado. A ceia foi composta de provisões compradas em Kholby. Os viajantes comeram como se estivessem exaustos e moídos. A conversa, que começou com algumas frases entrecortadas, logo terminou com sonoros roncos. O guia manteve-se em vigia junto a Kiouni, que dormiu de pé, apoiado a um grande tronco de árvore.

Nenhum incidente chamou atenção nessa noite. Alguns rugidos de guepardos e de panteras quebraram por vezes o silêncio, misturados com agudas gargalhadas de macacos. No entanto esses carnívoros ficaram somente no grito e não fizeram nenhuma demonstração hostil contra os hóspedes do bangalô. Sir Francis Cromarty dormiu pesadamente, como um bravo militar alquebrado de fadiga. Passepartout, em um sono agitado, recomeçou em sonho as cambalhotas da véspera. Quanto a mister Fogg, ele repousou tão mansamente como se estivesse em sua tranquila casa de Savile Row.

Às seis horas da manhã, puseram-se novamente em marcha. O guia esperava chegar à estação de Allahabad à noite mesmo. Desse modo, mister Fogg perderia apenas uma parte das quarenta e oito horas amealhadas desde o começo da viagem.

Desceram as últimas rampas dos Vindhias. Kiouni havia retomado seu passo rápido. Por volta do meio-dia, o guia contornava a aldeia de Kallenger, situada sobre o Cani, um dos subafluentes do Ganges. Ele sempre evitava os lugares habitados, sentindo-se mais seguro nas campanhas desertas, que marcam as primeiras depressões da bacia do grande rio. A estação de Allahabad não estava nem a doze milhas ao nordeste. Fizeram uma parada sob um pequeno bosque de bananeiras, cujos frutos, tão saudáveis quanto pão, "tão suculentos como a nata", dizem os viajantes, foram extremamente apreciados.

Às duas horas, o guia entrou no domínio de uma densa floresta, que eles deviam atravessar por várias milhas. Ele preferia viajar assim, ao abrigo dos bosques. Em todo caso, não tiveram nenhum encontro incômodo, e a viagem parecia que terminaria sem acidentes quando o elefante, dando alguns sinais de inquietude, parou repentinamente.

Eram então quatro horas.

– Que tem ele? – perguntou sir Francis Cromarty, que levantou a cabeça acima de seu cesto.

– Não sei, caro oficial – respondeu o parse, tentando escutar um murmúrio confuso que passava sob a espessa ramagem.

Alguns instantes depois, o murmúrio tornou-se mais definido. Dir-se-ia um concerto, ainda muito distante, de vozes humanas e instrumentos de cobre. Passepartout era todo olhos e ouvidos. Mister Fogg esperava pacientemente, sem pronunciar palavra alguma.

O parse saltou a terra, amarrou o elefante a uma árvore e adentrou a mata mais espessa. Alguns minutos depois, ele voltou dizendo:

– Uma procissão de brâmanes que se dirige para este lado. Se for possível, evitemos ser vistos.

O guia soltou o elefante e o conduziu a uma mata fechada, recomendando aos viajantes que não pusessem os pés no chão. Ele mesmo se manteve pronto para disparar rapidamente a montaria se a fuga se tornasse necessária. No entanto, acreditou que a tropa de fiéis passaria sem percebê-lo, pois a espessura das folhagens o camuflava completamente.

O barulho discordante das vozes e dos instrumentos se aproximava. Cantos monótonos misturavam-se ao som dos tambores e címbalos. Logo a frente da procissão apareceu sob as árvores, a uns cinquenta passos do posto ocupado por mister Fogg e seus companheiros. Eles distinguiam através dos galhos o curioso pessoal dessa cerimônia religiosa.

Na primeira linha, avançavam os monges, vestindo mitras e longas túnicas bordadas. Estavam rodeados por homens, mulheres, crianças que entoavam uma espécie de salmo fúnebre, interrompido a intervalos iguais por golpes de tambores e címbalos. Atrás deles, sobre uma charrete de largas rodas, cujos eixos e cambas davam ares de um entrelaçamento de serpentes, surgiu uma estátua horrenda, carregada por dois pares de zebus ricamente enfeitados. Essa estátua tinha quatro braços, o corpo colorido com um vermelho-escuro, olhos arregalados, cabelo desgrenhado, a língua de fora, os lábios tingidos com hena e bétele. Em seu pescoço pendia um colar de caveiras, e abaixo, um cinto de mãos decepadas. Ela mantinha-se em pé sobre um gigante caído, ao qual faltava a cabeça.

Sir Francis Cromarty reconheceu a estátua.

– A deusa Kali – ele murmurou –, a deusa do amor e da morte.

– Da morte, eu compreendo, mas do amor, jamais! – disse Passepartout. – Que mulher horrível!

O parse fez sinal para que ele se calasse.

Em volta da estátua agitava-se, debatia-se, convulsionava-se um grupo de velhos faquires, listrados com faixas de ocre, cobertos por incisões em forma de cruz, que deixavam escapar seu sangue gota a gota, energúmenos estúpidos que, nas grandes cerimônias hindus, precipitam-se sob as rodas do carro de Jaggernaut.

Atrás deles, alguns brâmanes, em toda a suntuosidade de suas vestes orientais, carregavam uma mulher que mal se sustentava.

Era uma jovem mulher, branca como uma europeia. Sua cabeça, seu pescoço, seus ombros, suas orelhas, seus braços, suas mãos, seus dedos do pé estavam cobertos de joias, colares, braceletes, brincos e anéis. Uma túnica banhada a ouro, recoberta por uma musselina leve, realçava seus contornos.

Atrás dessa jovem mulher – contraste violento para os olhos –, guardas, armados com sabres desembainhados à cintura e com longas pistolas marchetadas, levavam um cadáver sobre um palanquim.

Era o corpo de um idoso, revestido com seus opulentos trajes de rajá, tendo, como em vida, o turbante bordado com pérolas, a túnica tecida de seda e ouro, a cintura de caxemira diamantada, e as magníficas armadas de príncipe indiano.

Em seguida, músicos e uma retaguarda de fanáticos, cujos gritos cobriam por vezes o ensurdecedor estrépito dos instrumentos, fechavam o cortejo.

Sir Francis Cromarty observava toda essa pompa com um ar singularmente entristecido e, virando-se para o guia, disse:

– Um *sati*!

O parse fez um sinal afirmativo e pôs um dedo sobre seus lábios. A longa procissão desenrolou-se lentamente sob as árvores e logo seus últimos membros desapareceram na profundeza da floresta.

Pouco a pouco, os cantos se extinguiram. Houve ainda alguns estampidos de gritos distantes e, enfim, a todo esse tumulto sucedeu-se um profundo silêncio.

Phileas Fogg ouvira esta palavra, pronunciada por sir Francis Cromarty, e tão logo a procissão desaparecera ele perguntou:

– Que é um *sati*?

– Um *sati*, monsieur Fogg – respondeu o general de brigada –, é um sacrifício humano, mas um sacrifício voluntário. Essa mulher que o senhor acaba de ver será queimada amanhã nas primeiras horas do dia.

– Ah! Esses patifes! – exclamou Passepartout, que não conseguiu deter um grito de indignação.

– E o cadáver? – perguntou mister Fogg.

– É do príncipe, seu marido, um rajá independente de Bundelkund – respondeu o guia.

– Como – retomou Phileas Fogg, sem que a voz demonstrasse a menor emoção – estes bárbaros costumes subsistem ainda na Índia e os ingleses não conseguiram destruí-los?

– Na maior parte da Índia – respondeu sir Francis Cromarty –, estes sacrifícios já não são mais executados, mas nós não temos influência alguma sobre essas regiões selvagens, e principalmente sobre o território de Bundelkund. Toda a vertente setentrional dos Vindhias é cenário de assassinatos e pilhagens incessantes.

– Pobre infeliz! – murmurava Passepartout. – Queimada viva!

– Sim – retomou o general de brigada –, queimada, e se não o fosse, o senhor nem imagina a que miserável condição ela se veria reduzida por seus mais próximos. Cortariam seus cabelos, mal a alimentariam com alguns punhados de arroz, iriam repeli-la, seria considerada uma criatura imunda e morreria em algum canto como um cão sarnento. Também a perspectiva dessa temível existência muitas vezes compele esses infelizes ao suplício, bem mais que o amor ou o fanatismo religioso. Às vezes, no entanto, o sacrifício é realmente voluntário, e é necessário haver uma intervenção enérgica do governo para impedi-lo. Assim, há alguns anos, eu morava em Bombaim quando uma jovem viúva veio requerer ao governador autorização para queimar-se com o corpo de seu marido. Como imagina, o governador recusou; então a viúva deixou a cidade, refugiou-se com um rajá independente e lá consumou seu sacrifício.

Durante a narrativa do general de brigada, o guia meneava a cabeça, e quando a narrativa terminou ele disse:

– O sacrifício que acontecerá amanhã ao nascer do dia não é voluntário.

– Como sabe?

– É uma história que todo mundo conhece em Bundelkund – respondeu o guia.

– No entanto, essa infeliz não parecia oferecer nenhuma resistência – observou sir Francis Cromarty.

– É que a entorpeceram com fumo de cânhamo e ópio.

– Mas aonde a levam?

– Ao pagode de Pillaji, a duas milhas daqui. Ela vai passar a noite lá, à espera do sacrifício.

– E o sacrifício acontecerá...?

– Amanhã ao raiar do dia.

Após essa resposta, o guia fez o elefante sair da mata fechada e subiu ao pescoço do animal. Porém, no momento em que ia atiçá-lo com um assobio particular, mister Fogg o deteve e, dirigindo-se a sir Francis Cromarty, disse:

– E se salvássemos esta mulher?

– Salvar esta mulher, monsieur Fogg?! – exclamou o general de brigada.

– Tenho ainda doze horas de vantagem. Posso dedicá-las a isso.

– Veja! Mas o senhor é um homem de bom coração! – disse sir Francis Cromarty.

– Às vezes – respondeu simplesmente Phileas Fogg. – Quando tenho tempo.

XIII. No qual Passepartout prova uma vez mais que a sorte sorri aos audaciosos

O plano era atrevido, crivado de dificuldades, impraticável talvez. Mister Fogg iria arriscar sua vida ou ao menos sua liberdade, e consequentemente o êxito de seus projetos, mas não hesitava. Aliás, encontrou, em sir Francis Cromarty, um auxiliar decidido.

Quanto a Passepartout, estava pronto e à disposição. A ideia de seu patrão o exaltava. Ele sentia um coração, uma alma sob esse invólucro de vidro. Começava a gostar de Phileas Fogg.

Restava o guia. Qual partido tomaria nessa disputa? Não teria uma tendência em favor dos hindus? Na falta de seu apoio, era necessário ao menos garantir sua neutralidade.

Sir Francis Cromarty lhe expôs francamente a questão.

– Meu caro oficial – respondeu o guia –, eu sou parse, e essa mulher é parse. Contem comigo.

– Muito bem, guia – respondeu mister Fogg.

– Todavia, saibam-no bem – disse o parse –, não somente arriscamos nossa vida, mas nos arriscamos a suplícios horríveis se formos pegos. Sendo assim, vejam bem.

– Está visto – respondeu mister Fogg. – Penso que devemos esperar a noite para agir.

– Também penso assim – disse o guia.

O bravo hindu deu então alguns detalhes sobre a vítima. Era uma indiana de célebre beleza, da raça parse, filha de ricos negociantes de Bombaim. Recebera nessa cidade uma educação absolutamente inglesa e, por seus modos, por sua instrução, tê-la-iam julgado uma europeia. Chamava-se Aouda.

Órfã, fora casada à força com esse velho rajá de Bundelkund. Três meses depois, tornou-se viúva. Sabendo o destino que a esperava, escapou, foi logo capturada, e os parentes do rajá, que tinham interesse em sua morte, consagraram-na a este suplício, do qual não parecia que pudesse escapar.

Essa narrativa não podia senão fortalecer a generosa resolução tomada por mister Fogg e seus companheiros. Foi decidido que o guia conduziria o elefante até o pagode de Pillaji, do qual se aproximaria tanto quanto possível.

Meia hora depois, mais ou menos, pararam em frente a uma mata, a quinhentos passos do pagode, que mal se podia ver. No entanto, os urros dos fanáticos deixavam-se ouvir distintamente.

Os meios de chegar até a vítima foram então discutidos. O guia conhecia este pagode de Pillaji, no qual afirmava que a jovem mulher estava aprisionada. Poderiam adentrá-lo por uma porta, quando todo o bando estivesse mergulhado no sono da embriaguez, ou seria preciso fazer um buraco em uma muralha? Era isso que não poderia ser decidido senão no momento e no lugar adequados. Porém o que não causou dúvida nenhuma foi que o rapto deveria ser feito naquela mesma noite, e não quando, já dia, a vítima fosse conduzida ao suplício. Neste instante, nenhuma intervenção humana poderia salvá-la.

Mister Fogg e seus companheiros esperaram a noite. Assim que as sombras tomaram conta, por volta das seis horas, eles decidiram fazer um reconhecimento ao redor do pagode. Os últimos gritos dos faquires então extinguiam-se. Segundo seus hábitos, esses indianos deveriam estar mergulhados na densa embriaguez do *hang* – ópio líquido, misturado com uma infusão de cânhamo –, e talvez fosse possível insinuar-se entre eles até o templo.

O parse, guiando Mister Fogg, sir Francis Cromarty e Passepartout, avançou sem fazer barulho em meio à floresta. Após dez minutos de rastejo sob a ramagem, chegaram à beira de um pequeno rio e, lá, sob o clarão das tochas de ferro, à ponta das quais queimava a resina, avistaram um monte de madeira empilhada. Era a fogueira, feita de um precioso sândalo, já impregnada de óleo perfumado. Em sua parte superior repousava o corpo embalsamado do rajá, que devia ser queimado junto ao de sua viúva. A cem passos dessa fogueira elevava-se o pagode, cujos minaretes trespassavam, nas sombras, a copa das árvores.

– Venham! – disse o guia em voz baixa.

E, redobrando a precaução, seguido por seus companheiros, insinuou-se silenciosamente em meio à grande mata.

O silêncio já não era interrompido senão pelo murmúrio do vento nos galhos.

Logo o guia deteve-se na extremidade de uma clareira. Algumas resinas iluminavam o lugar. O solo estava juncado de grupos de pessoas adormecidas, abatidas pela embriaguez. Dir-se-ia um campo de batalha coberto de mortos. Homens, mulheres, crianças, tudo estava confundido. Alguns bêbados ainda estertoravam aqui e ali.

Ao fundo, entre a massa de árvores, o templo de Pillaji erguia-se sombriamente. Contudo, para grande decepção do guia, os guardas dos rajás, iluminados por tochas fuliginosas, vigiavam as portas e deambulavam com o sabre desembainhado. Podia-se supor que, no interior, os monges também vigiavam.

O parse não avançou mais. Reconhecera a impossibilidade de forçar a entrada no templo, e orientou seus companheiros a recuar.

Phileas Fogg e sir Francis Cromarty compreenderam, como ele, que não poderiam tentar nada desse lado.

Pararam e conversaram em voz baixa.

– Esperemos – disse o general de brigada –, são só oito horas, e é possível que estes guardas sucumbam ao sono.

– É possível, de fato – respondeu o parse.

Phileas Fogg e seus companheiros estenderam-se então ao pé de uma árvore e esperaram.

A espera lhes pareceu interminável. O guia por vezes os deixava e ia observar a orla do bosque. Os guardas do rajá vigiavam sempre sob a luz das tochas, e uma vaga luminosidade filtrava-se através das janelas do pagode.

Esperaram assim até a meia-noite. A situação não mudou. Mesma vigilância lá fora. Era evidente que não se podia contar com a sonolência dos guardas. Tinham provavelmente sido poupados da embriaguez do *hang*. Era preciso, portanto, agir de outro modo e adentrar por uma abertura a ser feita nas muralhas do pagode. Restava a questão de saber se os monges vigiavam junto de sua vítima com tanto cuidado quanto os soldados à porta do templo.

Após uma última conversa, o guia se disse pronto para partir. Mister Fogg, sir Francis e Passepartout seguiram-no. Fizeram um desvio bastante longo, a fim de chegar ao telhado do pagode.

Por volta da meia-noite e meia, chegaram ao pé dos muros sem ter encontrado ninguém. Nenhuma vigilância havia sido determinada para esse lado, mas pode-se dizer que absolutamente não havia janelas e portas ali.

A noite estava sombria. A lua, então em seu último quadrante, deixava custosamente o horizonte, encoberto por grandes nuvens. A altura das árvores somava-se ainda à escuridão.

Todavia não bastava ter chegado ao pé das muralhas, era preciso ainda fazer uma abertura nelas. Para essa operação, Phileas Fogg e seus companheiros não possuíam absolutamente nada senão seus canivetes. Felizmente, as paredes do templo eram compostas de uma mistura de tijolo e madeira que não podia ser difícil de perfurar. Depois de retirarem o primeiro tijolo, os outros sairiam facilmente.

Puseram-se ao trabalho, fazendo o menor barulho possível. O parse de um lado e Passepartout de outro trabalhavam para desprender os tijolos, de modo a obter uma abertura com dois pés de largura.

O trabalho avançava quando um grito se fez ouvir do interior do templo, e quase imediatamente outros gritos lhe responderam do lado de fora. Passepartout e o guia interromperam o trabalho. Haviam lhes surpreendido? Estavam emitindo um alerta? A prudência mais vulgar lhes recomendava se afastar – o que fizeram ao mesmo tempo que Phileas Fogg e sir Francis Cromarty. Encolheram-se de novo sob a cobertura do bosque, esperando que o alerta, se é que se tratava de um, se dissipasse, prontos, nesse caso, a retomar a operação. Contudo – contratempo funesto – os guardas surgiram no telhado do pagode e lá se instalaram de modo a impedir qualquer aproximação.

Seria difícil descrever o desapontamento desses quatro homens, interrompidos no meio de sua ação. Agora que não podiam mais chegar até a vítima, como a salvariam? Sir Francis Cromarty roía as unhas de raiva. Passepartout estava fora de si, e o guia tinha alguma dificuldade em contê-lo. O impassível Fogg esperava sem manifestar seus sentimentos.

– Não há mais que fazer senão partir? – perguntou o general de brigada em voz baixa.

– Não há mais que fazer senão partir – respondeu o guia.

– Esperem – disse Fogg. – Basta que eu esteja amanhã em Allahabad antes do meio-dia.

– Mas esperar o quê? – respondeu sir Francis Cromarty. – Em algumas horas, o dia vai nascer e...

– A oportunidade que nos escapa pode apresentar-se durante o momento derradeiro.

O general de brigada teria gostado de poder ler os olhos de Phileas Fogg. Com que contava então o frio inglês? Queria ele, no momento do suplício, precipitar-se em direção à jovem mulher e tomá-la abertamente de seus algozes?

Seria uma loucura; e como admitir que esse homem fosse louco a esse ponto? No entanto, sir Francis Cromarty consentiu esperar até o desenlace dessa terrível cena. Todavia o guia não deixou seus companheiros no local em que se haviam refugiado, mas os conduziu até a frente da clareira. Lá, abrigados por um punhado de árvores, poderiam observar os grupos adormecidos.

Enquanto isso, Passepartout, empoleirado nos primeiros galhos de uma árvore, ruminava uma ideia que a princípio atravessara seu espírito como um clarão, e que terminara por incrustar-se em seu cérebro.

Ele começara por se dizer "Que loucura!" e agora repetia "Por que não, afinal? É uma possibilidade, talvez a única, e com tais brucutus...!".

Em todo caso, Passepartout não formulou seu pensamento de outro modo, mas não tardou a insinuar-se com a flexibilidade de uma serpente pelos galhos mais baixos da árvore cuja extremidade se curvava em direção ao solo.

As horas se passaram, e logo algumas nuances menos sombrias anunciaram a chegada do dia. A escuridão, entretanto, ainda era profunda.

Havia chegado a hora. Fez-se como uma ressurreição para essa multidão adormecida. Os grupos ganhavam ânimo. Batidas de tambor reboavam. Cantos e gritos estouraram novamente. Aproximava-se o momento em que a desventurada morreria.

Com efeito, as portas do pagode se abriram. Uma luz mais viva escapou do interior. Mister Fogg e sir Francis Cromarty puderam avistar a vítima, vivamente iluminada, que dois monges traziam para fora. Pareceu-lhes mesmo que, sacudindo o torpor por um supremo instinto de conservação, a infeliz tentava escapar de seus algozes. O coração de sir Francis Cromarty saltou e, com um movimento convulsivo, pegando a mão de Phileas Fogg, ele sentiu que essa mão segurava um canivete aberto.

Nesse instante a multidão pôs-se em movimento. A jovem mulher havia caído novamente no entorpecimento provocado pela fumaça do cânhamo. Ela passou em meio aos faquires que a escoltavam com suas vociferações religiosas.

Phileas Fogg e seus companheiros, misturando-se às últimas fileiras da multidão, seguiram-na.

Dois minutos depois, chegaram à margem do rio e pararam a menos de cinquenta passos da fogueira, sobre a qual estava deitado o corpo do rajá. Na semiescuridão, eles viram a vítima absolutamente inerte, estendida junto ao cadáver de seu esposo.

Em seguida uma tocha se aproximou, e a madeira, impregnada de óleo, inflamou-se imediatamente.

Nesse instante, sir Francis Cromarty e o guia seguraram Phileas Fogg, que, em um momento de generosa loucura, lançara-se em direção à fogueira...

Contudo Phileas Fogg já os havia repelido quando a cena mudou repentinamente. Um grito de terror ergueu-se. Toda a multidão precipitou-se a terra, espantada.

O velho rajá então não estava morto, pois não o haviam visto levantar-se subitamente, como um fantasma, soerguer a jovem mulher em seus braços e descer da fogueira no meio de um turbilhão de vapores que lhe davam uma aparência espectral?

Os faquires, os guardas, os monges, tomados por um súbito terror, estavam lá, de queixo caído; não ousavam levantar os olhos e observar um tal prodígio!

A vítima inanimada passou sobre os braços vigorosos que a carregavam sem que parecesse lhes ser pesada. Mister Fogg e sir Francis Cromarty permaneceram em pé. O parse curvara a cabeça, e Passepartout, sem dúvida, não estaria menos estupefato...!

O ressuscitado aproximou-se do lugar em que estavam mister Fogg e sir Francis Cromarty, e lá, com uma voz urgente, disse:

– Vamos embora...!

Fora Passepartout mesmo quem se insinuara até a fogueira no meio da fumaça espessa! Fora Passepartout quem, aproveitando a escuridão ainda profunda, arrebatara a jovem da morte! Fora Passepartout quem, cumprindo seu papel com uma audaciosa felicidade, passara no meio da multidão espantada.

Um instante depois, todos os quatro desapareciam na mata, e o elefante os carregava a um trote rápido. Porém os gritos, os clamores, e mesmo uma bala, que furara o chapéu de Phileas Fogg, mostraram-lhes que esse truque havia sido descoberto.

Com efeito, sobre a fogueira acesa se destacava então o corpo do velho rajá. Os monges, recuperados do susto, compreenderam que um rapto havia acabado de acontecer.

Imediatamente precipitaram-se à floresta. Os guardas lhes haviam seguido. Descarregaram suas armas sobre eles, mas os raptores fugiam rapidamente, e, em alguns instantes, encontravam-se fora do alcance das balas e das flechas.

XIV. No qual Phileas Fogg desce todo o admirável vale do Ganges sem sequer pensar em vê-lo

O ousado sequestro havia sido bem-sucedido. Uma hora depois, Passepartout ainda ria de seu sucesso. Sir Francis Cromarty apertara a mão do intrépido jovem. Seu patrão lhe dissera "Bom", o que, na boca deste *gentleman*, equivalia a uma alta aprovação. Ao que Passepartout respondera que toda a honra do acontecido pertencia a seu patrão. Para ele, não tivera senão uma ideia "esquisita", e ria imaginando que, por alguns instantes, ele, Passepartout, antigo ginasta, ex-sargento de bombeiros, fora o viúvo de uma encantadora mulher, um velho rajá embalsamado!

Quanto à jovem indiana, não tivera consciência do que se passara. Envolvida nas cobertas de viagem, repousava em um dos cestos.

Enquanto isso, o elefante, guiado com extrema segurança pelo parse, corria rapidamente pela floresta ainda escura. Uma hora após deixar o pagode de Pillaji, ele se lançava em meio a uma imensa planície. Às sete horas, pararam. A jovem mulher estava ainda em completa prostração. O guia lhe deu alguns goles de água e de aguardente, mas essa influência estupefaciente que a oprimia deveria ainda se prolongar por algum tempo.

Sir Francis Cromarty, que conhecia os efeitos da embriaguez produzida pela inalação dos vapores do cânhamo, não tinha nenhuma inquietação de sua parte. Contudo, se o restabelecimento dessa jovem indiana não preocupava o general de brigada, este se mostrava menos seguro quanto ao que viria depois. Ele não hesitou em dizer a Phileas Fogg que, se mistress Aouda permanecesse na Índia, cairia novamente nas mãos de seus algozes. Esses energúmenos estavam espalhados por toda a península e, certamente, apesar da polícia inglesa, conseguiriam recuperar sua vítima, fosse em Madrasta, em Bombaim ou em Calcutá. E sir Francis Cromarty citava, para apoiar o que dizia, um fato de mesma natureza que se passara recentemente. Em sua opinião, a jovem não estaria realmente em segurança senão depois de ter deixado a Índia.

Phileas Fogg respondeu que levaria em conta essas observações e que pensaria a respeito.

Por volta das dez horas, o guia anunciava a estação de Allahabad. Lá retomava-se a via interrompida da estrada de ferro, cujos trens atravessavam, em menos de um dia e uma noite, a distância que separa Allahabad de Calcutá.

Phileas Fogg devia, portanto, chegar a tempo de tomar um paquete que só partiria no dia seguinte, 25 de outubro, ao meio-dia, para Hong Kong.

A jovem foi instalada em um quarto da estação. Passepartout ficou encarregado de ir procurar para ela diversos objetos para a toalete, vestidos, xales, peliças etc., o que encontrasse. Seu patrão lhe dava crédito ilimitado.

Passepartout partiu imediatamente e correu as ruas da cidade. Allahabad é a cidade de Deus, uma das mais veneradas da Índia, em razão de ter sido construída onde confluem os dois rios sagrados, o Ganges e o Yamuna, cujas águas atraem os peregrinos de toda a península. Sabe-se, aliás, que, segundo as lendas do Ramaiana, o Ganges tem sua nascente no céu, de onde, graças a Brahma, desce à Terra.

Enquanto fazia suas compras, Passepartout rapidamente conheceu a cidade, outrora defendida por um magnífico forte, transformado depois em uma prisão. Sem mais comércio ou indústria nessa cidade outrora industrial e comerciante. Passepartout, que procurava em vão uma loja de artigos femininos, como se estivesse na Regent Street a alguns passos da Farmer e Co., encontrou com apenas um vendedor, velho judeu dificultoso, os objetos de que precisava – um vestido de tecido escocês, um casaco largo e uma magnífica estola de pele de lontra pela qual não hesitou pagar setenta e cinco libras (mil, oitocentos e setenta e cinco francos). Em seguida, todo triunfante, retornou à estação.

Mistress Aouda começava a voltar a si. Essa influência a que havia sido submetida pelos padres de Pillaji começava a dissipar-se pouco a pouco, e seus belos olhos recobravam toda a sua doçura indiana.

Quando o rei poeta Uçaf Uddaul celebra os encantos da rainha de Ahméhnagara, ele se exprime assim:

Sua luzente cabeleira, comumente dividida em duas partes, enquadra os contornos harmoniosos de suas bochechas delicadas e brancas, radiantes de lustro e frescor. Suas sobrancelhas de ébano têm a forma e a potência do arco de Kama, deus do amor, e sob seus longos cílios sedosos, na pupila negra de seus grandes olhos límpidos, nadam como nos lagos sagrados do Himalaia os reflexos mais puros da luz celeste. Finos, iguais e brancos, seus dentes resplandecem entre seus lábios sorridentes, como gotas de orvalho no seio entreaberto de uma flor de romã. Suas orelhas delicadas de curvas simétricas, suas mãos vermelhas, seus pequenos pés convexos e ternos como os gomos do lótus brilham o mesmo esplendor das mais belas pérolas do Ceilão, dos mais belos diamantes da Golconda. Sua fina e flexível cintura, a qual para envolver basta uma mão, realça o elegante arqueado de seus rins arredondados e a riqueza de seu busto em que a juventude em flor ostenta seus mais perfeitos tesouros e, sob as dobras sedosas de sua túnica, parece ter sido modelada em prata pura pela mão divina de Vicvacarma, o eterno estatuário.

No entanto, sem toda esta amplificação poética, basta dizer que mistress Aouda, a viúva do rajá de Bundelkund, era uma encantadora mulher em toda a acepção europeia da palavra. Ela falava inglês com uma grande pureza, e o guia não exagerara ao afirmar que essa jovem parse fora transformada pela educação.

Enquanto isso, o trem ia deixar a estação de Allahabad. O parse esperava. Mister Fogg pagou-lhe seu salário conforme o preço convencionado, sem um só *farthing* a mais. Isso surpreendeu um pouco Passepartout, que sabia tudo o que seu patrão devia à dedicação do guia. O parse havia, com efeito, arriscado voluntariamente sua vida no caso de Pillaji, e, se mais tarde os hindus o pegassem, dificilmente escaparia de sua vingança.

Restava também a questão de Kiouni. Que fariam com um elefante comprado por um preço tão alto?

Entretanto Phileas Fogg já havia tomado uma decisão a esse respeito.

– Parse – disse ao guia –, foste prestativo e dedicado. Paguei por teu serviço, mas não por tua dedicação. Queres este elefante? É teu.

Os olhos do guia brilharam.

– É uma fortuna que Vossa Senhoria me dá! – exclamou.

– Aceite, guia – respondeu mister Fogg –, e sou eu quem será ainda seu devedor.

– Isso mesmo! – exclamou Passepartout. – Toma-o, amigo. Kiouni é um bravo e corajoso animal!

E, indo até a fera, ofereceu-lhe alguns pedaços de açúcar, dizendo:

– Toma, Kiouni, toma, toma!

O elefante soltou alguns grunhidos de satisfação. Em seguida, pegando Passepartout pela cintura e enrolando-o em sua tromba, levou-o até a altura de sua cabeça. Passepartout, nem um pouco assustado, deu uma boa acariciada no animal, que o devolveu docemente a terra, e, ao aperto de tromba do honesto Kiouni, correspondeu um vigoroso aperto de mão do honesto jovem.

Alguns instantes depois, Phileas Fogg, sir Francis Cromarty e Passepartout, instalados em um confortável vagão do qual mistress Aouda ocupava o melhor assento, corriam a todo vapor até Bénarès.

Oitenta milhas no máximo separam essa cidade de Allahabad, e elas foram atravessadas em duas horas.

Durante o trajeto, a jovem mulher voltou completamente a si; os vapores soporíferos do *hang* se dissiparam.

Qual não foi seu espanto ao encontrar-se sobre a estrada de ferro, nesse compartimento, recoberta por vestimentas europeias, no meio de viajantes que lhe pareciam absolutamente desconhecidos!

Antes de tudo, seus companheiros lhe cobriram de cuidados e a reanimaram com algumas gotas de licor; em seguida, o general de brigada contou-lhe sua história. Insistiu na dedicação de Phileas Fogg, que não hesitara em expor sua vida para salvá-la, e no desenlace da aventura, graças à audaciosa imaginação de Passepartout.

Mister Fogg deixou que o dissesse sem pronunciar palavra alguma. Passepartout, todo envergonhado, repetia que "nem valia a pena contar".

Mistress Aouda agradeceu seus salvadores efusivamente, com suas lágrimas mais que com suas palavras. Seus belos olhos, mais que seus lábios, foram os intérpretes de seu reconhecimento. Depois, seu pensamento remetendo-a às cenas do *sati*, seus olhos revendo essa terra indiana em que tantos perigos ainda a esperavam, ela foi tomada por um calafrio de terror.

Phileas Fogg compreendeu o que se passava no espírito de mistress Aouda e, para confortá-la, ofereceu-se, aliás muito friamente, para conduzi-la até Hong Kong, onde ela permaneceria até que o caso caísse em esquecimento.

Mistress Aouda aceitou a oferta com gratidão. Justamente residia em Hong Kong um de seus parentes, parse como ela, e um dos principais negociantes da cidade, que é absolutamente inglesa, ainda que ocupe um ponto da costa chinesa.

Ao meio-dia e meia, o trem parou na estação de Bénarès. As lendas brâmanes afirmam que essa cidade ocupa o lugar da antiga Casi, que fora outrora suspensa no espaço, entre o zênite e o nadir, como a tumba de Maomé. Porém, nesta época mais realista, Bénarès, a Atenas da Índia no dizer dos orientalistas, repousava muito prosaicamente sobre o solo, e Passepartout pôde por um instante entrever suas casas de tijolos, suas choupanas de taipa, que lhe davam um aspecto absolutamente desolado, sem nenhuma cor local.

Era lá que devia ficar sir Francis Cromarty. As tropas às quais se juntaria acampavam a algumas milhas ao norte da cidade. O general de brigada deu seu adeus a Phileas Fogg, desejando-lhe todo o sucesso possível, e exprimindo o voto de que refizesse essa viagem de um modo menos excêntrico e mais proveitoso. Mister Fogg apertou ligeiramente os dedos de seu companheiro. Os cumprimentos de mistress Aouda foram mais afetuosos. Jamais ela esqueceria o que devia a sir Francis Cromarty. Quanto a Passepartout, foi honrado com um verdadeiro aperto de mão da parte do general de brigada. Todo emocionado, perguntou-lhe onde e quando poderia arriscar sua vida por ele. Em seguida se separaram.

A partir de Bénarès, a via férrea seguia em parte o vale do Ganges. Através dos vidros do vagão, com um tempo bastante claro, surgia a paisagem diversificada do Behar, montanhas cobertas de verdor, campos de cevada, de milho e de frumento, rios e lagos povoados por aligátores esverdeados. Alguns elefantes, zebus com grandes bossas vinham se banhar nas águas do rio sagrado, e também, apesar da estação avançada e da temperatura já fria, bandos de hindus dos dois sexos, que cumpriam piamente suas santas abluções. Esses fiéis, inimigos obstinados do budismo, são seguidores fervorosos da religião bramânica, que se encarna em três personagens: Vishnu, a divindade solar, Shiva, a personificação divina das forças naturais, e Brahma, o mestre supremo dos sacerdotes e legisladores. Mas com que olhos Brahma, Shiva e Vishnu deviam considerar essa Índia, agora "britanizada", quando algum navio a vapor passava rinchando e agitando as águas sagradas do Ganges, assustando as gaivotas que voavam em sua superfície, as tartarugas que pululam em suas margens e os devotos estendidos ao longo de sua costa!

Todo esse panorama desfilava como um clarão, e muitas vezes uma nuvem de vapor branco escondeu seus detalhes. Os viajantes mal puderam entrever o forte de Chunar, a vinte milhas ao sudeste de Bénarès, antiga fortaleza dos rajás de Behar, Ghazipur, e suas importantes fábricas de água de rosas, a tumba do lorde Cornwallis que se eleva sobre a margem esquerda do Ganges, a cidade fortificada de Buxar, Patna, grande cidade industrial e comerciante, onde fica o principal mercado de ópio da Índia, Monghir, cidade mais que europeia, inglesa como Manchester ou Birmingham, famosa por suas fundições, suas cutelarias e fábricas de armas brancas, cujas altas chaminés poluem com uma fumaça negra o céu de Brahma – um verdadeiro golpe no país dos sonhos!

Em seguida veio a noite e, em meio ao ulular dos tigres, dos ursos, dos lobos que fugiam frente à locomotiva, o trem passou à velocidade máxima, e não mais se percebeu coisa alguma das maravilhas de Bengala, nem Golconda, nem Gauda em ruínas, nem Murshidabad, que outrora fora capital, nem Barddhaman, nem Hugli, nem Chandernagore, esse ponto francês do território indiano sobre o qual Passepartout teria ficado orgulhoso de ver balançar a bandeira de sua pátria!

Enfim, às sete horas da manhã, Calcutá havia sido alcançada. O paquete, de partida para Hong Kong, só levantaria âncora ao meio-dia. Phileas Fogg tinha, portanto, cinco horas frente a si.

Segundo seu itinerário, esse *gentleman* deveria chegar à capital das Índias em 25 de outubro, vinte e três dias após ter deixado Londres, e lá ele chegava no dia marcado. Não tinha, assim, nem atraso nem avanço. Infelizmente, os dois dias ganhos por ele entre Londres e Bombaim foram perdidos, sabe-se como, durante a travessia da península indiana – mas é de se supor que Phileas Fogg não os lamentava.

XV. Onde a bolsa de dinheiro fica ainda alguns milhares de libras mais leve!

O trem parou na estação. Passepartout foi o primeiro a descer do vagão, e foi seguido por mister Fogg, que ajudou sua jovem companhia a pôr o pé sobre a estação. Phileas Fogg pretendia seguir diretamente ao paquete de Hong Kong, a fim de lá instalar confortavelmente mistress Aouda, a qual não queria deixar enquanto estivesse nesse país tão perigoso para ela.

No momento em que mister Fogg ia sair da estação, um policial aproximou-se dele e disse:

– Monsieur Phileas Fogg?

– Sou eu.

– Este homem é seu criado? – acrescentou o policial, apontando para Passepartout.

– Sim.

– Queiram os dois seguir-me.

Mister Fogg não fez um só movimento que pudesse revelar surpresa. Esse agente era um representante da lei e, para todo inglês, a lei é sagrada. Passepartout, com seus hábitos franceses, quis argumentar, mas o policial encostou-lhe com o bastão, e Phileas Fogg fez-lhe sinal para que obedecesse.

– Esta jovem dama pode acompanhar-nos? – perguntou mister Fogg.

– Pode – respondeu o policial.

O policial conduziu mister Fogg, mistress Aouda e Passepartout a um *palkigari*, espécie de viatura de quatro rodas, com quatro lugares, ligada a dois cavalos. Partiram. Ninguém falou durante o trajeto, que durou cerca de vinte minutos.

A viatura atravessou primeiro a "cidade negra", de ruas estreitas, costeadas por cabanas nas quais sobejava uma população cosmopolita, suja e esfarrapada; em seguida, passou pela cidade europeia, alegrada com casas de tijolos, à sombra de coqueiros, crivada de mastros, os quais já serpenteavam, apesar do cedo da hora, elegantes cavaleiros e magníficas caleças.

O *palkigari* parou em frente a uma habitação de aparência simples, mas que não devia ser usada para fins domésticos. O policial fez descer seus prisioneiros – poder-se-ia realmente dar-lhes esse nome – e os conduziu a um quarto de janelas gradeadas, dizendo-lhes:

– Será às oito e meia que comparecerão perante o juiz Obadiah.

Depois, retirou-se e fechou a porta.

– Ora, vamos! Estamos presos! – exclamou Passepartout deixando-se cair sobre uma cadeira.

Mistress Aouda, dirigindo-se imediatamente a mister Fogg, disse-lhe com uma voz em que tentava em vão disfarçar a emoção:

– Monsieur, é preciso abandonar-me! É por minha causa que são perseguidos! É por ter-me salvado!

Phileas Fogg contentou-se em responder que isso não era possível. Perseguido por esse caso do *sati*! Inadmissível! Como os queixosos ousariam se apresentar? Havia algum engano. Mister Fogg acrescentou que, em todo caso, não abandonaria a jovem mulher e que a conduziria a Hong Kong.

– Mas o navio parte ao meio-dia! – observou Passepartout.

– Antes do meio-dia estaremos a bordo – respondeu simplesmente o impassível *gentleman*.

Essa afirmativa foi feita tão categoricamente que Passepartout não pôde deixar de dizer-se a si mesmo:

– Por Deus! Isto é mesmo certo! Antes do meio-dia estaremos a bordo! – Mas ele não estava completamente seguro.

Às oito e meia, a porta do quarto se abriu. O policial reapareceu e introduziu os prisioneiros na sala vizinha. Era uma sala de audiência, e um público bastante numeroso, composto de europeus e indígenas, ocupava o pretório.

Mister Fogg, mistress Aouda e Passepartout sentaram-se em um banco de frente para os assentos reservados ao magistrado e ao escrivão.

O magistrado, o juiz Obadiah, entrou quase imediatamente, seguido do escrivão. Era um homem grande, roliço. Soltou uma peruca pendurada em um prego e a vestiu agilmente.

– O primeiro caso... – disse ele, mas, levando a mão à cabeça, exclamou: – Ah! Esta não é minha peruca!

– De fato, monsieur Obadiah, essa é a minha – respondeu o escrivão.

– Caro monsieur Oysterpuf, como quer o senhor que um juiz possa proferir uma boa sentença com a peruca de um escrivão?

A troca de perucas foi feita. Durante essas preliminares, Passepartout fervia de impaciência, pois o ponteiro lhe parecia marchar terrivelmente rápido sobre o mostrador do grande relógio do pretório.

– A primeira causa... – retomou então o juiz Obadiah.

– Phileas Fogg? – disse o escrivão Oysterpuf.

– Estou aqui – respondeu mister Fogg.

– Passepartout?

– Presente! – respondeu Passepartout.

– Bem! – disse o juiz Obadiah. – Já vão dois dias, acusados, que os procuramos em todos os trens de Bombaim.

– Mas de que nos acusam? – exclamou Passepartout, impaciente.

– Saberão em breve – respondeu o juiz.

– Monsieur – disse então mister Fogg –, sou cidadão inglês e tenho direito a...

– Faltaram-lhe com o respeito? – perguntou mister Obadiah.

– De modo algum.

– Bem! Faça entrar os queixosos.

Sob a ordem do juiz, uma porta se abriu e três monges foram introduzidos por um oficial.

– É isso mesmo – murmurou Passepartout –, esses são os cretinos que queriam queimar nossa jovem dama!

Os monges postaram-se de pé em frente ao juiz, e o escrivão leu em voz alta uma queixa de sacrilégio, formulada contra o senhor Phileas Fogg e seu criado, acusados de ter violado um lugar sagrado para a religião bramânica.

– O senhor ouviu bem? – perguntou o juiz a Phileas Fogg.

– Sim, monsieur – respondeu mister Fogg, consultando seu relógio –, e o confesso.

– Ah! O senhor confessa...?

86

– Confesso e espero que os três monges confessem por sua vez o que queriam fazer no pagode de Pillaji.

Os monges se entreolharam. Pareciam nada compreender das palavras do acusado.

– Sem dúvida! – exclamou impetuosamente Passepartout. – Lá no pagode de Pillaji, na frente do qual iam queimar sua vítima!

Nova estupefação dos monges e profunda surpresa do juiz Obadiah.

– Que vítima? – perguntou o juiz. – Queimar quem?! Em plena cidade de Bombaim?

– Em Bombaim?! – exclamou Passepartout.

– Sem dúvida. Não se trata do pagode de Pillaji, mas do pagode de Malabar Hill, em Bombaim.

– E, como prova do crime, eis aqui os sapatos do profanador – acrescentou o escrivão, pondo um par de calçados sobre sua mesa.

– Meus sapatos! – exclamou Passepartout, que, surpreso no mais alto grau, não pôde segurar essa involuntária expressão.

Adivinha-se a confusão que se dera no espírito do patrão e do criado. Esse incidente no pagode de Bombaim eles haviam-no esquecido, e era esse mesmo que os levava perante o magistrado de Calcutá.

Com efeito, o agente Fix compreendera toda a vantagem que poderia tirar desse desafortunado acontecimento. Retardando sua partida em doze horas, impusera-se como conselheiro dos monges de Malabar Hill; prometera-lhes indenizações consideráveis, sabendo bem que o governo inglês se mostrava muito severo frente a esse tipo de delito; depois, no trem seguinte, lançara-os na trilha do sacrílego. No entanto, por causa do tempo empregado no salvamento da jovem viúva, Fix e os hindus chegaram a Calcutá antes de Phileas Fogg e seu criado, que os magistrados, prevenidos por despacho, deveriam deter ao desembarcar do trem. Julguem a decepção de Fix quando este descobriu que Phileas Fogg não havia ainda chegado à capital da Índia. Deve ter acreditado que seu ladrão, detendo-se em alguma das estações da Peninsula Railway, havia se refugiado nas províncias setentrionais. Durante vinte e quatro horas, em meio a mortais inquietudes, Fix o procurou na estação. Qual não foi sua felicidade então quando, nesta manhã mesma, viu-o descer do vagão, em companhia, é verdade, de uma jovem cuja presença não podia explicar. Imediatamente, lançou sobre ele um policial, e eis como mister Fogg, Passepartout e a viúva do rajá de Bundelkund foram conduzidos perante o juiz Obadiah.

E se Passepartout estivesse menos preocupado com seu caso, teria percebido, em um canto do tribunal, o detetive, que seguia o debate com um interesse fácil de compreender – pois em Calcutá, como em Bombaim, e também em Suez, o mandado de prisão ainda lhe faltava!

No entanto, o juiz Obadiah tomara nota da confissão que escapara de Passepartout, o qual daria tudo que possuía para retirar suas imprudentes palavras.

– Os fatos são confessos? – perguntou o juiz.

– Confessos – respondeu friamente mister Fogg.

– Considerando... – retomou o juiz. – Considerando que a lei inglesa pretende proteger igualmente e rigorosamente todas as religiões das populações da Índia, sendo o delito confessado pelo senhor Passepartout, convencido de ter violado com um pé sacrílego o piso do pagode de Malabar Hill, em Bombaim, no dia de 20 de outubro, condeno o dito Passepartout a quinze dias de prisão e a uma multa de trezentas libras (sete mil e quinhentos francos).

– Trezentas libras? – exclamou Passepartout, que só se sentira verdadeiramente sensível à multa.

– Silêncio! – fez o oficial com uma voz esganiçada.

– E – acrescentou o juiz Obadiah – dado que não está materialmente provado que não houve conivência entre criado e patrão, que em todo caso este deve ser considerado responsável pelos fatos e gestos de um servidor a seu soldo, detenho o dito Phileas Fogg e o condeno a oito dias de prisão e cento e cinquenta libras de multa. Escrivão, chame o próximo caso!

Fix, de seu canto, experimentava uma indescritível satisfação. Phileas Fogg detido oito dias em Calcutá era mais que suficiente para dar tempo de o mandado de prisão chegar-lhe em mãos.

Passepartout estava atordoado. Essa condenação arruinava seu patrão. Uma aposta de vinte mil libras perdida, e tudo porque, como um verdadeiro basbaque, entrara nesse maldito pagode!

Phileas Fogg, tão senhor de si quanto se essa condenação não lhe dissesse respeito, nem mesmo franzira a sobrancelha. Porém, no momento em que o escrivão chamava o próximo caso, levantou-se e disse:

– Pago a fiança.

– É seu direito – respondeu o juiz.

Fix sentiu um frio na espinha, mas retomou sua firmeza quando ouviu o juiz, "dada a qualidade de estrangeiros de Phileas Fogg e seu criado", fixar a fiança para cada um à enorme soma de mil libras (vinte e cinco mil francos).

Eram duas mil libras que isso custaria a Phileas Fogg, se não expiasse sua condenação.

– Eu pago – disse o *gentleman*.

E, da sacola que trazia Passepartout, retirou um pacote de notas bancárias, colocando-as sobre a mesa do escrivão.

– Essa quantia lhe será restituída quando sair da prisão – disse o juiz. – Até lá, estão livres sob fiança.

– Venha – disse Phileas Fogg a seu criado.

– Mas que ao menos devolvam meus sapatos! – exclamou Passepartout com um movimento de irritação.

Devolveram-lhe seus sapatos.

– E como custaram caro! – murmurou. – Mais de mil libras cada um! Sem contar que me incomodam!

Passepartout, absolutamente confrangido, seguiu mister Fogg, que oferecera seu braço à jovem mulher. Fix não esperava que seu ladrão fosse abandonar essa soma de duas mil libras e imaginara que ele cumpriria seus oito dias de prisão. Ainda assim, lançou-se ao encalço de Fogg.

Mister Fogg chamou um carro, no qual mistress Aouda, Passepartout e ele subiram imediatamente. Fix seguiu atrás dele, que logo parou em uma das estações da cidade.

A meia milha, na enseada, o *Rangoon* estava ancorado, sua bandeira de partida fora içada no topo do mastro. Soavam onze horas. Mister Fogg estava uma hora adiantado. Fix o viu descer do carro e embarcar no escaler com mistress Aouda e seu criado. O detetive bateu com os pés no chão.

– Patife! – exclamou. – Está partindo! Duas mil libras sacrificadas! Pródigo como um ladrão! Ah! Vou segui-lo até o fim do mundo se for preciso; mas, neste ritmo em que caminha, todo o dinheiro do roubo acabará!

O inspetor de polícia tinha motivos para fazer essa reflexão. Com efeito, desde que deixara Londres, tanto em despesas de viagem como em recompensas, em fianças e em multas, Phileas Fogg já havia deixado pelo caminho mais de cinco mil libras (cento e vinte e cinco mil francos), e a porcentagem da quantia recuperada, destinada aos detetives, ia continuamente diminuindo.

XVI. Onde Fix parece desconhecer completamente as coisas de que lhe falam

O *Rangoon*, um dos paquetes que a Companhia Peninsular e Oriental emprega no serviço dos mares da China e do Japão, era um vapor de ferro, a hélice, com capacidade bruta de mil, setecentas e setenta toneladas, e uma força nominal de quatrocentos cavalos. Igualava o *Mongolia* em velocidade, mas não em conforto. Desse modo, mistress Aouda não foi tão bem instalada quanto teria desejado Phileas Fogg. Mas, afinal, tratava-se apenas de uma travessia de três mil e quinhentas milhas, e a jovem não se mostrou uma passageira difícil.

Durante os primeiros dias dessa travessia, mistress Aouda travou amplas relações com Phileas Fogg. A toda ocasião ela lhe manifestava sua mais viva gratidão. O fleumático *gentleman* a escutava, ao menos aparentemente, com a mais extrema frieza, sem que uma entonação, um gesto revelasse nele a mais vaga emoção. Ele cuidava para que nada faltasse à jovem. A determinadas horas, vinha regularmente para, se não conversar, ao menos escutá-la. Cumpria para com ela os deveres da polidez mais estrita, mas com a graça e o imprevisto de um autômato cujos movimentos teriam sido programados para esse fim. Mistress Aouda não sabia bem o que pensar, mas Passepartout falara-lhe um pouco da personalidade excêntrica de seu patrão. Ele a esclarecera a respeito da aposta que levava o *gentleman* ao redor do mundo. Mistress Aouda sorrira; mas, apesar de tudo, devia-lhe a vida, e o que via de sua personalidade não poderia diminuí-lo a seus olhos.

Mistress Aouda confirmou a história que o guia hindu contara de sua comovente trajetória. Ela era, com efeito, dessa raça que é a primeira entre as raças indianas. Muitos negociantes parses fizeram grandes fortunas nas Índias com o comércio de algodão. Um deles, sir James Jejeebhoy, foi nobilitado pelo governo inglês, e mistress Aouda era parente deste rico personagem que habitava Bombaim. Era um primo de sir Jejeebhoy mesmo, o respeitável Jejeeh, que ela pretendia encontrar em Hong Kong. Encontraria refúgio e assistência junto a ele? Não podia afirmar. Ao que mister Fogg respondia que ela não tinha por que inquietar-se, que tudo se arranjaria matematicamente. Esta foi a palavra que usou.

A jovem compreendia esse horrível advérbio? Não se sabe. Todavia, seus grandes olhos se fixavam sobre os de mister Fogg, seus grandes olhos "límpidos como os lagos sagrados do Himalaia!". Mas o intratável Fogg, retraído como nunca, não parecia ser homem de jogar-se nesse lago.

Essa primeira parte da travessia do *Rangoon* foi concluída em excelentes condições. O tempo estava manso. Toda essa parte da imensa baía que os marinheiros chamam "os braços de Bengala" mostrou-se favorável à marcha do paquete. O *Rangoon* logo encontrou Grand Andaman, cuja pitoresca montanha de Saddle Peak, com dois mil e quatrocentos pés de altura, assinala-se desde muito longe aos navegadores.

Margearam a costa bem de perto. Os selvagens papuas da ilha não se mostraram. Estes são os seres normalmente postos no último grau da escala humana, mas dos quais se supunha erroneamente serem antropófagos.

O desenvolvimento panorâmico dessas ilhas era soberbo. Imensas florestas de palmeiras, arecas, bambus, moscadeiras, tecas, de mimosas gigantescas, de fetos arborescentes que cobriam o país, em primeiro plano, e, atrás, elevava-se a elegante silhueta das montanhas. Sobre a costa pululavam aos milhares essas salanganas, cujos ninhos comestíveis formam uma iguaria bastante procurada no Celeste Império. Mas todo esse rico espetáculo, oferecido aos olhos pelo conjunto de Andaman, passou rápido, e o *Rangoon* encaminhou-se rapidamente em direção ao estreito de Malaca, que deveria lhe dar acesso aos mares da China.

Que fazia durante a travessia o inspetor Fix, tão desafortunadamente arrastado a uma viagem de circum-navegação? Ao deixar Calcutá, após dar instruções para que o mandado, se enfim chegasse, fosse-lhe encaminhado a Hong Kong, pudera embarcar a bordo do *Rangoon* sem ser visto por Passepartout, e bem esperava dissimular sua presença até a chegada do paquete. Com efeito, seria difícil explicar por que se encontrava a bordo sem despertar suspeitas de Passepartout, o qual devia acreditar que ainda estivesse em Bombaim. Mas ele foi obrigado a retomar contato com o bravo jovem, pela lógica mesma das circunstâncias. Como? Vê-lo-emos.

Todas as esperanças, todos os desejos do inspetor de polícia estavam agora concentrados em um único ponto do mundo, Hong Kong, pois o paquete se deteria por pouquíssimo tempo em Singapura para que ele pudesse agir nessa cidade. Seria, portanto, em Hong Kong que a captura do ladrão deveria ser feita, ou o ladrão lhe escaparia, por assim dizer, sem volta.

Com efeito, Hong Kong era ainda uma terra inglesa, mas a última que se encontraria no percurso. Depois, a China, o Japão e a América ofereciam um refúgio basicamente garantido ao senhor Fogg. Em Hong Kong, se recebesse finalmente o mandado de prisão que evidentemente corria atrás de si, Fix deteria Fogg e o remeteria às mãos da polícia local. Nenhuma dificuldade. Entretanto, depois de Hong Kong, um simples mandado de prisão já não bastaria. Seria preciso um ato de extradição. Daí decorreriam atrasos, lentidões, obstáculos de toda natureza, dos quais o escroque se aproveitaria para escapar definitivamente. Se a operação falhasse em Hong Kong, seria, se não impossível, ao menos bem difícil retomá-la com alguma chance de sucesso.

– Portanto – Fix repetia a si mesmo durante as longas horas que passava em sua cabine –, portanto, ou o mandado estará em Hong Kong, e eu prendo meu suspeito, ou não estará lá, e dessa vez será preciso impedir sua partida a qualquer preço! Falhei em Bombaim, falhei em Calcutá! Se eu perder a oportunidade em Hong Kong, perco minha reputação! Custe o que custar, é preciso ter sucesso dessa vez. Mas que meios empregar para atrasar, se for necessário, a partida deste maldito Fogg?

Em última instância, Fix estava bem decidido a tudo confessar a Passepartout, a fazê-lo conhecer o patrão que servia e do qual certamente não era cúmplice. Passepartout, iluminado por essa revelação, devendo temer estar comprometido, aliar-se-ia sem dúvida a ele, Fix. Mas, enfim, era um meio arriscado, que não poderia ser empregado senão na ausência de todos os outros. Uma palavra de Passepartout a seu patrão seria o bastante para comprometer irrevogavelmente o caso.

O inspetor de polícia estava, assim, extremamente embaraçado quando a presença de mistress Aouda a bordo do *Rangoon*, em companhia de Phileas Fogg, abriu-lhe novas perspectivas.

Quem era esta mulher? Que concurso de circunstâncias a fizera acompanhante de Fogg? Fora evidentemente entre Bombaim e Calcutá que o encontro acontecera. Mas em que ponto da península?! Teria sido o acaso que reunira Phileas Fogg e a jovem viajante? Essa viagem pela Índia, ao contrário, não teria sido empreendida por esse *gentleman* com a finalidade de reunir-se com essa encantadora pessoa? Pois ela era encantadora! Fix a havia visto bem na sala de audiências do tribunal de Calcutá.

Compreende-se a que ponto o agente devia estar intrigado. Ele perguntou-se se não havia nesse caso algum sequestro criminoso. Sim! Devia ser isto! Essa ideia incrustou-se no cérebro de Fix, e ele reconheceu toda a vantagem que poderia tirar dessa circunstância. Independentemente de essa jovem ser casada ou não, era um caso de sequestro, e era possível, em Hong Kong, suscitar ao sequestrador tais embaraços, que não lhe seria possível sair deles com o uso de dinheiro.

Contudo era preciso não esperar a chegada do *Rangoon* em Hong Kong. Esse Fogg tinha o detestável hábito de saltar de um navio a outro, e, antes que o problema fosse suscitado, poderia estar já longe.

O importante, pois, era avisar as autoridades inglesas e assinalar a passagem do *Rangoon* antes de seu desembarque. Ora, nada mais fácil, já que o paquete fazia escala em Singapura, e Singapura é ligada à costa chinesa por um fio telegráfico.

Todavia, antes de agir e para operar com mais segurança, Fix resolveu interrogar Passepartout. Ele sabia que não era muito difícil fazer o jovem falar, e decidiu romper o incógnito que guardara até então. Ora, não havia tempo a perder. Era 31 de outubro, e, no dia seguinte mesmo, o *Rangoon* deveria fazer escala em Singapura.

Assim, nesse dia, Fix, saindo de sua cabine, subiu a ponte na intenção de abordar primeiro Passepartout, com os sinais da mais extrema surpresa. Passepartout passeava à sua frente quando o inspetor se precipitou em sua direção exclamando:

– Você, no *Rangoon*!

– Monsieur Fix a bordo! – respondeu Passepartout, absolutamente surpreso, reconhecendo seu companheiro de travessia do *Mongolia*. – Qual! Eu o deixo em Bombaim e o encontro na rota de Hong Kong! Mas faz, você também, a volta ao mundo?

– Não, não – respondeu Fix –, eu pretendo parar em Hong Kong, ao menos por alguns dias.

– Ah! – disse Passepartout, por um instante parecendo surpreso. – Mas como não o percebi a bordo desde nossa partida de Calcutá?

– Veja só, um mal-estar... Um pouco desse mal do mar... Fiquei deitado em minha cabine... O golfo de Bengala não me caiu tão bem quanto o oceano Índico. E seu patrão, monsieur Phileas Fogg?

– Em perfeita saúde, e tão pontual quanto seu itinerário! Nem um dia de atraso! Ah! Monsieur Fix, você não sabe, mas temos uma jovem dama conosco também.

– Uma jovem dama? – exclamou o agente, que dava perfeitamente ares de não compreender o que seu interlocutor dizia.

Entretanto Passepartout o pôs logo a par de sua história. Contou o incidente do pagode de Bombaim, falou sobre a aquisição do elefante pelo preço de duas mil libras, o caso do *sati*, o rapto de Aouda, a condenação do tribunal de Calcutá, a liberação sob fiança. Fix, que conhecia a última parte dos incidentes, parecia ignorá-los todos, e Passepartout deixava-se levar pela narrativa de suas aventuras frente a um ouvinte que lhe mostrava tanto interesse.

– Mas, no fim das contas – perguntou Fix –, seu patrão tem a intenção de levar essa jovem até a Europa?

– Não, monsieur Fix, não! Nós vamos simplesmente levá-la até os cuidados de um de seus parentes, rico negociante de Hong Kong.

– Nada a fazer – disse a si mesmo o detetive, dissimulando sua decepção. – Uma dose de gim, monsieur Passepartout?

– Com prazer, monsieur Fix. Nada mais justo que bebamos ao nosso reencontro a bordo do *Rangoon*!

XVII. Onde se fala de várias coisas durante a travessia de Singapura a Hong Kong

A partir desse dia, Passepartout e o detetive passaram a se encontrar frequentemente, mas o agente manteve uma extrema reserva *vis-à-vis* ao seu companheiro, e não tentou mais fazê-lo falar. Por uma ou duas vezes somente viu mister Fogg, que permanecia de bom grado no salão do *Rangoon*, quer porque fizesse companhia a mistress Aouda, quer porque jogasse uíste, segundo seu invariável hábito.

Quanto a Passepartout, pegou-se meditando muito seriamente sobre o singular acaso que colocara, mais uma vez, Fix no caminho de seu patrão. E, com efeito, deveria estar no mínimo surpreso. Esse *gentleman*, muito amável, inegavelmente generoso, que haviam encontrado primeiro em Suez, que embarcou no *Mongolia*, que desembarcou em Bombaim, onde disse precisar permanecer, que se encontra sobre o *Rangoon*, em rota até Hong Kong, em uma palavra, seguindo passo a passo o itinerário de mister Fogg, vale a pena que se reflita sobre ele. Havia aí uma coincidência no mínimo bizarra. Que queria Fix? Passepartout estava pronto a apostar suas babuchas – ele as havia preciosamente conservado – que Fix deixaria Hong Kong ao mesmo tempo que eles, e provavelmente no mesmo paquete.

Passepartout poderia refletir por um século e mesmo assim jamais adivinharia de qual missão o agente estava encarregado. Jamais teria imaginado que Phileas Fogg estava sendo seguido, à maneira que um ladrão o seria, ao redor do globo terrestre. Mas, como é da natureza humana dar uma explicação a todas as coisas, eis como Passepartout, subitamente iluminado, interpretou a presença permanente de Fix – e, realmente, sua interpretação era muito plausível. Com efeito, segundo pensava, Fix não era nem podia ser senão um agente lançado ao encalço de mister Fogg por seus colegas do Reform Club, a fim de constatar que a viagem se cumpriria regularmente ao redor do mundo segundo o itinerário convencionado.

– É evidente! É evidente! – repetia para si mesmo o bravo jovem, todo orgulhoso de sua perspicácia. – É um espião que esses *gentlemen* contrataram para nos seguir! Eis quem não é digno! Mister Fogg tão probo, tão respeitável! Fazerem-no ser seguido por um agente! Ah! Senhores do Reform Club, isso lhes custará caro!

Passepartout, encantado por sua descoberta, resolveu, no entanto, nada dizer a seu patrão, temendo justamente que ele se sentisse ofendido por essa desconfiança que lhe mostravam seus adversários. No entanto ele prometeu a si mesmo zombar de Fix quando chegasse a hora, com palavras dissimuladas e sem comprometer-se.

Quarta-feira, 30 de outubro, à tarde, o *Rangoon* embocava no estreito de Malaca, que separa a semi-ilha com este nome de Sumatra. Ilhotas montanhosas, escarpadas, pitorescas, furtavam a vista da grande ilha aos passageiros.

No dia seguinte, às quatro horas da manhã, o *Rangoon*, tendo ganhado um dia sobre sua travessia regulamentar, fazia escala em Singapura, a fim de renovar suas provisões de carvão.

Phileas Fogg inscreveu esse avanço na coluna dos ganhos e, dessa vez, desceu a terra, acompanhando mistress Aouda, que manifestara o desejo de passear por algumas horas.

Fix, a quem toda ação de Fogg parecia suspeita, seguiu-o sem deixar-se perceber. Quanto a Passepartout, que ria *in petto* vendo a manobra de Fix, foi fazer suas compras habituais.

A ilha de Singapura não é nem grande nem imponente no aspecto. As montanhas, isto é, traços mais destacados, faltam-lhe. Todavia é encantadora em sua magreza. É um parque cortado por belas estradas. Uma bela equipagem, puxada por esses cavalos elegantes que foram importados da Nova Holanda, transportou mistress Aouda e Phileas Fogg por entre enormes palmeiras, de magníficas folhagens, e goiveiros cujos cravos são formados em volta do botão mesmo da flor entreaberta. Lá, pequenas pimenteiras substituíam as sebes espinhosas das campanhas europeias; salgueiros, grandes fetos com suas ramagens soberbas, criavam o aspecto dessa região tropical; moscadeiras de folhagem brilhante saturavam o ar com um perfume penetrante. Macacos, bandos alertas e caramunheiros, não faltavam nos bosques, nem talvez os tigres nas selvas. A quem se surpreendesse ao saber que nessa ilha, relativamente tão pequena, estes carnívoros terríveis não foram extintos, responderiam que eles vêm de Malaca, atravessando o estreito a nado.

Depois de terem percorrido o campo durante duas horas, mistress Aouda e seu companheiro – que observava sem muito ver – retornaram à cidade, vasta aglomeração de casas grosseiras e esmagadas entre si, que circundam encantadores jardins onde proliferam mangostãos, ananás e todas as melhores frutas do mundo.

Às dez horas, voltavam ao paquete, depois de serem seguidos, sem nem imaginar, pelo inspetor, que precisou, ele também, arcar com as despesas da equipagem.

Passepartout os esperava sobre a passarela do *Rangoon*. O bravo jovem comprara algumas dúzias de mangostão, grandes como maçãs médias, de um castanho-escuro por fora, vermelho brilhante por dentro, cujo fruto branco, derretendo entre os lábios, dá, aos verdadeiros gourmets, um prazer sem igual. Passepartout ficou bastante feliz em oferecê-los a mistress Aouda, que lhe agradeceu com muita graça.

Às onze horas, o *Rangoon*, tendo se abastecido de carvão, largava as amarras e, algumas horas mais tarde, os passageiros perdiam de vista essas altas montanhas de Malaca, cujas florestas abrigam os mais belos tigres da Terra.

Cerca de mil e trezentas milhas separam Singapura da ilha de Hong Kong, pequeno território inglês destacado da costa chinesa. Phileas Fogg tinha interesse em vencê-las em no máximo seis dias, a fim de tomar, em Hong Kong, o navio que devia partir no dia 6 de novembro para Yokohama, um dos principais portos do Japão.

O *Rangoon* estava bastante carregado. Vários passageiros haviam embarcado em Singapura, hindus, ceilandeses, chineses, malaios, portugueses, que, na sua maioria, ocupavam a segunda classe.

O tempo, tão bom até então, mudou com o último quadrante da lua. O mar agitou-se. O vento soprou algumas vezes uma forte brisa, mas felizmente vindo do sudeste, o que favorecia a marcha do vapor. Quando estava calmo, o capitão desfraldava as velas. O *Rangoon*, navio de tipo brigue, navegou muitas vezes com suas velas e mezenas, e sua velocidade aumentou com a dupla ação do vapor e do vento. Foi assim que bordejaram, sobre ondas de arrebentação deslizante, por vezes muito fatigantes, as costas de Anam e da Cochinchina.

Entretanto a culpa era antes do *Rangoon* que do mar, e foi o paquete que os passageiros, dos quais a maioria ficou enjoada, culparam por essa fadiga.

Com efeito, os navios da Companhia Peninsular, que fazem o serviço dos mares da China, têm um sério problema de construção. A relação entre a carena de carga máxima e o volume de água deslocado foi mal calculada, e, assim, oferece apenas uma fraca resistência ao mar. Seu volume, cercado, impenetrável à água, é insuficiente. Ele está "afogado", para empregar uma expressão marítima, e, em consequência dessa distribuição, basta apenas um pouco de água, jogada a bordo pelas ondas, para modificar sua estabilidade. Esses navios são, pois, muito inferiores – se não pelo motor e pelo aparelho de evaporação – aos tipos usados pelas Messageries[1] francesas, tais como a *Imperatrice* e o *Cambodge*. Enquanto, segundo o cálculo dos engenheiros, estes podem embarcar um peso d'água igual ao seu próprio peso antes de afundar, os navios da Companhia Peninsular, o *Golconda*, o *Corea*, e enfim o *Rangoon*, não poderiam embarcar uma sexta parte de seu peso sem soçobrar.

Portanto, dado o mau tempo, convinha tomar grandes precauções. Assim, era preciso de vez em quando direcionar a vela do pequeno vapor. Era uma perda de tempo que não parecia de modo nenhum afetar Phileas Fogg, mas com a qual Passepartout se mostrava extremamente irritado. Então ele acusava o capitão, o maquinista, a Companhia, e mandava ao diabo todos os que estavam envolvidos no transporte dos passageiros. Talvez o pensamento de seu bico de gás que queimava às suas expensas na casa de Savile Row também tivesse muito a ver com sua impaciência.

– Mas então você tem muita pressa para chegar em Hong Kong? – perguntou-lhe um dia o detetive.

– Muita! – respondeu Passepartout.

---

1. A Compagnie des Messageries Maritimes foi uma companhia marítima francesa criada em 1851 e que operou até 1977. (N.T.)

– Você acha que mister Fogg também está apressado para tomar o paquete de Yokohama?

– Uma pressa assustadora.

– Você agora acredita nessa singular viagem ao redor do mundo?

– Absolutamente. E você, monsieur Fix?

– Eu? Eu não acredito!

– Farsante! – respondeu Passepartout, piscando o olho.

Essa palavra deixou o agente pensativo. O qualificativo o inquietou, sem que soubesse muito por quê. Teria o francês adivinhado? Não sabia bem o que pensar. Mas sua qualidade de detetive, da qual só ele sabia, como teria podido Passepartout descobri-la? E, no entanto, falando-lhe assim, Passepartout tivera certamente uma segunda intenção.

Aconteceu mesmo de esse bravo jovem ter ido ainda mais longe outro dia. Fora mais forte do que ele. Não pudera segurar sua língua.

– Diga, monsieur Fix – perguntou a seu companheiro com um tom malicioso –, será que, uma vez em Hong Kong, teremos a infelicidade de deixá-lo por lá?

– Bem – respondeu Fix bastante embaraçado –, não sei...! Talvez...

– Ah – disse Passepartout –, se você nos acompanhasse, seria uma felicidade para mim! Veja só! Um agente da Companhia Peninsular não consegue parar no meio do caminho! Você ia só até Bombaim, e em breve estará na China! A América não é longe, e da América à Europa é só um passo!

Fix observava atentamente seu interlocutor, que se mostrava a figura mais amável do mundo, e decidiu rir com ele. Mas este, que estava inspirado, perguntou-lhe: "Esse seu trabalho lhe rende muito?".

– Sim e não – respondeu Fix sem franzir as sobrancelhas. – Há coisas boas e ruins. Mas, você sabe, pago minhas viagens!

– Oh! Disso estou certo! – exclamou Passepartout, rindo ainda mais.

A conversa terminou, Fix voltou à cabine e se pôs a refletir. Ele evidentemente adivinhara. De um modo ou de outro, o francês percebera sua função de detetive. Mas havia ele avisado seu patrão? Que papel ele desempenhava em tudo isso? Era cúmplice ou não? A investigação fora desvendada e consequentemente comprometida? O agente passou algumas horas difíceis, ora acreditando estar tudo perdido, ora esperando que Fogg ignorasse a situação, não sabendo, por fim, que decisão tomar.

No entanto a calma restabeleceu-se em seu cérebro, e ele resolveu agir francamente com Passepartout. Se ele não se encontrava nas condições ideais para prender Fogg em Hong Kong, e se Fogg se preparava para deixar definitivamente esse território inglês, ele, Fix, diria tudo a Passepartout. Ou o criado era cúmplice de seu patrão – e este sabia tudo, e nesse caso a investigação estava definitivamente comprometida –, ou o doméstico não tinha nada a ver com o roubo, e então seu interesse seria abandonar o ladrão.

Esta era, portanto, a situação respectiva desses dois homens, e acima deles Phileas Fogg planava em sua majestosa indiferença. Ele cumpria racionalmente sua órbita ao redor do mundo, sem inquietar-se com os asteroides que gravitavam em sua volta.

E, no entanto, na vizinhança havia – segundo a expressão dos astrônomos – um astro perturbador que poderia causar certo distúrbio no ânimo do *gentleman*. Mas não! O charme de mistress Aouda não o agitava, para grande surpresa de Passepartout, e as perturbações, se existiam, teriam sido mais difíceis de calcular que aquelas sobre Urano que levaram à descoberta de Netuno.

Sim! Era uma surpresa diária para Passepartout, que lia tanta gratidão a seu patrão nos olhos da jovem mulher! Decididamente Phileas Fogg não possuía de emoções senão aquilo que era preciso para conduzir-se heroicamente, mas não amorosamente! Quanto às preocupações que os imprevistos da viagem poderiam fazer nascer nele, não se via vestígio. No entanto Passepartout, este, vivia em transes contínuos. Um dia, apoiado à grade da sala de máquinas, observava a possante máquina, que por vezes manifestava-se com ímpeto, quando, em um movimento de arfagem, a hélice passou a mover-se fora da água. O vapor passou então a correr pelas válvulas, o que provocou a cólera do digno jovem.

– Elas não estão carregadas o bastante, essas válvulas! – exclamou. – Não estamos andando! Esses ingleses! Ah! Se fosse um navio americano, talvez fossem mais bruscas as manobras, mas iríamos mais rápido!

XVIII. No qual Phileas Fogg, Passepartout e Fix vão cuidar cada um de seus respectivos negócios

Durante os últimos dias da travessia, o tempo estava bastante ruim. O vento ficou muito forte. Virado para o noroeste, passou a contrariar a marcha do paquete. O *Rangoon*, muito instável, balançou consideravelmente, e os passageiros estavam no direito de abominar estas insípidas ondas que o vento levantava ao longe.

Durante os dias 3 e 4 de novembro, houve uma espécie de tempestade. A borrasca agitou o mar com veemência. O *Rangoon* precisou manobrar sem as velas, durante meio dia, para evitar o balanço e a arfagem, mantendo-se com apenas dez voltas de hélice, de maneira a cortar diagonalmente as ondas. Todas as velas foram recolhidas, e ainda se escutava o assobio da cordoalha entre as rajadas de vento.

A velocidade do paquete, imagina-se, foi notavelmente diminuída, e se pôde estimar que ele chegaria a Hong Kong com vinte horas de atraso em relação ao horário regulamentar, e mesmo mais, se a tempestade não cessasse.

Phileas Fogg assistia ao espetáculo de um mar furioso, que parecia lutar diretamente contra ele, com sua habitual impassibilidade. Sua fisionomia não se obscureceu por um só instante, e, no entanto, um atraso de vinte horas poderia comprometer sua viagem, fazendo-o perder a partida do paquete de Yokohama. No entanto, esse homem sem nervos não sentia nem impaciência nem aborrecimento. Parecia mesmo que essa tempestade entrava em seu programa, que fora prevista. Mistress Aouda, que conversou com seu companheiro sobre o contratempo, julgou-o tão calmo como sempre.

Fix, este, não via as coisas com os mesmos olhos. Bem ao contrário. A tempestade o agradava. Sua satisfação teria sido mesmo sem limites se o *Rangoon* tivesse sido obrigado a fugir da tormenta. Todos estes atrasos lhe convinham, pois obrigariam o senhor Fogg a ficar alguns dias em Hong Kong. Enfim o céu, com suas rajadas e borrascas, entrava no seu jogo. Ele estava até um pouco enjoado, mas que importa?! Não ligava para suas náuseas, e, quando seu corpo se contorcia sob o enjoo marítimo, seu espírito comprazia-se de uma imensa satisfação.

Quanto a Passepartout, adivinha-se com que cólera pouco dissimulada ele passou durante esse tempo de provação. Até então tudo tinha dado tão certo! A terra e a água pareciam devotadas a seu mestre. Navios e estradas de ferro lhe obedeciam. O vento e o vapor se uniam para favorecer sua viagem. Soava a hora da decepção? Passepartout, como se as vinte mil libras da aposta devessem sair do seu bolso, já não vivia. A tempestade o exasperava, as rajadas o enfureciam, e ele teria de bom grado castigado esse mar desobediente! Pobre jovem! Fix lhe escondeu cuidadosamente sua satisfação pessoal, e fez bem, pois se Passepartout tivesse adivinhado o contentamento secreto de Fix, Fix teria passado um péssimo quarto de hora.

Passepartout, durante toda a duração da borrasca, permaneceu no convés do *Rangoon*. Não teria podido ficar lá embaixo; subia pelos mastros; espantava a tripulação e ajudava em tudo com uma agilidade de macaco. Cem vezes interrogou o capitão, os oficiais, os marinheiros, que não podiam deixar de rir ao ver um jovem tão perturbado. Passepartout queria absolutamente saber por quanto tempo duraria a tempestade. Mandavam-no então ao barômetro, que decidia não se mexer. Passepartout sacudia o barômetro, mas nada o fazia funcionar, nem as sacudidelas nem as injúrias com as quais cobria o irresponsável instrumento.

Enfim a tormenta amainou. O estado do mar se modificou no dia 4 de novembro. O vento mudou para dois quartos ao sul e voltou a ser favorável. Passepartout tranquilizou-se junto com o tempo. As velas da gávea e as velas grandes puderam ser desfraldadas, e o *Rangoon* retomou sua rota com maravilhosa velocidade.

Mas não podiam recuperar todo o tempo perdido. Era preciso resignar-se mesmo, e terra não foi avistada senão no dia 6, às cinco horas da manhã. O itinerário de Phileas Fogg contava com a chegada do paquete no dia 5. Ora, ele chegara apenas em 6 de novembro. Assim, eram vinte e quatro horas de atraso, e a partida para Yokohama seria necessariamente perdida.

Às seis horas, o piloto tomou seu lugar no passadiço, a fim de dirigir o navio através dos canais até o porto de Hong Kong.

Passepartout morria de vontade de interrogar esse homem, de perguntar-lhe se o paquete de Yokohama havia deixado Hong Kong. Mas não ousava, preferindo conservar um pouco de esperança até o último instante. Ele havia confiado suas inquietudes a Fix, que – velha raposa – tentava consolá-lo, dizendo-lhe que mister Fogg teria apenas de tomar o próximo paquete. Coisa que deixava Passepartout colérico.

Entretanto, se Passepartout não se arriscou a interrogar o piloto, mister Fogg, após ter consultado seu *Bradshaw*, perguntou com seu ar tranquilo ao aludido piloto se ele sabia quando partiria um navio de Hong Kong para Yokohama.

– Amanhã, na maré da manhã – respondeu o piloto.

– Ah! – fez mister Fogg, sem manifestar nenhuma surpresa.

Passepartout, que estava presente, teria com prazer abraçado o piloto, do qual Fix teria gostado de torcer o pescoço.

– Qual o nome do navio? – perguntou mister Fogg.

– *Carnatic* – respondeu o piloto.

– Não era ontem que ele devia ter partido?

– Sim, monsieur, mas foi preciso reparar uma de suas caldeiras, e sua partida foi remarcada para amanhã.

– Obrigado – respondeu mister Fogg, que no seu passo automático desceu ao salão do *Rangoon*.

Quanto a Passepartout, ele tomou a mão do piloto e a apertou vigorosamente dizendo:

– O senhor, piloto, o senhor é um grande homem!

O piloto certamente jamais soube por que suas respostas lhe valeram essa amigável expansão. Ao ouvir o apito, voltou ao passadiço e dirigiu o paquete pela flotilha de juncos, de tancás, de barcos de pesca, de navios de todos os tipos que obstruíam os estreitos de Hong Kong.

À uma hora, o *Rangoon* havia aportado, e os passageiros desembarcavam. Nessa ocasião, o acaso havia singularmente ajudado Phileas Fogg, é preciso reconhecer. Sem a necessidade de reparar suas caldeiras, o *Carnatic* teria partido em 5 de novembro, e os viajantes para o Japão teriam precisado esperar durante oito dias a partida do paquete seguinte. Mister Fogg, é verdade, estava vinte e quatro horas atrasado, mas o atraso não deveria trazer consequências inconvenientes para o resto da viagem.

Com efeito, o navio que faz – de Yokohama a San Francisco – a travessia do Pacífico estava em correspondência direta com o paquete de Hong Kong, e não podia partir antes que este chegasse. Evidentemente haveria vinte e quatro horas de atraso em Yokohama, mas, durante os vinte e dois dias que duram a travessia do Pacífico, seria fácil recuperá--las. Phileas Fogg encontrava-se, assim, com vinte e quatro horas de diferença, nas condições de seu programa, pouco mais de trinta dias depois de ter saído de Londres.

O *Carnatic* não partiria senão no dia seguinte, às cinco horas da manhã. Mister Fogg tinha à sua frente dezesseis horas para cuidar de seus negócios, isto é, daqueles que diziam respeito a mistress Aouda. No desembarque do navio, ele oferecera seu braço à jovem e a conduzira até um palanquim. Pediu aos condutores que lhe indicassem um hotel, e eles lhe indicaram o Hôtel du Club. O palanquim se pôs em movimento, seguido por Passepartout, e vinte minutos depois chegava a seu destino.

Um apartamento foi ocupado pela jovem mulher, e Phileas Fogg tomou cuidados para que não lhe faltasse nada. Depois, disse a mistress Aouda que se colocaria imediatamente à procura desse parente aos cuidados do qual deveria deixá-la em Hong Kong. Ao mesmo tempo, dava a Passepartout a ordem de permanecer no hotel até seu retorno, para que a jovem não ficasse sozinha.

O *gentleman* fez-se conduzir até a bolsa. Lá, conheceriam certamente um personagem tal como Jejeeh, que contava entre os mais ricos comerciantes da cidade.

O corretor ao qual se dirigiu mister Fogg conhecia, de fato, o negociante parse. Contudo, havia dois anos que ele já não habitava a China. Feita sua fortuna, estabelecera-se na Europa – na Holanda, acreditavam –, o que se explicava pelas inúmeras relações que travara com esse país durante sua atividade comercial.

Phileas Fogg voltou ao Hôtel du Club. Imediatamente pediu licença para apresentar-se a mistress Aouda e, sem nenhum outro preâmbulo, anunciou-lhe que o respeitável Jejeeh já não residia em Hong Kong, e que provavelmente morava na Holanda.

A isso, mistress Aouda não respondeu nada imediatamente. Ela passou a mão sobre o rosto e ficou alguns instantes a refletir. Depois, com sua doce voz, disse:

– Que devo fazer, monsieur Fogg?

– É muito simples – respondeu o *gentleman*. – Voltar à Europa.

– Mas eu não posso abusar...

– Você não abusa, e sua presença não atrapalha em nada meu programa. Passepartout?

– Monsieur – respondeu Passepartout.

– Vá ao *Carnatic* e reserve três cabines.

Passepartout, encantado por continuar sua viagem na companhia de jovem tão graciosa, deixou o Hôtel du Club imediatamente.

XIX. Onde Passepartout toma o partido de seu mestre, e o que se segue

Hong Kong é apenas uma ilhota, sobre a qual o tratado de Nanquim, depois da guerra de 1842, garante a possessão à Inglaterra. Em alguns anos, o gênio colonizador da Grã-Bretanha lá havia fundado uma cidade importante e criado um porto, o porto Victoria. Essa ilha fica situada na foz do rio de Cantão, e somente sessenta milhas a separam da cidade portuguesa de Macau. Construída sobre a outra margem, Hong Kong deveria necessariamente vencer Macau na disputa comercial, e agora a maior parte do trânsito chinês se opera na cidade inglesa. Docas, hospitais, ancoradouros, entrepostos, uma catedral gótica, uma *government house*, ruas macadamizadas, tudo faria crer que uma das cidades comerciais dos condados de Kent ou de Surrey, atravessando o esferoide terrestre, veio sair nesse ponto da China, quase em seus antípodas.

Passepartout, de mãos nos bolsos, dirigiu-se, assim, ao porto Victoria, observando os palanquins, as liteiras com véus, ainda em uso no Celeste Império, e toda essa multidão de chineses, japoneses e europeus que estugavam pelas ruas. Tirando alguns detalhes, era ainda Bombaim, Calcutá ou Singapura, que o digno jovem encontrara em seu percurso. Há, assim, como um rastro de cidades inglesas por todo o mundo.

Passepartout chegou ao porto Victoria. Lá, na foz do rio de Cantão, formiguejavam navios de todas as nações, ingleses, franceses, americanos, holandeses, embarcações de guerra ou comerciais, embarcações japonesas ou chinesas, juncos, *sempas*, tancás, e mesmo barcos com flores, que formavam vários canteiros flutuantes sobre as águas. Enquanto passeava, Passepartout percebeu certo número de nativos vestidos de amarelo, todos de idade bem avançada. Tendo entrado em um barbeiro chinês para barbear-se "à chinesa", descobriu pelo fígaro do lugar, que falava um inglês bastante bom, que estes anciãos tinham todos pelo menos oitenta anos, e que, com essa idade, tinham o privilégio de portar a cor amarela, que é a cor imperial. Passepartout julgou isso muito engraçado sem saber bem por quê.

Feita a barba, dirigiu-se ao cais de embarque do *Carnatic*, e lá percebeu Fix, que caminhava de um lado a outro, o que não o deixou surpreso. Porém o inspetor de polícia deixava ver sobre seu rosto as marcas de uma viva decepção.

– Bom – disse a si mesmo Passepartout –, as coisas vão mal para os *gentlemen* do Reform Club!

Ele se aproximou de Fix com seu sorriso alegre, sem querer perceber o ar vexado de seu companheiro.

Ora, o agente tinha boas razões para praguejar contra a sorte infernal que o perseguia. Nada de mandado! Era evidente que o mandado corria atrás deles, e só poderia alcançá-lo se permanecessem alguns dias na cidade. Ora, sendo Hong Kong a última terra inglesa do percurso, o senhor Fogg lhe escaparia definitivamente se ele não conseguisse segurá-lo lá.

– Bem, monsieur Fix, está decidido a vir conosco até a América? – perguntou Passepartout.

– Sim – respondeu Fix com os dentes cerrados.

– Então vamos! – exclamou Passepartout fazendo-o ouvir uma ressonante gargalhada. – Bem sabia que não poderia separar-se de nós. Venha reservar seu lugar, venha!

E ambos entraram no escritório de transportes marítimos e reservaram cabines para quatro pessoas. Mas o empregado lhes observou que, já terminados os reparos do *Carnatic*, o paquete partiria nessa noite mesma, às oito horas, e não no dia seguinte, como fora anunciado.

– Muito bem! – respondeu Passepartout. – Isso é ainda melhor para meu patrão. Vou avisá-lo.

Nesse momento, Fix tomou uma decisão extrema. Resolveu dizer tudo a Passepartout. Era talvez o único meio que tinha de reter Phileas Fogg por alguns dias em Hong Kong.

Saindo do escritório, Fix chamou seu companheiro para beber algo em uma taverna. Passepartout tinha tempo e aceitou o convite de Fix.

A taverna se abria para o cais. Ela tinha um aspecto atraente. Ambos entraram. Era uma vasta sala bem decorada, no fundo da qual se estendia um longo leito, coberto por almofadas. Sobre ele havia um grupo de pessoas dormindo.

Uns trinta clientes ocupavam pequenas mesas de junco trançado. Alguns esvaziavam pequenos copos de cerveja inglesa, ale ou pórter, outros, cálices de bebida destilada, como gim ou brandy. Além disso, a maioria fumava longos cachimbos de cerâmica vermelha, estufados com pequenas bolinhas de ópio e essência de rosas. Depois, de tempos em tempos, algum fumante desnervado deslizava sob a mesa, e os garçons do estabelecimento, pegando-o pelos pés e pela cabeça, levavam-no para o leito, perto de um confrade. Uns vinte destes bêbados estavam assim arranjados, lado a lado, no último grau de entorpecimento.

Fix e Passepartout compreenderam que estavam em um fumódromo frequentado por estes miseráveis, bestificados, enfraquecidos idiotas, aos quais a mercantil Inglaterra vende anualmente por duzentos e sessenta milhões de francos esta funesta droga chamada ópio! Tristes milhões estes, amealhados sobre um dos mais funestos vícios da natureza humana.

O governo chinês bem que tentou remediar tais abusos com leis severas, mas em vão. Da classe rica, à qual o uso de ópio era formalmente reservado, o uso desceu até as classes inferiores, e a devastação já não pôde mais ser detida. Fuma-se o ópio por todos os lugares e a todo momento no Império do Meio. Homens e mulheres entregam-se a essa paixão deplorável, e, quando se acostumam a essa inalação, já não podem passar sem ela, sob pena de sofrer com horríveis contrações estomacais. Um fumante assíduo pode fumar até oito cachimbos por dia, mas morre em cinco anos.

Ora, fora em um dos numerosos fumódromos desse tipo, que pululam mesmo em Hong Kong, que Fix e Passepartout entraram com a intenção de beber algo. Passepartout não tinha dinheiro, mas aceitou de bom grado a "gentileza" de seu companheiro, disposto a oferecê-la no momento certo.

Pediram duas garrafas de vinho do Porto, as quais o francês contemplou entusiasmado, enquanto Fix, mais reservado, observava seu companheiro com extrema atenção. Conversaram sobre várias coisas, inclusive sobre essa excelente ideia que tivera Fix de embarcar no *Car-*

natic. E a propósito do vapor, cuja partida fora adiantada em algumas horas, Passepartout, as garrafas já vazias, levantou-se, a fim de ir avisar seu mestre.

Fix o deteve.

– Um instante – disse ele.

– Que quer o senhor, monsieur Fix?

– Tenho de lhe falar sobre algumas coisas sérias.

– Coisas sérias! – exclamou Passepartout terminando com algumas gotas de vinho que haviam ficado no fundo de sua taça. – Bem! Falemos delas amanhã. Não tenho tempo hoje.

– Fique – respondeu Fix. – É sobre seu patrão!

Passepartout, ao ouvir essa palavra, observou atentamente seu interlocutor.

A expressão do rosto de Fix lhe pareceu singular. Sentou-se novamente.

– Que tem o senhor a me dizer? – perguntou ele.

Fix apoiou sua mão sobre o braço do companheiro e, baixando a voz, perguntou:

– Já adivinhou quem sou?

– É claro! – disse Passepartout, sorrindo.

– Então vou confessar tudo...

– Agora que já sei tudo, meu compadre! Ah! Não é nada de mais! Enfim, vamos juntos de qualquer modo. Mas antes deixe-me dizer que estes *gentlemen* gastaram dinheiro bem inutilmente!

– Inutilmente! – disse Fix. – Fale por si. Bem se vê que não conhece a quantia de que se está tratando.

– Pois sei, sim – respondeu Passepartout. – Vinte mil libras!

– Cinquenta e cinco mil! – retorquiu Fix, apertando a mão do francês.

– Qual! – exclamou Passepartout. – Monsieur Fogg ousaria...?! Cinquenta e cinco mil libras...! Muito bem! Mais razões para não perder um só instante – acrescentou, levantando-se novamente.

– Cinquenta e cinco mil libras! – retomou Fix, forçando Passepartout a sentar-se novamente, depois de trazer à mesa um frasco de brandy. – E se eu tiver sucesso, ganho uma recompensa de duas mil libras. Quer me ajudar e ganhar quinhentas (doze mil e quinhentos francos)?

– Ajudá-lo? – exclamou Passepartout, cujos olhos abriram-se desmesuradamente.

– Sim, ajudar-me a reter o senhor Fogg durante alguns dias em Hong Kong!

– Hein! – fez Passepartout. – Que está dizendo? Como? Não contentes em fazer seguir meu patrão, de suspeitar de sua lealdade, estes *gentlemen* querem ainda lhe criar obstáculos! Tenho vergonha por eles!

– Ora isso! Que você quer dizer? – perguntou Fix.

– Quero dizer que isso é a mais pura indelicadeza. É o mesmo que espoliá-lo, que lhe tirar dinheiro do bolso!

– Bem, é mesmo isso que pretendemos conseguir!

– Mas é uma emboscada! – exclamou Passepartout, que se animava sob a influência do brandy que lhe servia Fix e que bebia sem perceber. – Uma verdadeira emboscada! Estes senhores! Colegas!

Fix começava a não compreender.

– Colegas! – exclamou Passepartout. – Membros do Reform Club! Saiba, monsieur Fix, que meu patrão é um homem honesto e que, quando faz uma aposta, é lealmente que pretende ganhá-la.

– Mas quem você acredita que sou? – perguntou Fix, fixando seu olhar sobre Passepartout.

– É óbvio! Um agente dos membros do Reform Club, que tem a missão de controlar o itinerário de meu patrão, o que é singularmente humilhante! Tão humilhante que, ainda que eu já tenha adivinhado isso há algum tempo, tomei cuidado para não revelar a mister Fogg.

– Ele não sabe de nada...? – perguntou vivamente Fix.

– Nada – respondeu Passepartout esvaziando uma vez mais seu copo.

O inspetor de polícia passou a mão sobre a testa. Hesitava antes de retomar a palavra. Que devia fazer? O erro de Passepartout parecia sincero, mas tornava seu plano mais difícil. Era evidente que o jovem falava com absoluta boa-fé e que não era cúmplice de seu patrão – o que Fix teria receado.

"Bem", disse a si mesmo, "já que não é seu cúmplice, me ajudará."

O detetive tomava novamente uma decisão difícil. Além disso, ele já não tinha tempo a perder. Era preciso segurar mister Fogg em Hong Kong a qualquer preço.

– Escute – disse Fix com uma voz apressada –, escute-me bem. Não sou quem você pensa, isto é, um agente dos membros do Reform Club...

– Bah! – disse Passepartout observando-o com um ar zombeteiro.

– Sou um inspetor de polícia, encarregado de uma missão pela administração metropolitana...

– O senhor... inspetor de polícia...!

– Sim, e provo-o – retomou Fix. – Eis aqui minha designação.

E o agente, tirando um papel de sua carteira, mostrou a seu companheiro uma designação assinada pelo diretor da polícia central. Passepartout, atordoado, observava Fix sem poder articular uma palavra.

– A aposta do senhor Fogg – retomou Fix – é apenas um pretexto, com o qual os senhores foram enganados, o senhor e estes colegas do Reform Club, pois ele tinha interesse em garantir a cumplicidade inconsciente de vocês.

– Mas por quê...? – perguntou Passepartout.

– Escute. No último 28 de setembro, foi cometido um roubo de cinquenta e cinco mil libras, no Banco da Inglaterra, por um indivíduo cuja descrição pôde ser estabelecida. Ora, aqui está a descrição, e ela é traço por traço a mesma do senhor Fogg.

– Ora, vamos! – exclamou Passepartout batendo na mesa com seu punho robusto. – Meu patrão é o homem mais honesto do mundo!

– Como sabe disso? – respondeu Fix. – Nem mesmo o conhece! Passou a servi-lo no dia mesmo de sua partida, e ele partiu precipitadamente, sob um pretexto insensato, sem malas, levando uma grande quantia em dinheiro! E ousa sustentar que esse é um homem honesto!

– Sim! Sim! – repetia mecanicamente o pobre jovem.

– Está querendo ser preso como seu cúmplice?

Passepartout levara as duas mãos à cabeça. Não ousava encarar o inspetor de polícia. Phileas Fogg um ladrão, ele, o salvador de Aouda, homem generoso e bravo! E, no entanto, quantas presunções levantadas contra ele! Passepartout tentava repelir as suspeitas que se insinuavam em seu espírito. Não queria acreditar na culpabilidade de seu patrão.

– Enfim, o que quer de mim? – disse ao agente de polícia contendo-se com um supremo esforço.

– O seguinte... – respondeu Fix. – Segui o senhor Fogg até aqui, mas ainda não recebi o mandado de prisão que pedi a Londres. É preciso que me ajude a retê-lo em Hong Kong...

– Eu! Que eu...

– E dividimos a recompensa de duas mil libras prometida pelo Banco da Inglaterra.

– Jamais! – respondeu Passepartout, que tentou se levantar e caiu, sentindo sua razão e suas forças escapando-lhe ao mesmo tempo.

– Monsieur Fix – balbuciou –, quando tudo o que me falou for verdade... quando meu patrão for o ladrão que procura... o que nego... fui... estarei a seu serviço... julgo-o bom e generoso... traí-lo... jamais... não, por todo o ouro do mundo... isso não se faz...!

– Recusa-se?

– Recuso-me.

– Façamos de conta que eu não disse nada – respondeu Fix – e bebamos.

– Sim, bebamos!

Passepartout sentia-se invadido cada vez mais pela embriaguez. Fix, compreendendo que era preciso a todo preço separá-lo de seu patrão, quis terminar o que começara. Sobre a mesa havia alguns cachimbos cheios de ópio. Fix deslizou um até as mãos de Passepartout, que o pegou, levou-o à boca, acendeu-o, deu algumas baforadas e, com a cabeça pesada sob a influência do narcótico, sucumbiu.

– Finalmente – disse Fix vendo Passepartout desacordado –, o senhor Fogg não será avisado da partida do *Carnatic*. E se ele partir de algum modo, ao menos partirá sem este maldito francês!

Então saiu, após ter pagado a conta.

XX. No qual Fix entra em contato diretamente com Phileas Fogg

Durante essa cena que talvez comprometesse tão gravemente seu futuro, mister Fogg, acompanhando mistress Aouda, passeava pelas ruas da cidade inglesa. Desde que mistress Aouda aceitara sua oferta de conduzi--la até a Europa, ele precisou começar a pensar em todos os detalhes que comportam uma viagem assim tão longa. Que um inglês como ele fizesse a volta ao mundo com uma sacola de viagens, vá lá; mas uma mulher não poderia empreender tal travessia nessas condições. Daí a necessidade de comprar roupas e objetos necessários à viagem. Mister Fogg cumpria sua tarefa com a calma que o caracterizava, e a todas as escusas ou objeções da jovem viúva, confusa com tanta complacência:

– É no melhor interesse da minha viagem, está no meu programa – respondia invariavelmente.

Feitas as aquisições, mister Fogg e a jovem viúva retornaram ao hotel e jantaram na mesa de hóspedes, que estava suntuosamente servida. Em seguida, mistress Aouda, um pouco fatigada, voltou a seu quarto após ter apertado "à inglesa" a mão de seu imperturbável salvador.

O respeitável *gentleman*, este, ficou absorvido durante toda a noite na leitura do *Times* e da *Illustrated London News*.

Se fosse homem de surpreender-se com alguma coisa, teria sido por não ter visto seu criado chegar à hora do poente. No entanto, sabendo que o paquete de Yokohama não deveria deixar Hong Kong antes da manhã do dia seguinte, não se preocupou. Ao amanhecer, Passepartout não apareceu ao toque da sineta de mister Fogg.

O que pensou o respeitável *gentleman* ao descobrir que seu criado não voltara ao hotel, ninguém poderia dizê-lo. Mister Fogg contentou--se em pegar sua sacola, avisou mistress Aouda e mandou buscar um palanquim.

Eram então oito horas, e a preamar, da qual o *Carnatic* deveria valer-se para sair dos estreitos, estava prevista para as nove e meia. Quando o palanquim chegou à porta do hotel, mister Fogg e mistress Aouda subiram no confortável veículo, e as bagagens seguiram atrás em um carrinho.

Uma meia hora depois, os viajantes desciam no cais, e lá mister Fogg descobria que o *Carnatic* havia partido na véspera.

Mister Fogg, que contava encontrar, de uma vez, o paquete e seu criado, fora privado de um e de outro. Mas nenhuma marca de desapontamento surgiu em seu rosto e, como mistress Aouda o observava com inquietude, contentou-se em responder:

– É um incidente, madame, nada mais.

Nesse momento, um personagem que o observava com atenção aproximou-se dele. Era o inspetor Fix, que o saudou e lhe disse:

– Não é o senhor, assim como eu, um dos passageiros do *Rangoon*, que chegou ontem?

– Sim, monsieur – respondeu mister Fogg –, mas não tive a honra...

– Perdoe-me, mas contava encontrar aqui seu criado.

– Sabe onde ele está, monsieur? – perguntou vivamente a jovem mulher.

– Qual! – respondeu Fix fingindo surpresa. – Ele não está com vocês?

– Não – respondeu mistress Aouda. – Desde ontem não aparece. Teria ele embarcado no *Carnatic* sem a gente?

– Sem vocês, madame...? – respondeu o agente. – Mas, perdoem minha pergunta, pretendiam partir neste paquete?

– Sim, monsieur.

– Eu também, madame, e me veem muito desapontado. O *Carnatic*, tendo terminado seus reparos, deixou Hong Kong doze horas mais cedo sem avisar ninguém, e agora será preciso esperar oito dias até a sua próxima viagem!

Pronunciando estas palavras, "oito dias", Fix sentia seu coração saltar de alegria. Oito dias! Fogg retido por oito dias em Hong Kong! Teria tempo de receber o mandado de prisão. Enfim a sorte se declarava a favor do representante da lei.

Que avaliem, então, o golpe que recebeu quando ouviu Phileas Fogg dizer com sua voz calma:

– Mas há outros navios além do *Carnatic*, parece-me, no porto de Hong Kong.

E mister Fogg, oferecendo seu braço a mistress Aouda, dirigiu-se às docas à procura de um navio que estivesse de partida.

Fix, consternado, seguia-o. Dir-se-ia que um fio o ligava àquele homem.

Contudo, a sorte parecia verdadeiramente abandonar aquele a quem havia tão bem servido até então. Phileas Fogg, durante três horas, percorreu o porto em todos os sentidos, decidido, se fosse preciso, a fretar uma embarcação para transportá-lo a Yokohama; mas não viu senão navios sendo carregados ou descarregados que, por consequência, não estavam prontos para partir. Fix voltou a ter esperanças.

Enquanto isso, mister Fogg não se desconcertava, e ia continuar sua procura, mesmo se precisasse ir até Macau, quando foi abordado por um marinheiro no anteporto.

– Vossa Senhoria procura um barco? – disse-lhe o marinheiro tirando o chapéu.

– Você tem um barco pronto para partir? – perguntou mister Fogg.

– Sim, Vossa Senhoria. Um barco-piloto, número 43, o melhor da flotilha.

– Ele navega bem?

– Entre oito e nove milhas, manobrando bem. Quer vê-lo?

– Sim.

– Vossa Senhoria ficará satisfeito. Trata-se de um passeio pelo mar?

– Não. De uma viagem.

– Uma viagem?

– Você se encarregaria de conduzir-me a Yokohama?

O marinheiro, ao ouvir essas palavras, afrouxou os braços e arregalou os olhos.

– Vossa Senhoria está brincando? – perguntou.

– Não! Perdi a partida do *Carnatic* e é preciso que eu esteja, no máximo até o dia 14, em Yokohama, para tomar o paquete até San Francisco.

– Lamento – respondeu o marinheiro –, mas é impossível.

– Ofereço-lhe cem libras (dois mil e quinhentos francos) por dia, e uma recompensa de duzentas libras se eu chegar a tempo.

– Sério? – perguntou o marinheiro.

– Seriíssimo – respondeu mister Fogg.

O marinheiro retirara-se a certa distância. Ele observava o mar, evidentemente vacilando entre o desejo de ganhar uma quantia enorme e o medo de aventurar-se tão longe. Fix enfrentava transes mortais.

Durante esse tempo, mister Fogg voltou-se para mistress Aouda.

– Não terá medo, madame? – perguntou.

– Com o senhor, não, monsieur Fogg – respondeu a jovem.

O marinheiro avançava novamente em direção ao *gentleman* e girava seu chapéu entre as mãos.

– Bem, Vossa Senhoria – respondeu o piloto –, não posso arriscar nem meus homens, nem eu mesmo, nem o senhor em uma travessia tão longa em um barco que mal tem vinte toneladas. Além disso, não chegaríamos a tempo, pois há mil, seiscentas e cinquenta milhas entre Hong Kong e Yokohama.

– Mil e seiscentas somente – disse mister Fogg.

– É a mesma coisa.

Fix respirou profundamente.

– Mas – acrescentou o marinheiro – talvez tenha como arranjar-se de outro modo.

Fix já não respirava.

– Como? – perguntou Phileas Fogg.

– Indo a Nagasaki, na extremidade sul do Japão, a mil e cem milhas, ou apenas a Xangai, a oitocentas milhas de Hong Kong. Nessa última travessia, não nos afastaríamos da costa chinesa, o que seria uma grande vantagem, tanto mais que as correntes levam ao norte.

– Piloto, respondeu Phileas Fogg, é em Yokohama que devo tomar o paquete, e não em Xangai ou em Nagasaki.

– Por que não? – retrucou o marinheiro. – O paquete de San Francisco não parte de Yokohama. Ele faz escala em Yokohama e em Nagasaki, mas seu porto de partida é Xangai.

– Está certo do que diz?

– Estou certo.

– E quando o paquete deixa Xangai?

– Dia 11, às sete horas da noite. Temos, portanto, quatro dias pela frente. Quatro dias são noventa e seis horas e, com uma média de oito milhas por hora, se tivermos sorte, se o vento continuar a sudeste, se o mar estiver calmo, nós podemos vencer as oitocentas milhas que nos separam de Xangai.

– E poderia partir...?

– Em uma hora. O tempo de comprar os víveres e aparelhar.

– Negócio fechado... É o dono do barco?

– Sim, John Bunsby, dono da *Tankadère*.

– Quer um adiantamento?

– Se não for do desagrado de Vossa Senhoria.

– Aqui estão duzentas libras por conta... Monsieur – acrescentou Phileas Fogg voltando-se a Fix –, se quiser aproveitar...

– Monsieur – respondeu resolutamente Fix –, ia pedir-lhe esse favor.

– Bem. Em meia hora estaremos a bordo.

– Mas o pobre jovem... – disse mistress Aouda, a quem o desaparecimento de Passepartout preocupava extremamente.

– Vou fazer por ele tudo o que eu puder fazer – respondeu Phileas Fogg.

E enquanto Fix, nervoso, febril, enraivecido, dirigia-se ao barco-piloto, foram os dois até o escritório de polícia de Hong Kong. Lá, Phileas Fogg deu a descrição de Passepartout e deixou uma quantia suficiente para repatriá-lo. Mesma formalidade foi cumprida com o agente consular francês, e o palanquim, após ter tocado até o hotel, onde pegaram as bagagens, levou novamente os viajantes até o anteporto.

Soaram as três horas. O barco-piloto número 43, a equipagem a bordo, embarcados os víveres, estava pronto para aparelhar.

Era uma encantadora e pequena escuna de vinte toneladas essa *Tankadère*, bem fina na proa, apurada em suas maneiras, alongada em suas linhas-d'água. Dir-se-ia um iate de corrida. Seus cobres brilhantes, sua ferragem galvanizada, seu convés branco como marfim indicavam que o dono John Bunsby sabia como mantê-la em bom estado. Seus dois mastros inclinavam-se um pouco para trás. Ela carregava uma vela de bergantim, da bujarrona, uma mezena, um traquete, e podia trazer a sorte de um vento favorável. Devia navegar maravilhosamente, e, de fato, já ganhara diversos prêmios nos *matches* de barcos-pilotos.

A equipagem da *Tankadère* compunha-se do dono John Bunsby e quatro homens. Eram desses audaciosos marinheiros que, sob todos os diferentes tempos, aventuram-se à procura de navios e conhecem admiravelmente os mares. John Bunsby, um homem de cerca de quarenta e cinco anos, vigoroso, bronzeado pelo sol, o olhar vivo, a figura enérgica, empertigado, bom no que faz, teria inspirado confiança nos mais temerosos.

Phileas Fogg e mistress Aouda passaram a bordo. Fix já se encontrava lá. Pela escotilha da popa da escuna, descia-se até um quarto quadrado, cujas paredes estavam talhadas em leitos, acima de um divã circular. No meio, uma mesa iluminada por uma lâmpada feita para resistir ao balanço do navio. Era pequeno, mas limpo.

– Lamento não ter mais a oferecer – disse mister Fogg a Fix, que se inclinou sem responder.

O inspetor de polícia sofria, assim, uma espécie de humilhação por ter de valer-se da cortesia do senhor Fogg.

"Sem dúvida alguma", pensava ele, "é um escroque muito educado, mas um escroque ainda assim!"

Às 3h10, as velas foram içadas. O pavilhão da Inglaterra agitava-se no penol da pequena escuna. Os passageiros estavam sentados sobre o convés. Mister Fogg e mistress Aouda lançaram um último olhar ao cais, a fim de ver se Passepartout não apareceria.

Fix estava apreensivo, pois o acaso poderia mesmo conduzir àquele lugar o infeliz jovem que ele tão indignamente tratara, e então uma explicação teria de surgir, da qual o detetive não conseguiria sair-se bem. Porém o francês não se apresentou e, sem dúvida, aquele estupefaciente narcótico o tinha ainda sob sua influência.

Por fim, John Bunsby passou ao largo da costa, e a *Tankadère*, recebendo o vento diretamente na mezena e na bujarrona, lançou-se saltando sobre as ondas.

XXI. Onde o dono da *Tankadère* corre o risco de perder um prêmio de duzentas libras

Era uma expedição aventurosa essa navegação de oitocentas milhas em uma embarcação de vinte toneladas, sobretudo nessa época do ano. Eles estão geralmente revoltosos, os mares da China, expostos a rajadas de vento terríveis, principalmente durante os equinócios, e eram ainda os primeiros dias de novembro.

Teria sido, certamente, mais vantajoso para o piloto conduzir seus passageiros até Yokohama, já que recebia tanto por dia. Porém sua imprudência seria enorme em tentar tal travessia nessas condições, e já era um feito audacioso, se não temerário, ir até Xangai. No entanto John Bunsby tinha confiança em sua *Tankadère*, que se elevava sobre as ondas como uma malva, e talvez não estivesse errado.

Durante as últimas horas do dia, a *Tankadère* navegou pelos estreitos caprichosos de Hong Kong e, em todas as situações, com o vento frontal ou traseiro, ela se comportou admiravelmente.

– Não preciso, piloto – disse Phileas Fogg no momento em que a escuna ganhava o alto-mar –, recomendar-lhe toda a diligência possível.

– Que Vossa Senhoria tenha confiança em mim – respondeu John Bunsby. – Em matéria de velas, carregamos tudo o que o vento permite carregar. Nossos traquetes não ajudariam em nada, e não serviriam senão para importunar a embarcação em prejuízo de sua marcha.

– Este é seu ofício, não o meu, piloto, e fio-me no senhor.

Phileas Fogg, com o corpo ereto, as pernas afastadas, empertigado como um marinheiro, observava o marulho sem perturbar-se. A jovem mulher, sentada mais atrás, sentia-se comovida ao contemplar este oceano, já sob as sombras do crepúsculo, que ela desbravava em uma frágil embarcação. Acima de sua cabeça desdobravam-se as velas brancas, que a levavam pelo espaço como grandes asas. A escuna, soerguida pelo vento, parecia voar.

Veio a noite. A lua entrava em seu primeiro quadrante, e sua luminosidade insuficiente deveria extinguir-se logo nas brumas do horizonte. Nuvens vinham rapidamente do leste e já invadiam uma parte do céu.

O piloto acendeu suas luzes de navegação – precaução indispensável a tomar nestes mares muito frequentados nas proximidades das enseadas. Abalroamentos não eram raros por ali e, com a velocidade que imprimia, a escuna se quebraria ao menor choque.

Fix ruminava na proa da embarcação. Mantinha-se a distância, sabendo ser Fogg naturalmente pouco conversador. Além disso, repugnava-lhe falar com esse homem, do qual aceitava favores. Ponderava também sobre o futuro. Parecia-lhe certo que o senhor Fogg não permaneceria em Yokohama, que tomaria imediatamente o paquete de San Francisco a fim de alcançar a América, cuja vasta extensão lhe garantiria a impunidade com segurança. O plano de Phileas Fogg lhe parecia o mais simples de todos.

Em vez de embarcar na Inglaterra para os Estados Unidos como um escroque vulgar, este Fogg dera uma grande volta e atravessara três quartos do globo a fim de ganhar mais seguramente o continente americano, onde gozaria tranquilamente do butim do banco, após ter despistado a polícia. Contudo, uma vez na terra da União, que faria Fix? Abandonaria este homem? Não, cem vezes não! E até que obtivesse um ato de extradição, não o deixaria por um só segundo. Era seu dever, e ele o cumpriria até o fim. Em todo caso, surgira uma circunstância feliz: Passepartout já não estava junto a seu patrão e, sobretudo após as confidências de Fix, era importante que o patrão e o criado não se revissem jamais.

Phileas Fogg, este, não deixava tampouco de pensar em seu criado, tão misteriosamente desaparecido. Feitas todas as reflexões, não lhe pareceu impossível que, seguindo algum mal-entendido, o pobre jovem tivesse embarcado no *Carnatic* no último momento. Era essa também a opinião de mistress Aouda, profundamente aflita com este honesto criado ao qual devia tanto. Poderia ser, portanto, que o reencontrassem em Yokohama e, se o *Carnatic* o tivesse transportado, seria fácil sabê-lo.

Por volta das dez horas, a brisa aumentou. Talvez tivesse sido prudente enrizar, mas o piloto, após ter cuidadosamente observado o estado do céu, deixou o velame tal como estava. Além disso, a *Tankadère* portava admiravelmente seus panos, tendo uma grande carena, e tudo estava preparado para o caso de uma tempestade.

À meia-noite, Phileas Fogg e mistress Aouda desceram à cabine. Fix chegara antes e estava deitado sobre um dos leitos. Quanto ao piloto e a seus homens, permaneceram toda a noite no convés.

No dia seguinte, 8 de novembro, ao nascer do sol, a escuna já havia feito mais de cem milhas. A barquilha, jogada várias vezes, indicava que a média de sua velocidade estava entre oito e nove milhas. A *Tankadère* recebia o vento ao largo e, dessa forma, obtinha o máximo de sua velocidade. Se o vento se mantivesse nessas condições, as chances estariam a seu favor.

A *Tankadère*, durante todo esse dia, não se afastou muito da costa, cujas correntes lhe eram favoráveis. Ela a mantinha a no máximo cinco milhas a bombordo, e essa costa, de perfil irregular, aparecia às vezes em meio a algumas clareiras. Vindo o vento da terra, o mar estava por isso mesmo mais fraco: feliz circunstância para a escuna, pois as embarcações de pouca tonelagem sofrem, sobretudo, com o marulho que rompe sua velocidade, que as "mata", para empregar a expressão náutica.

Por volta do meio-dia, a brisa cedeu um pouco e o vento do sudeste agitou-se. O piloto estabilizou seus traquetes; mas, ao fim de duas horas, precisou puxá-los, pois o vento ganhava ímpeto novamente.

Mister Fogg e a jovem mulher, muito felizmente imunes ao mal do mar, comeram com apetite as conservas e os biscoitos de bordo. Fix foi convidado a compartilhar da refeição e precisou aceitar, sabendo bem que é necessário lastrar tanto os estômagos quanto os barcos, coisa que o vexava. Viajar à custa desse homem, alimentar-se de seus víveres, ele via nisso algo de pouco leal. Comeu, no entanto; rápido e quase sem mastigar, é verdade, mas enfim comeu.

Todavia, terminada a refeição, acreditou ter de chamar o senhor Fogg à parte, e disse-lhe:

– Monsieur...

Este "monsieur" escorchava-lhe os lábios, e tinha de conter-se para não dar voz de prisão a este "monsieur".

– Monsieur, foi-me muito generoso oferecendo-me um lugar em seu navio. Mas, ainda que meus recursos não me permitam agir tão bondosamente quanto o senhor, pretendo pagar minha parte...

– Não falemos disso, monsieur – respondeu mister Fogg.

– Mas se tenho...

– Não, monsieur – repetiu Fogg com um tom que não admitia réplica. – Isso está incluso nos gastos gerais!

Fix inclinou-se; arfava e, indo deitar-se na proa da escuna, não disse mais nada durante aquele dia.

Enquanto isso, seguiam viagem rapidamente. John Bunsby tinha boas esperanças. Várias vezes ele disse a mister Fogg que chegariam a Xangai no tempo combinado. Mister Fogg respondia simplesmente que contava com isso. Além disso, toda a equipagem da pequena escuna trabalhava com zelo para cumprir essa tarefa. A recompensa seduzia essa brava gente. Assim, não se via um só nó que não fosse conscienciosamente apertado! Uma só vela que não estivesse vigorosamente esticada! Uma só guinada que se pudesse censurar aos marinheiros! Não teriam manobrado mais severamente em uma regata do Royal Yacht Club!

À noite, o piloto já havia imprimido à barquilha um percurso de duzentas e vinte milhas desde Hong Kong, e Phileas Fogg podia esperar que, ao chegar a Yokohama, não teria qualquer atraso para inscrever em seu programa. Assim, portanto, o primeiro contratempo sério enfrentado por ele desde sua partida de Londres não lhe causaria provavelmente prejuízo nenhum.

Durante a madrugada, por volta das primeiras horas da manhã, a *Tankadère* entrava francamente no estreito de Fo-Kien, que separa a grande ilha de Formosa da costa chinesa e corta o trópico de câncer. O mar estava muito difícil neste estreito, cheio de redemoinhos formados pela contracorrente. A escuna desgastou-se bastante. As pequenas ondas impediam sua marcha. Tornou-se muito difícil manter-se de pé sobre o convés.

Com o raiar do dia, o vento diminuiu ainda mais a temperatura. Havia no céu indícios de ventania. De resto, o barômetro anunciava uma mudança próxima da atmosfera; sua marcha diurna era irregular, e o mercúrio oscilava caprichosamente. Via-se também o mar levantar-se, ao sudeste, em uma agitação que "cheirava a tempestade". Na véspera, o sol se pusera por entre uma bruma avermelhada, no meio das cintilações fosforescentes do oceano.

O piloto examinou por muito tempo esse mau aspecto do céu e murmurou entre os dentes coisas pouco inteligíveis. A um dado momento, encontrando-se perto de seu passageiro, ele disse em voz baixa:

– Pode-se dizer tudo a Vossa Senhoria?

– Tudo – respondeu Phileas Fogg.

– Bem, vamos ter uma tempestade.

– Virá ela do norte ou do sul? – perguntou simplesmente mister Fogg.

– Do sul. Veja, é um tufão que se prepara!

– Vá em direção ao tufão, já que ele nos impelirá ao lado certo – respondeu mister Fogg.

– Se é assim que o entende – replicou o piloto –, não tenho nada mais a dizer.

Os pressentimentos de John Bunsby não o enganavam. Em um período mais cedo no ano, o tufão, segundo a expressão de um célebre meteorologista, teria desabado como uma cascata luminosa de chamas elétricas, mas, em um equinócio de inverno, era de se temer que se desencadeasse com violência.

O piloto tomou suas precauções antecipadamente. Mandou fechar todas as velas da escuna e levar as vergas ao convés. Os mastros do traquete também o foram. Recolheram os botalós. Tudo fora calafetado com cuidado. Nem uma só gota poderia, agora, penetrar no casco da embarcação. Uma só vela triangular, especial para tormentas, foi içada como um traquete, de modo a manter a escuna com vento traseiro. E esperaram.

John Bunsby chamara seus passageiros à cabine, mas, nesse espaço estreito, praticamente privado de ar, e com a agitação do mar, esse confinamento não tinha nada de agradável. Nem mister Fogg nem mistress Aouda, nem o próprio Fix, consentiram em deixar a coberta.

Por volta das oito horas, a borrasca de chuva e vento caiu sobre a escuna. Com apenas seu pequeno pedaço de pano, a *Tankadère* foi carregada como uma pluma por esse vento, do qual ninguém poderia dar uma ideia exata quando sopra em uma tempestade. Comparar sua velocidade com a quádrupla velocidade de uma locomotiva a todo vapor, isso seria ficar aquém da verdade.

Durante todo o dia, a embarcação correu assim para o norte, levada por ondas monstruosas, felizmente conservando uma rapidez igual à delas. Vinte vezes passou perto de ser invadida por uma dessas montanhas de água que se erguiam na popa; porém uma rápida manobra, feita com destreza pelo piloto, impediu a catástrofe. Os passageiros eram às vezes quase totalmente cobertos pelos borrifos do mar, que recebiam filosoficamente. Fix praguejava sem dúvida, mas a intrépida Aouda, de olhos fixos sobre seu companheiro, do qual não podia senão admirar o sangue-frio, mostrava-se digna dele e encarava a tormenta a seu lado. Quanto a Phileas Fogg, parecia que o tufão fazia parte de seu programa.

Até então a *Tankadère* seguira sempre ao norte; mas à noite, como temiam, mudando o vento em três quartos, agitou-se ao noroeste. A escuna, dando agora o flanco às ondas, foi temivelmente sacudida. O mar batia com uma violência feita mesmo para atemorizar, quando não se sabe com que solidez todas as partes de uma embarcação estão ligadas entre si.

Com a noite, a tempestade acentuou-se mais. Vendo a escuridão surgir, e com a escuridão aumentando a tormenta, John Bunsby sentiu vivas inquietudes. Perguntou-se se não seria hora de fazer uma escala e consultou a equipagem.

Depois de consultar os homens, John Bunsby aproximou-se de mister Fogg e lhe disse:

– Creio, Vossa Senhoria, que faríamos bem em acostar em um dos portos da costa.

– Também o creio – respondeu Phileas Fogg.

– Ah! – fez o piloto. – Mas em qual?

– Não conheço senão um – respondeu tranquilamente mister Fogg.

– E é...?!

– Xangai.

Essa resposta, o piloto ficou alguns instantes sem compreender o que ela significava, o que ela encerrava de obstinação e tenacidade. Em seguida, exclamou:

– Bem, sim, Vossa Senhoria tem razão. Xangai!

E a direção da *Tankadère* foi imperturbavelmente mantida ao norte. Noite verdadeiramente terrível! Foi um milagre se a escuna não virou. Por duas vezes ela quase o foi, e todas as coisas a bordo teriam caído se tivesse faltado energia aos passageiros. Mistress Aouda estava abatida, mas não fez nenhuma queixa. Mais de uma vez mister Fogg precisou precipitar-se a ela para protegê-la contra a violência das ondas.

O dia ressurgiu. A tempestade desencadeava-se ainda com uma extrema fúria. Todavia o vento recaiu ao sudeste. Era uma modificação favorável, e a *Tankadère* traçou nova rota sobre esse mar agitado, cujas ondas chocavam-se contra as outras ondas que provocavam essa nova mudança do vento. Daí um encontro entre ondas em direções contrárias que teria destruído uma embarcação menos solidamente construída.

De tempos em tempos, percebia-se a costa através de buracos na bruma, mas nem um só navio à vista. A *Tankadère* enfrentava sozinha o mar.

Ao meio-dia, houve alguns sintomas de calmaria que, com o baixar do sol no horizonte, pronunciaram-se mais nitidamente.

Essa pouca duração da tempestade devia-se à sua violência mesma. Os passageiros, absolutamente esgotados, puderam comer um pouco e repousar um pouco.

A noite foi relativamente pacífica. O piloto mandou restabelecer as velas aos rizes. A velocidade da embarcação era considerável. No dia seguinte, 11, ao nascer do dia, depois de fazer o reconhecimento da costa, John Bunsby pôde afirmar que estavam a cem milhas de Xangai.

Cem milhas, e não restava mais que esse dia para vencê-las! Era à tarde mesmo que mister Fogg deveria chegar a Xangai, se não quisesse perder a partida do paquete de Yokohama. Sem essa tempestade, durante a qual perdera várias horas, ele estaria, nesse momento, a apenas trinta milhas do porto.

A brisa amainava de forma sutil, mas infelizmente o mar caía junto a ela. A escuna cobriu-se de panos. Traquetes, velas de estai, bujarronas, todos foram desfraldados, e o mar espumava sob o arco da proa.

Ao meio-dia, a *Tankadère* não estava a mais de cinquenta e cinco milhas de Xangai. Restavam-lhe seis horas ainda para ganhar o porto antes da partida do paquete de Yokohama.

Houve nítidos temores a bordo. Queriam chegar a qualquer preço. Todos – exceto, sem dúvida, Phileas Fogg – sentiram o coração bater de impaciência. Era preciso que a escuna se mantivesse em uma média de nove milhas por hora, e o vento continuava amainando! Era uma brisa irregular, com bufadas emanando caprichosamente da costa. Elas passavam, e o mar desenrugava-se logo após sua passagem.

No entanto a embarcação era tão leve, suas velas altas, de fino tecido, apanhavam tão bem as instáveis brisas, que, a corrente ajudando, às seis horas John Bunsby não contava mais que dez milhas até o rio de Xangai, pois a cidade em si está situada a uma distância de ao menos doze milhas foz acima.

Às sete horas, estavam ainda a três milhas de Xangai. Uma blasfêmia formidável escapou dos lábios do piloto... A recompensa de duzentas libras iria evidentemente lhe fugir. Ele observou mister Fogg. Mister Fogg estava impassível, e, no entanto, sua fortuna inteira estava em jogo nesse momento.

Então, um longo fuso negro, encimado por um penacho de fumaça, apareceu ao rés da água. Era o paquete americano, que saía na hora regulamentar.

– Maldição! – exclamou John Bunsby, batendo no leme com um braço desesperado.

– Os sinais! – disse simplesmente Phileas Fogg.

Um pequeno canhão de bronze alongava-se na proa da *Tankadère*. Servia para emitir sinais entre a bruma.

O canhão foi carregado até a boca, mas no momento em que o piloto ia aplicar um carvão ardente sobre o ouvido do canhão, ele escutou:

– O pavilhão a meio pau – disse mister Fogg.

O pavilhão foi levado a meio mastro. Era um sinal para situações de risco, e podiam esperar que o paquete americano, percebendo-o, modificaria por um instante sua rota para ir até a embarcação.

– Fogo! – disse mister Fogg.

E a detonação do pequeno canhão de bronze rebentou no ar.

XXII. Onde Passepartout vê bem que, mesmo nos antípodas, é prudente ter algum dinheiro no bolso

O *Carnatic*, tendo deixado Hong Kong no dia 7 de novembro, às seis e meia da tarde, dirigia-se a todo vapor para as terras do Japão. Ia completamente carregado de mercadorias e passageiros. Duas cabines de popa restavam desocupadas. Eram aquelas que foram reservadas na conta de mister Phileas Fogg.

No dia seguinte, pela manhã, os homens na proa podiam ver, não sem alguma surpresa, um passageiro, os olhos meio atordoados, o modo de andar vacilante, a cabeça bagunçada, que saía do toldo da segunda classe e vinha, titubeando, sentar-se numa boia.

O passageiro era Passepartout em pessoa. Eis o que lhe acontecera.

Alguns instantes após Fix ter deixado o fumódromo, dois jovens pegaram Passepartout profundamente adormecido e o deitaram sobre o leito reservado aos fumantes. No entanto, três horas mais tarde, Passepartout, perseguido até em seus pesadelos por uma ideia fixa, despertava e lutava contra a ação estupefaciente do narcótico. O pensamento do dever não cumprido espantava seu torpor. Ele deixava o leito dos entorpecidos e, tropeçando, apoiando-se nos muros, caindo e levantando, mas sempre e irresistivelmente impelido por uma espécie de instinto, saía do fumódromo, gritando como em um sonho: o *Carnatic!* O *Carnatic!*

O paquete estava lá fumegando, pronto para partir. Passepartout não tinha senão alguns passos a dar. Lançou-se sobre a ponte que ligava o navio a terra, chegou ao convés e caiu inanimado na proa no momento em que o *Carnatic* largava suas amarras.

Alguns marinheiros, gente habituada a este tipo de cena, desceram o pobre jovem a uma cabine de segunda classe, e Passepartout não despertou até o dia seguinte pela manhã, a cento e cinquenta milhas das terras da China.

Eis então por que, nessa manhã, Passepartout encontrava-se sobre o convés do *Carnatic* e vinha aspirar a plenos pulmões as frescas brisas do mar. Esse ar puro o desembriagou. Começou a juntar suas ideias, e não o fez sem dificuldade. Mas, enfim, lembrou-se das cenas da véspera, das confidências de Fix, do fumódromo etc.

"É evidente", disse a si mesmo, "que fui abominavelmente embriagado! Que vai dizer mister Fogg? Em todo caso, não perdi o barco, e isso é o principal!"

Depois, pensando em Fix, continuou:

"Quanto àquele lá", disse ainda para si mesmo, "espero que tenhamos nos livrado dele, e que não tenha ousado, após o que me propôs, seguir-nos até o *Carnatic*. Um inspetor de polícia, um detetive no encalço de meu patrão, acusado desse roubo ao Banco da Inglaterra! Ora, vamos! Mister Fogg é um ladrão assim como eu sou um assassino!"

Passepartout devia contar essas coisas a seu patrão? Convinha mostrar-lhe o papel desempenhado por Fix nesse caso? Não faria melhor se esperasse sua chegada em Londres para dizer que um agente da polícia metropolitana o havia seguido ao redor do mundo, e então rir disso junto com ele? Sim, sem dúvida. Em todo caso, algo a se pensar. O mais urgente era reencontrar mister Fogg e fazê-lo aceitar suas desculpas por esta inqualificável conduta.

Passepartout, então, levantou-se. O mar estava agitado, e o paquete balançava fortemente. O digno jovem, com as pernas ainda pouco sólidas, ganhou com alguma dificuldade a popa do navio.

Sobre o convés, não viu ninguém que se parecesse nem com seu patrão nem com mistress Aouda.

– Bom – fez ele –, mistress Aouda ainda deve estar deitada a esta hora. Quanto a mister Fogg, ele deve ter encontrado algum jogador de uíste, conforme seu hábito...

Dizendo isso, Passepartout desceu ao salão. Mister Fogg não estava lá. Passepartout não tinha senão uma coisa a fazer: perguntar ao comissário de bordo que cabine ocupava mister Fogg. O comissário lhe respondeu que não conhecia nenhum passageiro com esse nome.

– Perdoe-me – disse Passepartout insistindo. – Trata-se de um *gentleman*, grande, frio, pouco comunicativo, acompanhado de uma jovem dama...

– Não temos nenhuma jovem dama a bordo – respondeu o comissário de bordo. – No mais, aqui está a lista de passageiros. Pode consultá-la.

Passepartout consultou a lista... O nome de seu patrão não figurava nela.

Passepartout teve como um desfalecimento. Em seguida, uma ideia atravessou-lhe o cérebro.

– Ora essa! Estou mesmo no *Carnatic*? – exclamou.

– Sim – respondeu o comissário.

– Indo em direção a Yokohama?

– Perfeitamente.

Passepartout tivera por um instante o temor de ter se enganado de navio! Mas, se estava no *Carnatic*, era certo que seu mestre não estava lá.

Passepartout deixou-se cair sobre uma poltrona. Foi como um raio. E, subitamente, a luz se fez sobre ele. Lembrou que a hora de partida do *Carnatic* fora adiantada, que deveria avisar seu patrão, e que não o fizera! Era, portanto, sua falha se mister Fogg e mistress Aouda haviam perdido a partida!

Sua falha, sim, contudo mais ainda aquela do traidor que, para separá-lo de seu mestre, para reter este em Hong Kong, havia o entorpecido! Pois ele compreendeu enfim a manobra do inspetor de polícia. E agora mister Fogg certamente devia estar arruinado, sua aposta perdida, detido, preso talvez! Passepartout, ao pensar nisso, arrancou os cabelos. Ah! Se um dia Fix caísse em suas mãos, que acerto de contas!

Finalmente, após o primeiro momento de abatimento, Passepartout recobrou seu sangue-frio e estudou a situação. Ela era pouco invejável. O francês encontrava-se a caminho do Japão. Ao chegar lá, como faria para voltar? Tinha os bolsos vazios. Nem um xelim, nem um centavo! Todavia, sua passagem e sua alimentação a bordo foram pagas antecipadamente. Ele tinha, portanto, cinco ou seis dias a sua frente para tomar uma decisão. Se comeu e bebeu durante a travessia, nem precisa ser dito. Comeu por seu patrão, por mistress Aouda e por si mesmo. Comeu como se o Japão, onde iria acostar, fosse um país deserto, desprovido de toda substância comestível.

No dia 13, com a maré da manhã, o *Carnatic* entrava no porto de Yokohama. Esse porto é uma parada importante do Pacífico, onde fazem escala todos os vapores empregados no serviço postal e os viajantes entre a América do Norte, a China, o Japão e as ilhas da Malásia. Yokohama está situada na baía mesmo de Edo, a pouca distância dessa imensa cidade, segunda capital do império japonês, outrora residência do Shogun, no tempo em que este imperador civil existia, e rival de Quioto, a grande cidade em que habita o micado, imperador eclesiástico, descendente dos deuses.

O *Carnatic* veio alinhar-se no cais de Yokohama, perto do quebra-mar do porto e dos escritórios da alfândega, no meio de vários navios pertencentes a todas as nações.

Passepartout pôs o pé, sem nenhum entusiasmo, sobre essa terra tão curiosa dos Filhos do Sol. Não tinha nada melhor a fazer senão deixar o acaso guiá-lo e ir aventurar-se nas ruas da cidade.

Passepartout encontrou-se inicialmente em uma cidade absolutamente europeia, com casas de fachadas baixas, ornadas com varandas sob as quais abriam-se elegantes peristilos, e que cobria, com suas ruas, suas praças, suas docas, seus entrepostos, todo o espaço compreendido entre o promontório do Tratado até o rio. Lá, como em Hong Kong, como em Calcutá, pululava uma mistura de gente de todas as raças, americanos, ingleses, chineses, holandeses, mercadores prontos a tudo vender e a tudo comprar, no meio dos quais o francês achava-se tão estranho quanto se tivesse sido jogado no país dos hotentotes.[1]

Passepartout tinha ainda um recurso: era o de apresentar-se junto aos agentes consulares franceses e ingleses estabelecidos em Yokohama; mas repugnava-lhe contar sua história, tão intimamente associada à de seu patrão, e, antes de chegar a esse ponto, queria ter esgotado todas as outras probabilidades.

---

1. Denominação dada pelos holandeses a grupos étnicos do sudoeste da África hoje mais conhecidos como os Khoisan. O termo, atualmente considerado depreciativo, foi provavelmente dado em alusão aos sons da língua *khoisan*, conhecida pelo uso fonético do clique. (N.T.)

Assim, após ter percorrido a parte europeia da cidade, sem que o acaso lhe tivesse sido de ajuda, entrou na parte japonesa, decidido, se preciso fosse, a seguir até Edo.

Essa porção indígena de Yokohama é chamada Benten, do nome de uma deusa do mar, adorada nas ilhas vizinhas. Lá, podem ser vistos aleias admiráveis de abetos e cedros, portas sagradas de uma arquitetura estranha, pontes escondidas no meio de bambus e caniços, templos abrigados sob a cobertura imensa e melancólica de cedros seculares, mosteiros budistas no fundo dos quais vegetam os sacerdotes do budismo e os seguidores da religião de Confúcio, ruas intermináveis de onde se teria podido recolher safras de crianças coradas e de bochechas vermelhas, pequenos meninos que diríamos saídos das figuras de algum biombo típico e que brincavam em meio a pequeninos cães d'água e gatos amarelados, sem rabo, muito preguiçosos e muito carinhosos.

Nas ruas, era só agitação, um vaivém incessante: monges budistas passando em procissões, batendo seus tamborins monotônicos; *yakouninos*, oficiais da alfândega e da polícia, de chapéus pontudos incrustados de laca, portando dois sabres na cintura; soldados vestidos com roupas de algodão azul com listras brancas, armados com rifles de percussão; soldados do micado, ensacados em suas vestes de seda, loriga e cota de malha; e muitos outros militares de todos os tipos – pois, no Japão, a profissão de soldado é tão estimada quanto é menosprezada na China. Depois, frades pedintes, peregrinos em longos trajes, simples civis de cabeleira lisa e escura como ébano, cabeça grande, busto longo, pernas franzinas, não muito altos, de tez corada desde as sombrias nuances do cobre até o branco fosco, mas jamais amarela como a dos chineses, dos quais os japoneses diferem essencialmente. Finalmente, entre as viaturas, os palanquins, os cavalos, os carregadores, os carrinhos particulares, os *norimons* de paredes de laca, os *cangos* almofadados – verdadeiras liteiras feitas de bambu –, viam-se circular, em pequenos passos, com seus pequenos pés, calçados com sapatos de pano, com sandálias de palha ou com tamancos em madeira trabalhada, algumas mulheres pouco bonitas, de olhos puxados, peito comprimido, dentes escurecidos ao gosto do dia, mas portando com elegância a vestimenta nacional, *kirimon*, espécie de roupão atravessado por uma echarpe de seda, cuja cinta transforma-se, atrás, em um extravagante nó – que as modernas parisienses parecem ter tomado emprestado das japonesas.

Passepartout vagou durante algumas horas em meio a essa multidão diversificada, observando também as curiosas e opulentas butiques, os bazares onde se amontoam todos os brilhantes da ourivesaria japonesa, as "restaurações" ornadas por bandeirolas e estandartes, nas quais lhe era proibido entrar, e as casas de chá onde se bebem xícaras repletas de água quente e aromática, com saquê, licor retirado do arroz em fermentação, e os confortáveis fumódromos onde se fuma um tabaco muito fino, e não ópio, cujo uso é quase desconhecido no Japão.

Em seguida, Passepartout achou-se nos campos, entre imensos arrozais. Lá desabrochavam, com flores que jogavam suas últimas cores e seus últimos perfumes, camélias brilhantes, sustentadas não por arbustos, mas por verdadeiras árvores, e, nos cercados de bambus, cerejeiras, ameixeiras, macieiras que os nativos cultivam antes por suas flores que por seus frutos, e que espantalhos caramunheiros e cata-ventos estridentes defendem contra o bico dos pardais, das pombas, dos corvos e de outras aves vorazes.

Não havia um só cedro majestoso que não abrigasse alguma águia; um só salgueiro-chorão que não cobrisse com sua folhagem alguma garça-real, melancolicamente empoleirada em uma só pata; finalmente, por todo o lugar, gralhas, patos, gaviões, gansos selvagens e um grande número desses grous que os japoneses tratam por "senhorias", e que simbolizam, para eles, a longevidade e a felicidade.

Errando assim, Passepartout reparou em algumas violetas entre as plantas.

– Bom! – disse. – Eis aqui a minha ceia.

Mas, tendo-as cheirado, não sentiu perfume algum.

"Sem chance", pensou.

Este bravo jovem havia, é claro, por precaução, desjejuado tão copiosamente quanto pudera antes de deixar o *Carnatic*; mas, depois de um dia deambulando, sentiu seu estômago completamente vazio. Ele percebera mesmo que carneiros, cabras ou porcos estavam absolutamente em falta nos açougues nativos, e, como sabia que é um sacrilégio matar os bois, reservados unicamente para a agricultura, concluíra que a carne era rara no Japão. Não se enganava; mas, na falta de carne de açougue, seu estômago teria ficado muito satisfeito com pedaços de javali ou de gamo, de perdizes ou de codornas, de ave ou de peixes, dos quais os japoneses se alimentam quase exclusivamente com o produto dos arrozais. Precisava, assim, enfrentar sua situação de peito aberto, e transferiu para o dia seguinte a tarefa de encontrar alimento.

Veio a noite. Passepartout voltou à cidade e vagou pelas ruas no meio das lanternas multicores, observando os grupos de saltimbancos executarem seus prodigiosos exercícios, e os astrólogos, ao ar livre, que atraíam a multidão em volta de suas lunetas. Em seguida, olhou para a enseada, colorida pelas luzes dos pescadores, que atraíam o peixe com a luz de resinas chamejantes.

Finalmente as ruas ficaram vazias. À multidão sucederam as rondas dos *yakouninos*. Esses oficiais, em suas vestes magníficas e em meio às suas comitivas, assemelhavam-se a embaixadores, e Passepartout repetia alegremente a cada vez que encontrava alguma patrulha fascinante:

– Veja! Mais uma embaixada japonesa que parte para a Europa!

XXIII. No qual o nariz de Passepartout se alonga desmesuradamente

No dia seguinte, Passepartout, exausto, esfomeado, disse a si mesmo que era preciso comer a qualquer preço, e que quanto mais cedo fosse, melhor. Tinha, é claro, o recurso de vender seu relógio, mas morreria de fome antes. Era então o caso, para esse bravo jovem, de, agora ou nunca, utilizar sua voz forte, se não melodiosa, que a natureza lhe dera.

Ele sabia alguns refrães da França e da Inglaterra, e resolveu praticá-los. Os japoneses deveriam certamente ser amantes de música, já que lá tudo se fazia ao som de címbalos, tam-tans e tambores, e não poderiam senão apreciar os talentos de um virtuose europeu.

Mas talvez fosse um pouco cedo para organizar um concerto, e os diletantes, inopinadamente despertos, talvez não pagassem o cantor na moeda com a efígie do micado.

Assim, Passepartout decidiu esperar algumas horas; mas, sempre caminhando, chegou à conclusão de que pareceria bem-vestido demais para um artista ambulante, e a ideia lhe veio de trocar seus trajes por uma roupa velha, mais em harmonia com a sua posição. Essa mudança deveria, além disso, gerar uma diferença que ele poderia aplicar imediatamente em satisfazer seu apetite.

Tomada essa resolução, faltava executá-la. Não foi senão após longas procuras que Passepartout descobriu um belchior nativo, ao qual apresentou sua demanda. O traje europeu agradou o belchior, e logo Passepartout saía maltrapilho de lá, vestindo um velho traje japonês e uma espécie de turbante na cabeça, descolorido com a ação do tempo. Entretanto, em contrapartida, algumas moedinhas de prata tilintavam em seu bolso.

"Bom", pensou ele, "farei de conta que estamos no carnaval!"

A primeira diligência de Passepartout, assim "niponizado", foi entrar em uma casa de chá, de aparência modesta, e lá, com um resto de ave e alguns punhados de arroz, almoçou como um homem para quem o jantar era ainda um problema a resolver.

"Agora", disse a si mesmo após alimentar-se copiosamente, "é questão de não perder a cabeça. Já não tenho o recurso de vender estes andrajos por outro ainda mais japonês. É preciso, portanto, refletir sobre a maneira mais rápida possível de deixar o país do Sol, do qual guardarei apenas uma lembrança lastimável."

Passepartout cogitou, então, visitar os paquetes de partida para a América. Pretendia oferecer-se como cozinheiro ou doméstico, não pedindo em retribuição mais que a passagem e a alimentação. Uma vez em San Francisco, veria como sair dessa situação. O importante era atravessar as quatro mil e setecentas milhas do Pacífico que se estendem entre o Japão e o Novo Mundo.

Passepartout, não sendo homem de deixar morrer uma ideia, dirigiu-se ao porto de Yokohama. Porém, à medida que se aproximava das docas, seu projeto, que lhe parecera tão simples quando o concebera, figurava-lhe mais e mais inexequível. Por que alguém teria necessidade de um cozinheiro ou doméstico a bordo de um paquete americano? E que confiança inspiraria ele, maltrapilho dessa maneira? Quais recomendações destacar? Quais referências indicar?

Enquanto ia assim refletindo, seu olhar caiu sobre um imenso cartaz que uma espécie de palhaço carregava pelas ruas de Yokohama. Este cartaz estava assim redigido:

TRUPE JAPONESA ACROBÁTICA

DO

HONORÁVEL WILLIAM BATULCAR

ÚLTIMAS APRESENTAÇÕES

Antes de partirem para os Estados Unidos da América

DOS

NARIZ-COMPRIDO-NARIZ-COMPRIDO

Sob a invocação direta do deus Tingou

GRANDE ATRAÇÃO!

– Os Estados Unidos da América! – exclamou Passepartout. – É justamente disso que preciso...!

Ele seguiu o homem-sanduíche e, logo atrás dele, chegou rapidamente à cidade japonesa. Um quarto de hora mais tarde, parava em frente a uma vasta casa, encimada por várias bandeirolas, cujas paredes exteriores representavam, sem perspectiva, mas em violentas cores, todo um bando de jograis.

Era o estabelecimento do honorável Batulcar, espécie de Barnum[1] americano, diretor de uma trupe de saltimbancos, jograis, palhaços, acrobatas, equilibristas, ginastas, que, conforme o cartaz, fazia suas últimas apresentações antes de deixar o Império do Sol para os Estados da União.

Passepartout entrou em um peristilo que precedia a casa e perguntou por mister Batulcar. Mister Batulcar apareceu em pessoa.

– Que quer? – perguntou a Passepartout, a quem tomou por nativo em um primeiro momento.

– Precisa de um doméstico? – indagou Passepartout.

– Um doméstico! – exclamou este Barnum acariciando a espessa barbicha grisalha que abundava sob seu queixo. – Tenho dois deles, obedientes, fiéis, que jamais me deixaram e que me servem para tudo, com a condição de que eu os alimente... Ei-los aqui – acrescentou mostrando seus dois braços robustos, talhados com veias grossas como cordas de contrabaixo.

– Então não lhe posso servir para nada?

– Para nada.

– Diabo! Teria sido muito conveniente, para mim, partir com o senhor.

– Ah! – disse o honorável Batulcar. – Você é tão japonês quanto eu sou um macaco! Por que então está vestido dessa forma?

– As pessoas se vestem como podem!

– Isso é verdade. É francês, você?

– Sim, parisiense de Paris.

---

1. Phineas Taylor Barnum (1810-1891) foi um empresário e diretor de circo americano notório por ter ajudado a fundar o famoso Ringling Bros. and Barnum & Bailey Circus. (N.T.)

– Então deve saber fazer caretas!

– De fato – respondeu Passepartout, vexado por ver sua naciona-
lidade provocar tal pergunta –, nós franceses sabemos fazer caretas, é
verdade, mas não melhor que os americanos.

– Justo. Bem, se não o tomo como doméstico, posso tomá-lo como
palhaço. Você compreende, meu caro. Na França, apresentam-se bufões
estrangeiros; e no estrangeiro, bufões franceses!

– Ah!

– Você é forte também?

– Sobretudo quando saio da mesa.

– E sabe cantar?

– Sim – respondeu Passepartout, que outrora participara de alguns
concertos na rua.

– Mas sabe cantar de ponta-cabeça, com um pião rodando sobre a planta do pé esquerdo e um sabre equilibrado na planta do pé
direito?

– Lógico! – respondeu Passepartout, que se lembrava dos primeiros
exercícios de sua juventude.

– Veja você, é tudo de que preciso! – respondeu o honorável Batulcar.

O contrato foi firmado *hic et nunc*.[2]

Enfim Passepartout havia encontrado uma posição. Estava contra-
tado para fazer de tudo na célebre trupe japonesa. Pouco lisonjeiro, mas
em oito dias estaria a caminho de San Francisco.

A apresentação, anunciada com grande pompa pelo honorável Batulcar, deveria começar em três horas, e logo os formidáveis instrumentos de uma orquestra japonesa, tambores e tam-tans, ribombavam
à porta. Compreende-se que Passepartout não tenha podido estudar um
papel, mas ele devia emprestar o apoio de seus ombros no grande número do "cacho humano" executado pelos Nariz-Compridos do deus
Tingou. Essa "grande atração" do espetáculo deveria fechar a série de
apresentações.

---

2. "Aqui e agora", expressão latina. (N.T.)

Antes das três horas, os espectadores tinham invadido a vasta casa. Europeus e nativos, chineses e japoneses, homens, mulheres e crianças precipitavam-se sobre os estreitos banquinhos e às cabines que ficavam de frente para a cena. Os músicos, lá do interior, e a orquestra, completa com seus gongos, tam-tans, castanholas, flautas, tamborins e grossas caixas, operavam com furor.

A apresentação foi como são todas as exibições de acrobatas. No entanto é realmente preciso confessar que os japoneses são os melhores equilibristas do mundo. Um, armado com seu leque e pequenos pedaços de papel, executava um exercício muito gracioso com borboletas e flores. Outro, com a fumaça aromática de seu cachimbo, traçava rapidamente no ar uma série de palavras azuladas que formavam um cumprimento à plateia. Este fazia malabarismos com velas acesas, que ele apagou sucessivamente quando elas passaram na frente de seus lábios, e que ele reacendeu uma a uma sem interromper um só instante seu prestigioso malabarismo. Aquele produziu, com o uso de piões, as mais inverossímeis combinações; sob suas mãos, as sonoras peças pareciam adquirir vida própria em suas intermináveis rotações; elas corriam sobre o cabo de cachimbos, sobre o fio de sabres, sobre arames, verdadeiros cabelos estendidos de um lado a outro da cena; davam voltas em vasos de cristal, escalavam escadas de bambu, dispersavam-se em todos os cantos, produzindo efeitos harmônicos estranhos ao combinar suas diversas tonalidades. Os malabaristas brincavam com eles, e eles rodopiavam pelo ar; os lançavam como petecas, com raquetes de madeira, e eles sempre girando; os guardavam em seus bolsos e, quando os retiravam de lá, ainda giravam – até o momento em que uma mola distendida transformava-os em fogos de artifício.

Inútil descrever aqui os prodigiosos exercícios dos acrobatas e ginastas da trupe. Os truques da escada, da vara, da bola, dos tonéis etc., foram executados com uma notável precisão. Porém a principal atração da apresentação era a exibição desses Nariz-Compridos, extraordinários equilibristas que a Europa ainda não conhece.

Os Nariz-Compridos compõem uma corporação particular por intermédio da invocação direta do deus Tingou. Vestidos como heróis da Idade Média, portam um esplêndido par de asas nas costas. Entretanto o que os distinguia mais especialmente era esse longo nariz com que ornavam a face, e, sobretudo, o uso que faziam dele. Esses narizes não eram nada menos que bambus, longos, de cinco, seis, dez pés, uns retilíneos, outros aduncos, estes lisos, aqueles verrugosos. Ora, era sobre estes apêndices, fixados solidamente, que se operavam todos os exercícios de equilíbrio. Uma dúzia destes seguidores do deus Tingou deitou-se sobre as costas, lembrando para-raios, saltando, flutuando dali para lá e executando os truques mais inverossímeis.

Para terminar, haviam anunciado especialmente ao público a pirâmide humana, na qual uns cinquenta dos Nariz-Compridos deveriam apresentar o "Carro de Jaggernaut". Porém, em vez de formar essa pirâmide tomando os ombros como ponto de apoio, os artistas do honorável Batulcar deveriam se orientar apenas pelo nariz. Ora, um destes que formavam a base do carro havia deixado a trupe e, como bastava ser forte e hábil, Passepartout fora escolhido para substituí-lo.

O digno jovem, claro, sentiu-se todo compungido quando – triste lembrança da juventude – vestiu sua roupa da Idade Média, ornada com asas multicores, e teve um nariz de seis pés aplicado sobre o rosto! Mas o nariz, afinal, era seu ganha-pão, e ele resignou-se.

Passepartout entrou em cena e enfileirou-se com os colegas que deveriam figurar na base do Carro de Jaggernaut. Todos se deitaram no chão, com o nariz apontado para o céu. Uma segunda seção de equilibristas postou-se sobre estes longos apêndices, uma terceira dispôs-se acima, depois uma quarta, e, sobre estes narizes que não se tocavam senão pela ponta, um monumento humano logo ergueu-se até os frisos do teatro.

Ora, os aplausos redobravam de intensidade e os instrumentos da orquestra reboavam como muitos trovões quando a pirâmide se desfez, o equilíbrio se rompeu, um dos narizes da base ficou faltando, e o monumento desabou como um castelo de cartas...

A culpa era de Passepartout, que, abandonando seu posto, atravessando a rampa sem o auxílio de suas asas e subindo até a galeria da direita, caía aos pés de um espectador exclamando:

– Ah! Patrão! Patrão!

– Você?

– Eu!

– Bem! Neste caso, ao paquete, meu jovem...!

Mister Fogg, mistress Aouda, que o acompanhava, e Passepartout precipitaram-se pelos corredores da casa. Mas lá encontraram o honorável Batulcar, furioso, que reclamava reparações e indenizações pelo "rompimento". Phileas Fogg apaziguou sua fúria jogando-lhe um punhado de notas bancárias. E às seis e meia, no momento em que ia partir, mister Fogg e mistress Aouda punham o pé sobre o paquete americano, seguidos por Passepartout, as asas nas costas, e sobre a face o nariz de seis pés que não pudera ainda arrancar do rosto.

XXIV. Durante o qual se completa a travessia do oceano Pacífico

O que aconteceu nas redondezas de Xangai foi o seguinte. As sinalizações feitas pela *Tankadère* foram percebidas pelo paquete de Yokohama. O capitão, vendo um pavilhão a meio mastro, dirigira-se até a pequena escuna. Alguns instantes depois, Phileas Fogg, pagando o preço combinado pela viagem, colocava quinhentas e cinquenta libras (catorze mil, setecentos e cinquenta francos) no bolso de John Bunsby. Em seguida, o respeitável *gentleman*, mistress Aouda e Fix subiram a bordo do vapor, que imediatamente se pôs a caminho de Nagasaki e Yokohama.

Tendo chegado naquela manhã mesma, dia 14 de novembro, no horário regulamentar, Phileas Fogg, deixando Fix ir cuidar de seus negócios, dirigira-se ao *Carnatic*, e lá descobria, para grande felicidade de mistress Aouda – e talvez para a sua própria, mas pelo menos sem deixar transparecer –, que o francês Passepartout efetivamente chegara a Yokohama na véspera.

Phileas Fogg, que deveria partir naquela mesma noite para San Francisco, pôs-se imediatamente à procura de seu criado. Ele recorreu, em vão, aos agentes consulares franceses e ingleses, e, após ter inutilmente percorrido as ruas de Yokohama, já perdia as esperanças de reencontrar Passepartout quando o acaso, ou talvez uma espécie de pressentimento, fê-lo entrar na casa do honorável Batulcar. Certamente não teria reconhecido seu doméstico sob os trajes ridículos de arauto, mas este, em posição inversa, avistou o patrão na galeria. Não pôde conter um movimento de seu nariz. Daí a ruptura do equilíbrio e o que se seguiu.

Eis aí o que Passepartout ouviu da boca de mistress Aouda, que lhe contou em seguida como se dera a travessia de Hong Kong a Yokohama, em companhia de um tal senhor Fix, na escuna *Tankadère*.

Ao ouvir o nome de Fix, Passepartout permaneceu impassível. Não pensava ser o momento de dizer a seu patrão o que se passara entre o inspetor de polícia e ele. Assim, na história que contou de suas aventuras, acusou a si mesmo e apenas pediu desculpas por ter se deixado levar pelo torpor do ópio em uma casa de fumo de Hong Kong.

Mister Fogg escutou friamente a narrativa, sem responder; em seguida, deu ao criado crédito suficiente para que pudesse conseguir trajes mais convenientes. E, com efeito, nem uma hora havia passado e o bravo jovem, tendo cortado seu nariz e aparado as asas, já não tinha consigo nada que lembrasse o seguidor do deus Tingou.

O paquete que fazia a travessia de Yokohama a San Francisco pertencia à companhia Pacific Mail Steam e chamava-se *General Grant*. Era um enorme vapor com rodas de pás, com duas mil e quinhentas toneladas de capacidade, bem construído e dotado de grande velocidade. Um enorme balancim subia e descia sucessivamente sobre o convés; em uma das extremidades articulava-se a haste de um pistão, e na outra a haste de uma biela, que, transformando o movimento retilíneo em movimento circular, movimentava a cadeia de engrenagens das rodas de pás. O *General Grant* era um navio de três mastros, e tinha um extenso velame, que ajudava bastante o vapor. Percorrendo suas doze milhas por hora, o paquete não deveria empregar mais de vinte e um dias para atravessar o Pacífico. Phileas Fogg estava, assim, autorizado a crer que, chegando no dia 2 de dezembro em San Francisco, estaria no dia 11 em Nova York, e em Londres no dia 20 – antecipando-se, desse modo, à data fatal do dia 21 de dezembro por algumas horas.

Havia um grande número de passageiros a bordo do vapor, ingleses, muitos americanos, uma verdadeira emigração de *coolies*[1] para a América, e certo número de oficiais do exército das Índias, que usavam suas folgas para dar a volta ao mundo.

Durante a travessia, não ocorreu nenhum incidente náutico. O paquete, sustentado por suas largas rodas de pá, fortalecido por seu extenso velame, pouco balançava. O oceano Pacífico justificava bem o seu nome. Mister Fogg estava tão calmo, tão pouco comunicativo quanto de costume. Sua jovem companhia sentia-se cada vez mais ligada, por ou-

---

1. Indianos ou chineses que eram contratados para trabalhar nas colônias europeias. (N.T.)

tros laços além da gratidão, a esse homem. Essa natureza silenciosa, tão generosa, impressionava-a mais do que ela podia imaginar, e era quase sem saber que ela deixava-se levar por sentimentos dos quais o enigmático Fogg não parecia sofrer influência nenhuma.

Além disso, mistress Aouda interessava-se admiravelmente pelos projetos do *gentleman*. Inquietava-se com os contratempos que poderiam comprometer o sucesso da viagem. Frequentemente conversava com Passepartout, que não deixava de ler nas entrelinhas do coração de mistress Aouda. Este bravo jovem tinha agora, a respeito de seu mestre, uma fé cega; não se cansava de elogiar a honestidade, a generosidade, a obstinação de Phileas Fogg; em seguida, tranquilizava mistress Aouda a respeito do sucesso da viagem, repetindo que o mais difícil já fora feito, que saíam desses países fantásticos que são a China e o Japão, que retornavam às regiões civilizadas, e enfim que um trem de San Francisco a Nova York e um transatlântico de Nova York a Londres bastariam, sem dúvida, para concluir essa impossível volta ao mundo nos prazos combinados.

Nove dias após deixar Yokohama, Phileas Fogg havia percorrido exatamente metade do globo terrestre.

Com efeito, o *General Grant*, no dia 23 de novembro, passava pelo centésimo octogésimo meridiano, aquele sobre o qual se encontram, no hemisfério austral, os antípodas de Londres. Dos oitenta dias postos à sua disposição, mister Fogg, é verdade, havia utilizado cinquenta e dois, e agora não lhe restavam mais que vinte e oito. Porém é preciso destacar que, se o *gentleman* se encontrava apenas no meio do caminho "pela diferença entre os meridianos", ele tinha na realidade completado mais de dois terços do percurso total. Quantos desvios forçados, com efeito, de Londres a Áden, de Áden a Bombaim, de Calcutá a Singapura, de Singapura a Yokohama! Seguindo circularmente o quinquagésimo paralelo, que é o de Londres, a distância teria sido cerca de apenas doze mil milhas, enquanto Phileas Fogg era forçado, pelos caprichos dos meios de locomoção, a percorrer vinte e seis mil, das quais, nessa data de 23 de novembro, já havia feito dezessete mil e quinhentas. No entanto, agora, o percurso era retilíneo, e Fix já não estava lá para acrescentar-lhe obstáculos!

Assim, aconteceu que, no dia 23 de novembro, Passepartout experimentou uma grande alegria. Recordemos que o teimoso jovem estava obstinado a manter a hora de Londres em seu famoso relógio de família, tendo por falsas todas as horas dos países que atravessava. Ora, nesse dia, ainda que não tivesse jamais sido adiantado ou atrasado, seu relógio encontrou-se de acordo com o cronômetro de bordo.

Desse modo, Passepartout triunfava, o que é, aliás, compreensível. Ele teria gostado mesmo de saber o que Fix teria dito se estivesse presente.

– O escroque que me contava um monte de histórias sobre os meridianos, o sol, a lua! – repetia Passepartout. – Essa gente! Se os escutássemos, que bela porcaria faríamos! Tinha a certeza de que, mais dia, menos dia, o sol se decidiria pelas horas do meu relógio...!

Passepartout ignorava o seguinte: se o mostrador do seu relógio fosse dividido em vinte e quatro horas como os relógios italianos, ele não teria nenhum motivo para exultar, pois as agulhas de seu instrumento, quando fossem nove horas da manhã, indicariam nove horas da noite, isto é, a vigésima primeira hora depois da meia-noite – diferença exatamente igual à que existe entre Londres e o centésimo octogésimo meridiano.

Mas se Fix tivesse sido capaz de explicar esse fenômeno puramente físico, Passepartout sem dúvida teria sido incapaz, se não de compreendê-lo, ao menos de admiti-lo. E em todo caso, se, por impossível que fosse, o inspetor de polícia aparecesse inopinadamente a bordo nesse exato momento, é provável que Passepartout, justamente ressentido, tratasse com ele de um assunto bem diferente e de um modo bem diferente.

Ora, onde estava Fix nesse momento...?

Fix estava precisamente a bordo do *General Grant*.

Com efeito, ao chegar a Yokohama, o agente, abandonando mister Fogg, a quem ainda pretendia reencontrar nesse dia mesmo, dirigiu-se imediatamente ao cônsul inglês. Lá, enfim, encontrara o mandado, que, correndo atrás dele desde Bombaim, havia sido expedido quarenta dias antes – mandado que lhe fora enviado de Hong Kong neste mesmo *Carnatic* a bordo do qual o supunham. Podem imaginar a decepção do detetive! O mandado tornava-se inútil! O senhor Fogg havia deixado as possessões inglesas. Um ato de extradição era agora necessário para detê-lo.

– Que seja! – disse Fix a si mesmo, após um primeiro momento de cólera. – Meu mandado já não é útil aqui, mas o será na Inglaterra. Esse escroque tem todo o jeito de querer voltar à sua pátria, acreditando ter despistado a polícia. Bem, vou segui-lo até lá. Quanto ao dinheiro, Deus queira que não acabe! Mas em viagens, recompensas, processos, multas, elefantes, taxas de todo tipo, meu suspeito já deixou mais de cinco mil libras nessa viagem. Afinal, os bancos são ricos!

Tomada sua decisão, embarcou imediatamente no *General Grant*. Ele estava a bordo quando mister Fogg e mistress Aouda chegaram. Para sua extrema surpresa, reconheceu Passepartout em sua veste de arauto. Escondeu-se imediatamente em sua cabine, a fim de evitar uma explicação que poderia comprometer tudo – e, graças ao número de passageiros, pretendia não ser visto pelo inimigo, quando, precisamente nesse dia, encontrou-se frente a frente com ele na proa do navio.

Passepartout pulou na garganta de Fix, sem mais explicações, e, para o deleite de alguns americanos que imediatamente apostaram na sua vitória, aplicou-lhe uma severa sequência de sopapos, demonstrando a grande superioridade do boxe francês sobre o boxe inglês.

Quando Passepartout terminou, viu-se mais calmo, e algo aliviado. Fix levantou-se, em péssimo estado, e, observando seu adversário, disse friamente:

– Acabou?

– Sim, por ora.

– Então vamos conversar.

– Que tenho eu...

– É do interesse de seu patrão.

Passepartout, como que subjugado por esse sangue-frio, seguiu o inspetor de polícia, e os dois então se sentaram na popa do navio.

– Você me deu uma surra – disse Fix. – Bem, já esperava por isso. Agora, me escute. Até aqui, fui um adversário de mister Fogg, mas agora entro no seu jogo.

– Até que enfim! – exclamou Passepartout. – Agora o julga um homem honesto?

– Não – respondeu friamente Fix –, julgo-o um escroque... Quieto! Fique parado e deixe-me continuar. Enquanto mister Fogg esteve em possessões inglesas, tive interesse de detê-lo esperando um mandado de prisão. Fiz de tudo para isso. Lancei contra você os monges de Bombaim, entorpeci-o em Hong Kong, separei-o de seu patrão, fiz com que ele perdesse o paquete de Yokohama...

Passepartout escutava com os punhos cerrados.

– Agora – retomou Fix –, mister Fogg aparenta estar voltando à Inglaterra? Pois que seja, vou segui-lo até lá. Mas, de agora em diante, tratarei de afastar os obstáculos de seu caminho com tanto zelo e cuidado quanto até aqui os criei. Veja, o jogo mudou, e mudou porque meus interesses mudaram. E acrescento que seu interesse é igual ao meu, pois é apenas na Inglaterra que saberá se está a serviço de um criminoso ou de um homem honesto.

Passepartout ouvira Fix muito atentamente e ficou convencido de que Fix falava mesmo com franqueza.

– Amigos? – perguntou Fix.

– Amigos, não – respondeu Passepartout. – Aliados, sim, e me reservo o direito de mudar de opinião, pois, ao menor sinal de traição, torço-lhe o pescoço.

– Combinado – disse tranquilamente o inspetor de polícia.

Onze dias depois, 3 de dezembro, o *General Grant* entrava na baía de Golden Gate e chegava a San Francisco.

Mister Fogg não havia ganhado nem perdido um só dia até ali.

XXV. Onde dão uma olhadela em San Francisco, em dia de comício

Eram sete horas da manhã quando Phileas Fogg, mistress Aouda e Passepartout puseram o pé sobre o continente americano – se é que se pode dar este nome ao cais flutuante no qual desembarcaram. Essas docas, subindo e descendo com a maré, facilitam o carregamento e o descarregamento dos navios. Lá são abarbados clíperes de todas as dimensões, vapores de todas as nacionalidades, e esses barcos a vapor que se dedicam ao Sacramento e seus afluentes. Lá são armazenados também os produtos de um comércio que se estende ao México, ao Peru, ao Chile, ao Brasil, à Europa, à Ásia, a todas as ilhas do oceano Pacífico.

Passepartout, em sua alegria de tocar enfim a terra americana, acreditou que deveria realizar seu desembarque executando um salto mortal do mais belo estilo. No entanto, quando caiu sobre o cais, cujo assoalho estava apodrecido, precisou voltar e contorná-lo. Todo desconcertado pela maneira como "pisara" no novo continente, o bravo jovem soltou um grito formidável, que fez voar uma numerosa bandada de biguás e pelicanos, hóspedes habituais dos cais móveis.

Mister Fogg, tão logo desembarcou, informou-se da hora em que partiria o primeiro trem para Nova York. Seria às seis da tarde. Mister Fogg tinha assim um dia inteiro para conceder à capital californiana. Mandou chamar um carro para mistress Aouda e ele. Passepartout subiu na boleia, e o veículo, por três dólares a corrida, dirigiu-se ao International Hotel.

Do lugar elevado que ocupava, Passepartout observava com curiosidade a grande cidade americana: ruas largas, casas baixas bem alinhadas, igrejas e templos de um gótico anglo-saxão, docas imensas, entrepostos que pareciam palácios, uns de madeira, outros de tijolos; nas ruas, muitos carros, veículos de transporte público, vagões de trem, e, sobre as calçadas repletas, não só americanos e europeus, mas também chineses e indianos – o necessário, afinal, para compor uma população de duzentos mil habitantes.

Passepartout ficou bastante surpreso com o que via. Era ainda a lendária cidade de 1849, a cidade dos bandidos, dos incendiários e dos assassinos que vinham em busca das pepitas, imenso cafarnaum de desclassificados em que se apostava pó de ouro com um revólver em uma mão e uma faca na outra. Mas os "bons tempos" haviam passado. San Francisco apresentava um aspecto de grande cidade comercial. A alta torre do hotel da cidade, de onde vigiavam as sentinelas, dominava todo o conjunto de ruas e avenidas, cortadas em ângulos retos, entre os quais floresciam praças verdejantes, e em seguida surgia uma cidade chinesa que parecia importada do Celeste Império em uma caixinha de brinquedos. Não se via mais os sombreiros, as camisas vermelhas dos caçadores de ouro ou índios emplumados, mas sim chapéus de seda e trajes negros usados por um grande número de *gentlemen* empenhados em atividades respeitáveis. Certas ruas, entre outras Montgomery Street – a Regent Street de Londres, o Boulevard des Italiens de Paris, a Broadway de Nova York –, eram bordejadas por lojas esplêndidas que ofereciam, em suas vitrines, produtos do mundo inteiro.

Quando Passepartout chegou ao International Hotel, não lhe parecia que tivesse saído da Inglaterra.

O andar térreo do hotel era ocupado por um imenso "bar", espécie de bufê aberto e grátis a todo frequentador. Carne-seca, sopa de ostras, biscoito e chéster eram oferecidos sem que o consumidor tivesse de abrir a carteira. Ele pagava apenas a bebida, ale, Porto ou xerez, se estivesse com vontade de refrescar-se. Isso pareceu "muito americano" a Passepartout.

O restaurante do hotel era confortável. Mister Fogg e mistress Aouda instalaram-se em uma mesa e foram abundantemente servidos em pratos liliputianos por negros da mais bela cor.

Após o almoço, Phileas Fogg, acompanhado por mistress Aouda, deixou o hotel para ir ao escritório do cônsul inglês, a fim de ter seu passaporte visado. Na calçada, encontrou seu criado, que lhe perguntou se, antes de tomar a ferrovia do Pacífico, não seria prudente comprar algumas dúzias de carabinas Enfield ou de revólveres Colt. Passepartout ouvira falar dos sioux e dos pawnies, que param os trens como meros ladrões espanhóis. Mister Fogg respondeu que essa era uma precaução inútil, mas o deixou livre para agir como lhe conviesse. Em seguida, dirigiu-se aos escritórios do agente consular.

Phileas Fogg nem bem dera alguns passos quando, "pelo maior dos acasos", encontrou Fix. O inspetor mostrou-se extremamente surpreso. Como?! Mister Fogg e ele fizeram juntos a travessia do Pacífico e não haviam se encontrado a bordo?! Em todo caso, Fix não podia estar senão honrado por rever o *gentleman* ao qual tanto devia, e, com seus negócios o chamando à Europa, ficaria encantado em prosseguir sua viagem em tão agradável companhia.

Mister Fogg respondeu que a honra era sua, e Fix – que não queria perdê-lo de vista – pediu-lhe permissão para visitar com ele a curiosa cidade de San Francisco, que foi concedida.

Eis, assim, mistress Aouda, Phileas Fogg e Fix a deambular pelas ruas. Logo se viram na Montgomery Street, onde a afluência dos populares era enorme. Sobre as calçadas, no meio das ruas, nos trilhos das estradas de ferro, apesar do fluxo incessante de coches e carros públicos, na soleira das butiques, nas janelas de todas as casas, e até mesmo sobre os tetos, uma multidão enorme. Homens-sanduíche circulavam em meio aos grupos. Bandeiras e bandeirolas balançavam ao vento. Gritos irrompiam de toda parte.

– Hurra a Kamerfield!

– Hurra a Mandiboy!

Era um comício. Esse foi ao menos o pensamento de Fix, e ele comunicou sua ideia a mister Fogg, acrescentando:

– Faríamos bem, monsieur, se não nos misturássemos a esta confusão. Alguns empurrões não devem tardar a sair daí.

– De fato – respondeu Phileas Fogg –, e empurrões, por serem políticos, não deixam de ser empurrões!

Fix imaginou ter de sorrir a essa observação, e, para não serem pegos pelo tumulto, mistress Aouda, Phileas Fogg e ele subiram ao andar superior de uma escada que dava para um terraço acima da Montgomery Street. Em frente a eles, do outro lado da rua, entre o escritório de um vendedor de carvão e a loja de um negociante de petróleo, havia uma grande agência, para a qual pareciam convergir diversos membros da multidão.

E agora, por que esse protesto? Por causa do que fora organizado? Phileas Fogg ignorava absolutamente. Tratava-se da nomeação de um alto funcionário militar ou civil, de um governador de estado ou de um membro do Congresso? Era permitido conjecturar, dada a animação extraordinária que movia a cidade.

Nesse instante, um movimento considerável se produziu no meio da multidão. Todas as mãos estavam no ar. Algumas solidamente fechadas pareciam subir e descer rapidamente em meio aos gritos – maneira enérgica, sem dúvida, de formular um voto. Agitações movimentavam a massa, que refluía. As bandeiras oscilavam, desapareciam por um instante e reapareciam em pedaços. As ondulações propagavam-se até a escada, enquanto as cabeças encrespavam a superfície como um mar subitamente agitado por uma tempestade. O número de chapéus diminuía a olhos vistos, e a maioria parecia ter perdido sua altura normal.

– É evidentemente um comício – disse Fix –, e o motivo que o provoca deve ser interessante. Não ficaria de modo algum surpreendido se se tratasse ainda da questão do Alabama, se bem que ela já deve estar resolvida.

– Talvez – respondeu simplesmente mister Fogg.

– Em todo caso – continuou Fix –, dois adversários estão na presença um do outro, o respeitável Kamerfield e o respeitável Mandiboy.

Mistress Aouda, de braço dado com Phileas Fogg, observava com surpresa essa cena tumultuosa, e Fix ia perguntar a um de seus vizinhos qual era a razão dessa efervescência popular quando uma movimentação mais acentuada se pronunciou. Os hurras juntos às injúrias redobraram. A haste das bandeiras transformou-se em arma. Menos mãos e mais punhos para todo lado. Do alto dos carros parados, dos veículos públicos detidos no meio do caminho, trocavam-se socos e pontapés. Tudo servia de projétil. Botas e calçados descreviam longas trajetórias no ar, e pareceu mesmo que alguns revólveres misturavam às vociferações da multidão suas detonações nacionalistas.

O tumulto aproximou-se da escada e subiu até os primeiros degraus. Um dos lados havia evidentemente sido repelido, mas sem que os simples espectadores pudessem reconhecer se a vantagem estava com Mandiboy ou Kamerfield.

– Creio ser prudente nos retirarmos – disse Fix, que não queria que seu "suspeito" saísse machucado ou acabasse em alguma situação mais difícil. – Se a questão tiver mesmo alguma coisa a ver com a Inglaterra e nós formos reconhecidos, acabaremos arrastados para o meio do tumulto!

– Um cidadão inglês... – respondeu Phileas Fogg.

Mas o *gentleman* não pôde terminar sua frase. Atrás dele, do terraço que precedia a escada, partiram urros temíveis. Gritava-se: "Hip! Hip! Hurra a Mandiboy!". Era um grupo de eleitores que vinha ao auxílio, atacando os partidários de Kamerfield pelos flancos.

Mister Fogg, mistress Aouda e Fix viram-se cercados. Era muito tarde para escaparem. A torrente de homens armados com pedaços de ferro e porretes era incontrolável. Phileas Fogg e Fix, protegendo a jovem mulher, foram violentamente empurrados. Mister Fogg, não menos fleumático que de hábito, quis defender-se com as armas naturais que a natureza pôs na extremidade dos braços de todo inglês, mas inutilmente. Um jovem enorme, de barbicha ruiva, tez corada, ombros largos, que parecia ser o líder do bando, levantou seu formidável punho contra mister Fogg, e ele teria atingido seriamente o *gentleman* se Fix, com determinação, não tivesse recebido o golpe em seu lugar. Um enorme calombo surgiu instantaneamente sob o chapéu de seda do detetive, transformado em mera boina.

– Ianque! – disse mister Fogg, lançando a seu adversário um olhar de profundo desprezo.

– Inglês! – respondeu o outro. – Nós nos veremos novamente!

– Quando quiser.

– Seu nome?

– Phileas Fogg. O seu?

– Coronel Stamp Proctor.

Depois, dito isso, a maré passou. Fix caiu e se levantou, com as vestes rasgadas, mas sem machucados sérios. Seu casaco de viagem fora separado em duas partes desiguais, e suas calças pareciam com os culotes que certos indianos – artigo de moda – vestem apenas após retirar os fundilhos. Contudo, em suma, mistress Aouda fora poupada, e Fix, só ele, ganhara um murro a troco de nada.

– Obrigado – disse mister Fogg ao inspetor tão logo saíram da multidão.

– Não há de quê – respondeu Fix –, mas venha.

– Aonde?

– A um comerciante de roupas.

Com efeito, a visita era oportuna. Os trajes de Phileas Fogg e Fix estavam em farrapos, como se os dois *gentlemen* tivessem brigado em nome dos respeitáveis Kamerfield e Mandiboy.

Uma hora depois, estavam convenientemente vestidos. Em seguida, retornaram ao International Hotel.

Lá, Passepartout esperava seu mestre com meia dúzia de revólveres de seis tiros e de detonação central. Quando avistou Fix em companhia de mister Fogg, franziu o cenho. Mas tendo mistress Aouda feito, em algumas palavras, a narrativa do que se passara, Passepartout acalmou-se. Evidentemente Fix já não era um inimigo, era um aliado. Ele mantinha sua palavra.

Terminado o jantar, um coche foi chamado para conduzir à estação de trem os passageiros e suas bagagens. No momento de subir no carro, mister Fogg disse a Fix:

– Não viu mais o coronel Proctor?

– Não – respondeu Fix.

– Voltarei à América para reencontrá-lo – disse friamente Phileas Fogg. – Não é conveniente que um cidadão inglês se deixe tratar dessa forma.

O inspetor sorriu e não respondeu. Mas, vê-se bem, mister Fogg era dessa raça de ingleses que, se não toleram duelos em seu país, batem-se no estrangeiro quando se trata de defender sua honra.

Às 5h45, os passageiros chegavam à estação e encontravam o trem pronto para partir.

No momento em que mister Fogg ia embarcar, percebeu um empregado e, indo na direção dele, disse:

– Meu amigo, não houve algumas perturbações hoje em San Francisco?

– Era um comício, monsieur – respondeu o empregado.

– No entanto, creio ter percebido certa animação nas ruas.

– Tratava-se simplesmente de um comício organizado para uma eleição.

– Eleição para um cargo muito importante, sem dúvida? – perguntou mister Fogg.

– Não, monsieur, para juiz de paz.

Após esta resposta, Phileas Fogg subiu no vagão, e o trem partiu a todo vapor.

XXVI. No qual se pega o trem expresso da estrada de ferro do Pacífico

Ocean to Ocean – assim dizem os americanos –, e essas três palavras poderiam ser a denominação geral da Grand Trunk, estrada de ferro que atravessa os Estados Unidos da América na maior parte de sua extensão. Porém, na realidade, a Pacific Railroad se divide em duas partes distintas: Central Pacific, entre San Francisco e Ogden, e Union Pacific, entre Ogden e Omaha. Lá se unem cinco linhas distintas, que colocam Omaha em comunicação frequente com Nova York.

Nova York e San Francisco, assim, são presentemente conectadas por uma faixa de metal ininterrupta que não mede menos de três mil, setecentas e oitenta milhas. Entre Omaha e o Pacífico, a estrada de ferro percorre uma região ainda frequentada pelos indígenas e pelas feras – vasta extensão de território que os mórmons começaram a colonizar por volta de 1845, após terem sido expulsos de Illinois.

Outrora, em circunstâncias as mais favoráveis, despendia-se seis meses para ir de Nova York a San Francisco. Agora, leva-se sete dias.

Foi em 1862 que, apesar da oposição dos deputados do sul, que queriam uma linha mais meridional, o traçado da estrada de ferro foi estabelecido entre o quadragésimo primeiro e o quadragésimo segundo paralelos. O presidente Lincoln, de tão saudosa memória, fixou no estado de Nebraska, na cidade de Omaha, o início da nova malha ferroviária. Os trabalhos foram iniciados imediatamente e continuaram em uma atividade tipicamente americana, que não é a da burocracia ou da papelada. A rapidez da mão de obra de modo algum atrapalharia a boa execução da obra. Nas pradarias, avança-se à razão de uma milha e meia por dia. Uma locomotiva, movendo-se sobre os trilhos da véspera, trazia os trilhos do dia seguinte e corria sobre eles à medida que estes eram instalados.

A Pacific Railroad tem em seu trajeto inúmeras ramificações, nos estados de Iowa, do Kansas, do Colorado e de Oregon. Deixando Omaha, ela percorre a margem esquerda do rio Platte até encontrar o ramal do norte, segue o ramal sul, atravessa os terrenos de Laramie e os montes Wasatch, contorna o Grande Lago Salgado, chega a Salt Lake City, a capital dos mórmons, mergulha nos vales de Tooele, costeia o deserto americano, os montes Cedar e Humboldt, o rio Humboldt, Sierra Nevada, e desce por Sacramento até o Pacífico, sem que o traçado tenha, em subidas, mais que cento e doze pés por milha, mesmo na travessia das Montanhas Rochosas.

Esta era a longa artéria que os trens percorriam em sete dias, que permitiria ao distinto Phileas Fogg – pelo menos esperava ele – tomar, no dia 11, em Nova York, o paquete de Liverpool.

O vagão ocupado por Phileas Fogg era uma espécie de longo coletivo que repousava sobre dois conjuntos de tração, com quatro rodas cada, cuja mobilidade permite atacar as curvas de raio pequeno. No interior, nada de compartimentos: duas fileiras de assentos, dispostas de cada lado e perpendicularmente ao eixo, entre as quais estava reservada uma passagem que conduzia às cabines de toalete, das quais cada vagão é dotado. Por toda a extensão do trem, os carros se comunicavam entre si por passarelas, e os passageiros podiam circular de uma extremidade à outra do comboio, que punha à disposição deles vagões-salão, vagões-terraço, vagões-restaurante e vagões-café. Faltavam apenas vagões-teatro, mas um dia ainda existirão.

Sobre as passarelas circulavam incessantemente os comerciantes de livros e de jornais, vendendo sua mercadoria, e os comerciantes de bebidas, comidas, cigarros, aos quais não faltavam fregueses.

Os passageiros haviam partido da estação de Oakland às seis horas da tarde. Já era noite – uma noite fria, escura, de um céu encoberto cujas nuvens ameaçavam desmanchar-se em neve. O trem não ia muito rapidamente. Levando em conta as paradas, não percorria mais que vinte milhas por hora, velocidade que deveria, no entanto, permiti-lo atravessar os Estados Unidos no tempo regulamentar.

Conversava-se pouco no vagão. Além disso, o sono havia logo vencido os passageiros. Passepartout encontrava-se junto do inspetor de polícia, mas não falavam. Depois dos últimos eventos, a relação entre os dois arrefecera notavelmente. Não havia mais simpatia ou intimidade. Fix não mudara em nada sua maneira de ser, mas Passepartout mantinha--se, ao contrário, extremamente reservado, pronto a estrangular seu antigo amigo à menor suspeita.

Uma hora após a partida do trem, caía a neve – neve fina, que não podia, felizmente, atrasar a marcha do comboio. Já não se percebia, através das janelas, senão uma imensa camada branca, sobre a qual, desenrolando suas volutas, o vapor da locomotiva parecia acinzentado.

Às oito horas, um *"steward"*[1] entrou no vagão e anunciou aos passageiros que era hora de dormir. O vagão era um *sleeping car*[2] que, em alguns minutos, foi transformado em dormitório. Os assentos dos bancos se desdobraram, colchonetes cuidadosamente empacotados se desenrolaram por meio de um sistema engenhoso, cabines foram improvisadas em poucos instantes, e cada passageiro teve rapidamente à sua disposição um leito confortável, que espessas cortinas defendiam contra todo olhar indiscreto. Os lençóis eram brancos; os travesseiros, fofos. Não havia mais nada que fazer além de deitar-se e dormir – o que todos fizeram como se estivessem na confortável cabine de um paquete –, enquanto o trem percorria a todo vapor o estado da Califórnia.

Nessa porção do território, que se estende entre San Francisco e Sacramento, o solo é um pouco acidentado. Essa parte da estrada de ferro, sob o nome de Central Pacific Road, toma Sacramento como ponto de partida e avança para o leste em direção a Omaha. De San Francisco à capital da Califórnia, a linha ia diretamente para o nordeste, perlongando o rio American, que deságua na baía de San Pablo. As cento e vinte milhas compreendidas entre estas duas importantes cidades foram vencidas em seis horas, e, por volta da meia-noite, enquanto dormiam seu primeiro sono, os passageiros chegaram a Sacramento. Assim, nada viram dessa notável cidade, sede da legislatura do estado da Califórnia, nem seus belos cais, nem suas ruas largas, nem seus hotéis esplêndidos, nem suas praças, nem seus templos.

---

1. Em inglês no original: "camareiro". (N.E.)
2. Em inglês no original: "vagão-leito". (N.E.)

Saindo de Sacramento, o trem, após ter passado as estações de Junction, de Roclin, de Auburn e de Colfax, embrenhou-se na cordilheira de Sierra Nevada. Eram sete horas da manhã quando atravessaram a estação de Cisco. Uma hora depois, o dormitório voltava a ser um vagão ordinário, e os passageiros podiam entrever, pelas janelas, as vistas pitorescas daquele lugar montanhoso. O caminho obedecia aos caprichos da Sierra, aqui preso aos flancos da montanha, lá suspenso sobre precipícios, evitando os ângulos bruscos com curvas audaciosas, lançando-se em desfiladeiros estreitos que deveriam parecer sem saída. A locomotiva, brilhante como um relicário, com seu grande farol que lançava luzes fulvas, seu sino prateado, seu "berrante", que se estendia como um esporão, misturava seus silvos e mugidos aos das torrentes e cascatas, e retorcia sua fumaça pelos ramos escuros dos abetos.

Pouco ou nada de túneis ou pontes pelo trajeto. A estrada de ferro contornava o flanco das montanhas, não procurando em retas o caminho mais curto de um ponto a outro, e não violentando a natureza.

Por volta das nove horas, perto do vale do Carson, o trem adentrava o estado de Nevada, seguindo sempre a direção nordeste. Ao meio-dia, deixava Reno, onde os passageiros tiveram vinte minutos para almoçar.

A partir desse ponto, a via férrea, costeando o rio Humboldt, elevava-se por algumas milhas em direção ao norte, seguindo seu curso. Em seguida, curvava-se para o leste, e não deixaria seu curso d'água antes de atingir os montes Humboldt, que lhe dão origem quase na extremidade oriental do estado de Nevada.

Após o almoço, mister Fogg, mistress Aouda e seus companheiros retomaram seus lugares no vagão. Phileas Fogg, a jovem mulher, Fix e Passepartout, confortavelmente sentados, observavam a paisagem variada que passava sob seus olhos – vastas pradarias, montanhas perfilando-se no horizonte, riachos escoando com suas águas espumosas. Às vezes, uma grande manada de bisões, juntando-se ao longe, aparecia como um dique móvel. Estes inumeráveis exércitos de ruminantes frequentemente opõem um obstáculo insuperável à passagem dos trens. Já se viram milhares destes animais desfilarem durante muitas horas, em grupos compactos, pela estrada de ferro. A locomotiva é então forçada a parar e esperar que a via fique novamente livre.

Foi isso mesmo que aconteceu nessa ocasião. Por volta das três horas da tarde, uma manada de dez mil a doze mil cabeças travou a estrada de ferro. A máquina, após ter moderado sua velocidade, tentou entrar com seu esporão pelo flanco da imensa coluna, mas precisou deter-se frente à impenetrável massa.

Viam-se os ruminantes – búfalos, como os chamam impropriamente os americanos – marchar com seu passo tranquilo, soltando por vezes mugidos formidáveis. Tinham um tamanho superior ao dos touros da Europa, as pernas e o rabo curtos, a cernelha saliente formando uma bossa musculosa, os chifres afastados na base, a cabeça, o pescoço, as espáduas cobertos por uma crina de longos pelos. Nem pensar em atrapalhar essa migração. Quando os bisões adotam uma direção, nada pode parar ou modificar sua marcha. É uma torrente de carne viva que nenhum dique poderia conter. Os passageiros, dispersos pelas passarelas, observavam o curioso espetáculo. Porém aquele que deveria ser o mais apressado de todos, Phileas Fogg, permanecera em seu lugar e esperava filosoficamente que fosse do interesse dos búfalos dar-lhe passagem. Passepartout estava furioso com o atraso que causava essa aglomeração de animais. Teria desejado descarregar contra eles seu arsenal de revólveres.

– Que país! – exclamou. – Simples bois que param trens, e assim vão, como numa procissão, sem se apressar, como se não atrapalhassem a circulação! Por Deus! Gostaria de saber se mister Fogg previra esse contratempo em seu programa! E esse maquinista que não ousa lançar a máquina contra esse gado incômodo!

O maquinista não tentara derrubar o obstáculo, e agira prudentemente. Sem dúvida, teria destruído os primeiros búfalos atacados pelo esporão de sua locomotiva; mas, tão potente quanto fosse, a máquina logo seria bloqueada, um descarrilamento se produziria inevitavelmente, e o trem teria ficado em péssimo estado.

O melhor mesmo era esperar pacientemente, sob a condição de recuperar o tempo perdido com uma aceleração da marcha do trem. O desfile dos bisões durou três grandes horas; e a via não ficou livre senão ao cair da noite. Nesse momento, os últimos grupos da manada atravessavam os trilhos, enquanto os primeiros desapareciam sob o horizonte.

Eram então oito horas quando o trem atravessou os desfiladeiros dos montes Humboldt, e nove e meia quando penetrou em Utah, a região do Grande Lago Salgado, o curioso território dos mórmons.

XXVII. No qual Passepartout segue, a uma velocidade de vinte milhas por hora, um curso de história mórmon

Durante a noite do dia 5 para o dia 6 de dezembro, o trem percorreu um espaço de cerca de cinquenta milhas em direção ao sudeste; em seguida, retomou o mesmo tanto em direção ao nordeste, aproximando-se do Grande Lago Salgado.

Passepartout, por volta das nove horas da manhã, foi tomar um ar nas passarelas. O tempo estava frio, o céu, cinza, mas já não nevava. O disco solar, alargado pela bruma, aparecia como uma enorme peça de ouro, e Passepartout ocupava-se calculando seu valor em libras esterlinas quando foi distraído dessa útil ocupação pela aparição de um personagem assaz estranho.

O personagem, que tomara o trem na estação de Elko, era um homem alto, muito moreno, com bigodes negros, meias pretas, chapéu de seda escuro, colete escuro, calças pretas, gravata branca, luvas de pele de cachorro. Dir-se-ia um reverendo. Ia de uma extremidade a outra do trem e, na porta do vagão, colava com obreias uma notícia escrita à mão.

Passepartout aproximou-se e leu em uma das notícias que o respeitável *elder* William Hitch, missionário mórmon, valendo-se de sua presença no trem número 48, faria, das onze horas ao meio-dia, no carro número 117, uma conferência sobre o mormonismo – convidando a ouvi-lo todos os *gentlemen* preocupados em se instruir, abordando os mistérios da religião dos "Santos dos últimos dias".

– Certamente irei – disse a si mesmo Passepartout, que pouco conhecia do mormonismo além de seus costumes poligâmicos, base da sociedade mórmon.

A notícia rapidamente se espalhou pelo trem, que levava uma centena de passageiros. Destes, no máximo trinta, atraídos pela isca da conferência, ocupavam, às onze horas, os bancos do carro número 117. Passepartout figurava na primeira fileira dos fiéis. Nem seu mestre nem Fix pensaram em deixar seus lugares.

À hora marcada, o *elder* William Hitch levantou-se e, com uma voz bastante irritada, como se o contrariassem de antemão, exclamou:

– Digo-lhes, eu, que Joe Smith é um mártir, e que as perseguições do governo da União contra os profetas farão de Brigham Young igualmente um mártir! Quem ousaria sustentar o contrário?

Ninguém se aventurou a contradizer o missionário, cuja exaltação contrastava com sua fisionomia naturalmente calma. No entanto, sem dúvida, sua cólera era justificada pelo fato de que o mormonismo era na época submetido a duras provações. E, com efeito, o governo dos Estados Unidos acabava, não sem dificuldade, de restringir os fanáticos independentes. Ele dominara Utah e o submetera às leis da União, após ter prendido Brigham Young, acusado de rebelião e poligamia. Desde então, os discípulos do profeta redobravam seus esforços e, esperando os atos, resistiam pela palavra às pretensões do Congresso.

Como se vê, o *elder* William Hitch exercia seu proselitismo até nas estradas de ferro.

E então narrou apaixonadamente, com gritos e gestos bruscos, a história do mormonismo desde os tempos bíblicos: "Como, em Israel, o profeta Mórmon da tribo de José publicou os anais da nova religião e os legou a seu filho Morôni; como, muitos séculos mais tarde, uma tradução desse precioso livro, escrito em caracteres egípcios, foi feita por Joseph Smith Junior, fazendeiro do estado de Vermont, que se revelou um profeta místico em 1825; como, enfim, um mensageiro celeste lhe apareceu em uma floresta luminosa e lhe entregou os anais do Senhor".

Nesse momento, alguns ouvintes, pouco interessados na narrativa retrospectiva do missionário, deixaram o vagão; mas William Hitch, continuando, contou "como Smith Junior, reunindo seu pai, seus dois irmãos e alguns discípulos, fundou a religião dos Santos dos Últimos Dias – religião que, adotada não somente na América, mas na Inglaterra, na Escandinávia, na Alemanha, conta entre seus fiéis com artesãos e também com muitos profissionais liberais; como uma colônia foi fundada em Ohio; como um templo foi erguido ao preço de duzentos mil dólares e uma cidade construída em Kirkland; como Smith tornou-se um audacioso banqueiro e recebeu de um simples expositor de múmias um papiro contendo uma narrativa escrita pela mão de Abraão e por outros célebres egípcios".

Tornando-se a história um pouco longa, os lugares dos ouvintes esvaziaram ainda mais, e o público não contava com mais de vinte pessoas.

Entretanto o *elder*, sem inquietar-se com essa deserção, contou com detalhes "como Joe Smith foi à bancarrota em 1837; como seus acionários arruinados o untaram com alcatrão e o rolaram em penas; como foi encontrado, alguns anos depois, mais respeitável e honrado que nunca em Independence, no Missouri, líder de uma florescente comunidade, que não contava com menos de três mil discípulos, e como, então, perseguido pelo ódio dos gentios, precisou fugir para o faroeste americano".

Dez ouvintes ainda estavam lá, e entre eles o bravo Passepartout, que era todo ouvidos. Foi assim que aprendeu "como, depois de longas perseguições, Smith reapareceu em Illinois e fundou, em 1839, às margens do Mississippi, Nauvoo-la-Belle, cuja população elevou-se até vinte e cinco mil almas; como Smith tornou-se prefeito, juiz supremo e comandante em chefe; como, em 1843, anunciou sua candidatura à presidência dos Estados Unidos, e como, enfim, atraído para uma cilada em Cartago, foi jogado na prisão e assassinado por um bando de homens mascarados".

Nesse momento, Passepartout estava absolutamente só no vagão, e o *elder*, olhando-o nos olhos, fascinando-o com suas palavras, lembrou-o de que, dois anos após o assassinato de Smith, seu sucessor, o profeta Brigham Young, abandonando Nauvoo, veio estabelecer-se nas margens do lago Salgado, e que lá, sobre esse admirável território, no meio dessa região fértil, no caminho dos emigrantes que atravessavam Utah para chegar à Califórnia, a nova colônia, graças aos princípios poligâmicos do mormonismo, tomou enorme extensão.

– E eis aí – acrescentou William Hitch –, eis aí por que a inveja do Congresso levantou-se contra nós! Por que os soldados da união marcharam sobre o solo de Utah! Por que nosso líder, o profeta Brigham Young, foi preso em desprezo a toda justiça. Cederemos à força? Jamais! Expulsos de Vermont, expulsos de Illinois, expulsos de Ohio, expulsos do Missouri, expulsos de Utah, nós ainda encontraremos algum território independente em que cravaremos nossa tenda... E você, meu fiel – acrescentou o *elder*, fixando sobre seu único ouvinte olhares coléricos –, cravará a sua tenda à sombra de nossa bandeira?

– Não – respondeu bravamente Passepartout, que logo fugiu, deixando o energúmeno a pregar no deserto.

Contudo, durante essa conferência, o trem marchara rapidamente, e, por volta do meio-dia e meia, tocava na ponta noroeste do Grande Lago Salgado. De lá se podia contemplar, por um grande perímetro, o aspecto desse mar interior, que leva também o nome de mar Morto e no qual deságua um Jordão americano. Lago admirável, emoldurado por belas rochas selvagens, em extensas fileiras, incrustadas de sal branco, soberba camada d'água que cobria outrora espaço ainda maior; mas, com o tempo, suas margens, subindo pouco a pouco, reduziram sua superfície, aumentando sua profundidade.

O lago Salgado, com cerca de setenta milhas de extensão, trinta e cinco de largura, fica a três milhas e oitocentos pés acima do nível do mar. Bem diferente do lago Asphaltite,[1] cuja depressão é de mil e duzentos pés abaixo, sua salinidade é considerável, e suas águas têm nelas um quarto do peso de sua matéria sólida dissolvida. Seu peso específico é mil, cento e setenta, sendo mil o da água destilada. Assim, os peixes não podem viver nele. Aqueles que jorram o Jordão, o Weber e outros afluentes logo morrem; mas não é verdade que a densidade dessas águas seja tal que um homem não possa mergulhar.

Em volta do lago, o campo era admiravelmente cultivado, pois os mórmons são muito competentes no trabalho da terra: ranchos e currais para os animais domésticos, campos de centeio, de milho, de sorgo, pradarias luxuriantes, por toda parte sebes de roseiras selvagens, buquês de acácias e de eufórbios, tal seria o aspecto dessa região seis meses mais tarde; mas naquele momento o solo desaparecia sob uma fina camada de neve, que levemente o polvilhava.

---

1. Como era chamado o mar Morto na Antiguidade, em razão do betume encontrado em suas margens. (N.T.)

Às duas horas, os passageiros desciam na estação de Ogden. O trem deveria partir novamente apenas às seis horas, e mister Fogg, mistress Aouda e seus companheiros tiveram, assim, tempo para ir à Cidade dos Santos pelo pequeno ramal que se destaca da estação de Ogden. Duas horas bastavam para visitar essa cidade absolutamente americana e, como tal, construída no mesmo modelo de todas as cidades da União, vastos tabuleiros de longas e frias linhas, com a "tristeza lúgubre dos ângulos retos", segundo a expressão de Victor Hugo. O fundador da Cidade dos Santos não podia escapar da necessidade de simetria que distingue os anglo-saxões. Nesse singular país, onde os homens certamente não estão à altura das instituições, tudo se faz "sem rodeios", as cidades, as casas, as estupidezes.

Às três horas, então, os passageiros passeavam pelas ruas da cidade, construída entre a margem do Jordão e as primeiras ondulações dos montes Wasatch. Lá, eles viram poucas igrejas ou nenhuma, mas, como monumentos, a casa do profeta, o palácio da justiça e o arsenal; em seguida, casas de tijolos azulados com varandas e galerias rodeadas por jardins repletos de acácias, palmeiras e alfarrobeiras. Um muro de argila e de seixos, construído em 1853, cercava a cidade. Na rua principal, onde fica o mercado, elevavam-se hotéis ornados com pavilhões e, entre outros, o Salt Lake House.

Mister Fogg e seus companheiros não encontraram a cidade muito populosa. As ruas estavam quase desertas – salvo, todavia, a parte do Templo, à qual não chegaram senão depois de atravessar muitos bairros cingidos por paliçadas. Havia muitas mulheres, o que é explicado pela composição incomum dos lares mórmons. Não imagine, no entanto, que todos os mórmons são polígamos. Eles são livres, mas é bom lembrar que são as cidadãs de Utah que querem ser esposadas, pois, segundo a religião do país, o céu mórmon não entrega suas beatitudes às celibatárias do sexo feminino. As pobres criaturas não parecem nem contentes nem felizes. Algumas, as mais ricas certamente, carregavam um casaco preto de seda, aberto na cintura, um capuz ou um xale muito modesto. As outras vestiam apenas uma chita.

Passepartout, este, na sua qualidade de solteiro convicto, não observava sem certo pavor as mórmons encarregadas de fazer, em conjunto, a felicidade de um só mórmon. Em seu bom senso, era sobretudo do marido que tinha pena. Parecia-lhe terrível ter de guiar tantas damas ao mesmo tempo pelas vicissitudes da vida, ter de conduzi-las assim, em grupo, até o paraíso mórmon, com a perspectiva de lá encontrá-las, pela eternidade, em companhia do glorioso Smith, que deveria fazer a decoração do paraíso. Decididamente, ele não sentia a vocação, e julgava – talvez se enganasse nisso – que os cidadãos da região do Grande Lago lhe lançavam olhares um pouco inquietantes.

Muito felizmente, sua estadia na Cidade dos Santos não deveria se prolongar. Em três horas e alguns minutos, os passageiros voltavam à estação e retomavam seus lugares nos vagões.

O apito foi ouvido; mas, no momento em que as rodas da locomotiva, patinando sobre os trilhos, começavam a imprimir alguma velocidade ao trem, os gritos "Parem! Parem!" ressoaram.

Não se para um trem em movimento. O *gentleman* que emitia os gritos era evidentemente um mórmon atrasado. Ele corria a toda velocidade. Felizmente para ele, a estação não tinha nem portas nem barreiras. Assim, lançou-se sobre a via, pulou para o estrado do último carro e caiu esbaforido em um dos bancos do vagão.

Passepartout, que seguira com emoção essa demonstração atlética, foi contemplar o retardatário, pelo qual interessou-se vivamente, quando descobriu que o cidadão de Utah havia fugido após uma briga doméstica.

Quando o mórmon retomou seu fôlego, Passepartout arriscou-se a perguntar-lhe, polidamente, quantas esposas tinha somente ele – e, pela maneira por que ele acabara de escapulir-se, supunha pelo menos umas vinte.

– Uma, monsieur! – respondeu o mórmon, levantando os braços aos céus. – Uma, e é o bastante!

XXVIII. No qual Passepartout não pôde fazer ouvir a voz da razão

O trem, deixando o Grande Lago Salgado e a estação de Ogden, subiu por uma hora em direção ao norte, até o rio Weber, tendo vencido cerca de novecentas milhas desde San Francisco. A partir desse ponto, retomou a direção a leste em meio às cordilheiras acidentadas dos montes Wasatch. Foi nessa parte do território, compreendido entre as Montanhas Rochosas propriamente ditas, que os engenheiros americanos precisaram lutar contra as mais sérias dificuldades. Assim, nesse percurso, a subvenção governamental da União elevou-se a quarenta e oito mil dólares por milha, enquanto não passava de dezesseis mil dólares nas planícies; porém os engenheiros, assim foi dito, não violentaram a natureza, antes a burlaram, contornando as dificuldades, e, para atingir a grande bacia, um só túnel, de catorze mil pés de comprimento, foi aberto em todo o percurso da estrada de ferro.

Havia sido no lago Salgado mesmo que o traçado atingira até então sua maior altitude. A partir desse ponto, seu desenho descrevia uma curva bastante alongada, descendo em direção ao vale do afluente Bitter, para subir novamente até o ponto de divisão entre as águas do Atlântico e do Pacífico. Havia muitos rios nessa região montanhosa. Era preciso atravessar o Muddy, o Green e outros por meio dessas pontes curtas de um só arco. Passepartout tornava-se mais impaciente à medida que se aproximava do fim da viagem. Mas Fix, por sua vez, gostaria de já ter saído dessa complicada região. Ele temia os atrasos, receava acidentes e estava com mais pressa que o próprio Phileas Fogg de pisar em solo inglês.

Às dez horas da noite, o trem parou na estação de Fort Bridger, a qual deixou quase imediatamente, e, vinte milhas mais longe, entrava no estado de Wyoming – antigo Dakota –, seguindo todo o vale do afluente Bitter, de onde escoa uma parte das águas que formam o sistema hidrográfico do Colorado.

No dia seguinte, 7 de dezembro, pararam por um quarto de hora na estação de Green River. A neve caíra abundantemente durante a noite, mas, misturada com a chuva, meio derretida, não poderia atrapalhar a marcha do trem. Todavia o mau tempo não deixou de inquietar Passepartout, pois a acumulação de neve, atolando as rodas dos vagões, teria certamente comprometido a viagem.

"Mas que ideia", dizia a si mesmo, "teve meu patrão de viajar durante o inverno! Não podia esperar o verão para aumentar as suas chances?"

Entretanto, nesse momento em que o bravo jovem se preocupava apenas com o céu e a diminuição da temperatura, mistress Aouda sofria com temores ainda mais reais, provenientes de uma causa bem diferente.

Com efeito, alguns passageiros desceram de seus vagões e passeavam pela plataforma da estação de Green River, esperando a partida do trem. Ora, através das janelas, a jovem mulher reconheceu entre eles o coronel Stamp Proctor, o americano que se comportara tão grosseiramente diante de Phileas Fogg durante o protesto em San Francisco. Mistress Aouda, não querendo ser vista, afastou-se rapidamente.

Essa circunstância impressionou vivamente a jovem mulher. Ela afeiçoara-se ao homem que, por mais friamente que o fizesse, dava-lhe todos os dias mostras da mais absoluta dedicação. Ela certamente não compreendia toda a profundidade do sentimento que lhe inspirava seu salvador, e a esse sentimento dava ainda apenas o nome de gratidão, sem saber, no entanto, que havia nele algo mais. Assim, sentiu o coração apertado quando reconheceu o grosseiro personagem do qual mister Fogg gostaria de, cedo ou tarde, tirar satisfações. Evidentemente, fora apenas o acaso que trouxera ao trem o coronel Proctor, mas lá estava ele, e era preciso a todo preço impedir que Phileas Fogg visse seu adversário.

Mistress Aouda, quando o trem se pôs novamente em movimento, aproveitou-se do instante em que mister Fogg cochilava para deixar Fix e Passepartout a par da situação.

– Esse Proctor está no trem! – exclamou Fix. – Bem, fique tranquila, madame. Antes de brigar com o senhor... com mister Fogg, terá de brigar comigo! Parece-me, afinal, que ainda sou eu quem recebeu os insultos mais graves!

– E, além disso – acrescentou Passepartout –, eu me encarrego dele, coronel ou não.

– Monsieur Fix – retomou mistress Aouda –, mister Fogg não deixará a ninguém a tarefa de vingá-lo. Ele é homem, já o disse, de voltar à América para reencontrar seu ofensor. Se, portanto, perceber a presença do coronel Proctor, não poderemos impedir que se encontrem, o que pode trazer terríveis resultados. É preciso que não o veja.

– Tem razão, madame – respondeu Fix –, um encontro entre os dois poderia pôr tudo a perder. Vencedor ou vencido, mister Fogg se atrasaria, e...

– E – acrescentou Passepartout – isso seria do interesse dos *gentlemen* do Reform Club. Em quatro dias estaremos em Nova York! Bem, se por quatro dias meu patrão não deixar o vagão, pode-se esperar que o acaso não o coloque frente a frente com esse maldito americano, que Deus ajude! Ora, nós poderíamos impedi-lo...

A conversa foi interrompida. Mister Fogg havia acordado e observava os campos através das janelas salpicadas com neve. Entretanto, mais tarde, sem ser ouvido por seu patrão ou por mistress Aouda, Passepartout disse ao inspetor de polícia:

– É verdade que o senhor brigaria por ele?

– Eu faria tudo para levá-lo com vida para a Europa! – respondeu simplesmente Fix, com um tom que assinalava uma vontade implacável.

Passepartout sentiu como que um frisson percorrer-lhe o corpo, mas suas convicções a respeito de seu patrão não enfraqueceram.

E, agora, haveria meio de manter mister Fogg nesse compartimento para evitar qualquer encontro entre o coronel e ele? Não deveria ser difícil, sendo o *gentleman* naturalmente pouco inquieto e pouco curioso. Em todo caso, o inspetor de polícia imaginou ter encontrado este meio, pois, alguns instantes depois, dizia a Phileas Fogg:

– São longas e lentas horas, monsieur, estas que passamos assim nas estradas de ferro.

– De fato – respondeu o *gentleman* –, mas elas passam.

– A bordo dos paquetes – retomou o inspetor –, o senhor tinha o hábito de jogar uíste?

168

– Sim – respondeu Phileas Fogg –, mas jogá-lo aqui seria difícil. Não tenho nem cartas nem parceiros.

– Oh! As cartas nós daremos um jeito de comprá-las. Vende-se de tudo nos vagões americanos. Quanto aos parceiros, se, por acaso, a madame...

– Certamente, monsieur – respondeu vivamente a jovem mulher –, eu conheço o uíste. Faz parte de minha educação inglesa.

– E eu – retomou Fix –, eu tenho alguma presunção de jogar bem este jogo. Ora, joguemos nós três, e o quarto jogador que conte como morto...

– Como queira, monsieur – respondeu Phileas Fogg, encantado por retomar seu jogo favorito, ainda que em um trem.

Passepartout foi enviado à procura do atendente, e logo voltou com dois jogos completos, fichas, tentos e uma mesa coberta com um pano. Não faltava nada. O jogo começou. Mistress Aouda tinha conhecimentos mais que suficientes de uíste, e chegou mesmo a receber alguns cumprimentos do severo Phileas Fogg. Quanto ao inspetor, era um jogador de primeira linha, capaz de fazer frente ao *gentleman*.

"Agora", disse a si mesmo Passepartout, "nós o pegamos. Ele não sairá daqui!"

Às onze horas da manhã, o trem chegou na divisa entre os dois oceanos. Em Bridger Pass, a uma altura de sete mil, quinhentos e vinte e quatro pés acima do nível do mar, um dos mais altos pontos tocados pelo traçado da estrada de ferro por meio das Montanhas Rochosas. Após cerca de duzentas milhas, os passageiros se viram enfim nessas longas planícies que se estendem até o Atlântico, que a natureza tornava tão próprias à construção de uma via férrea.

Sobre a vertente da bacia atlântica surgiam já os primeiros rios, afluentes ou subafluentes do rio Platte Norte. Todo o horizonte ao norte e ao leste estava coberto por essa imensa cortina semicircular que forma a porção setentrional das Rocky Mountains, encimada pelo pico de Laramie. Entre essa curvatura e a linha de ferro estendiam-se vastas planícies, fartamente irrigadas. À direita da estrada estavam dispostas as primeiras rampas da cordilheira montanhosa que se afunila ao sul até as fontes do rio de Arkansas, um dos grandes afluentes do Missouri.

Ao meio-dia e meia, os passageiros entreviram brevemente o forte Halleck, que governa a região. Mais algumas horas, e a travessia das Montanhas Rochosas estaria terminada. Podia-se esperar, portanto, que nenhum acidente viria marcar a passagem do trem por esta difícil região. A neve havia parado de cair. O tempo ia ficando frio e seco. Ao longe, grandes aves, assustadas pela locomotiva, fugiam. Nenhuma fera, nenhum urso ou lobo mostrava-se na planície. Era o deserto em sua imensa nudez.

Após um almoço bastante confortável, servido no próprio vagão, mister Fogg e seus parceiros haviam acabado de voltar ao seu interminável uíste quando violentos apitos se fizeram ouvir. O trem parou.

Passepartout pôs a cabeça pela porta do vagão e não viu nada que motivasse a parada. Nenhuma estação estava à vista.

Mistress Aouda e Fix recearam por um instante que mister Fogg pensasse em descer do trem. Mas o *gentleman* contentou-se em dizer a seu criado:

– Vá ver o que aconteceu.

Passepartout lançou-se para fora do vagão. Uns quarenta passageiros haviam já deixado seus lugares, entre eles, o coronel Stamp Proctor.

O trem parara em frente a um sinal vermelho que bloqueava a via. O maquinista e o condutor, que também haviam descido, discutiam vivamente com um guarda ferroviário, que o diretor da estação de Medicine Bow, a próxima estação, enviara ao trem. Passageiros haviam se aproximado e tomavam parte na discussão – entre outros, o aludido coronel Proctor, com sua voz altissonante e seus gestos imperiosos.

Passepartout, tendo se juntado ao grupo, ouviu o guarda que dizia:

– Não! Não há como passar! A ponte de Medicine Bow está danificada e não suportaria o peso do trem.

A ponte da qual tratavam era uma ponte suspensa, construída sobre uma torrente, a uma milha do lugar em que o comboio parara. Segundo o guarda, ela ameaçava ruir, vários dos seus cabos estavam rompidos, e era impossível arriscar a travessia. O guarda não exagerava de modo algum ao afirmar que não se podia passar. E, além disso, com os hábitos de despreocupação dos americanos, poder-se-ia dizer que, quando resolvem ser prudentes, seria loucura não sê-lo.

Passepartout, sem ousar ir avisar seu patrão, escutava com os dentes cerrados, imóvel como uma estátua.

– Ora essa! – exclamou o coronel Proctor. – Não vamos nós, imagino, ficar aqui a criar raízes na neve!

– Coronel – respondeu o condutor –, telegrafamos à estação de Omaha para pedir um trem, mas não é provável que ele chegue a Medicine Bow em menos de seis horas.

– Seis horas! – exclamou Passepartout.

– Sem dúvida – respondeu o condutor. – Além disso, esse tempo nos será necessário para irmos a pé até a estação.

– Mas ela fica a apenas uma milha de onde estamos – disse um dos passageiros.

– Uma milha, de fato, mas do outro lado do rio.

– E esse rio, não se pode atravessá-lo a barco? – perguntou o coronel.

– Impossível. O riacho subiu com as chuvas. É uma torrente, e nós seremos forçados a fazer um desvio de dez milhas ao norte para encontrar um vau.

O coronel lançou uma sequência de injúrias contra a companhia e o condutor, e Passepartout, furioso, não estava longe de lhe fazer coro. Ali havia um obstáculo material contra o qual fracassaria, dessa vez, todo o dinheiro de seu patrão.

Ademais, o desapontamento era geral entre os passageiros, que, além do atraso, viam-se obrigados a andar umas quinze milhas em meio a um campo coberto de neve. E assim originaram-se uma confusão, exclamações, vociferações que teriam certamente atraído a atenção de Phileas Fogg, não estivesse o *gentleman* absorvido em seu jogo.

No entanto Passepartout encontrava-se na necessidade de avisá-lo e, de cabeça baixa, dirigia-se ao vagão quando o maquinista do trem – um verdadeiro ianque de nome Forster –, levantando a voz, disse:

– Senhores, talvez haja um meio de passar.

– Pela ponte? – indagou um passageiro.

– Pela ponte.

– Com nosso trem? – perguntou o coronel.

– Com nosso trem.

Passepartout deteve-se e absorveu as palavras do maquinista.

– Mas a ponte ameaça ruir! – retomou o condutor.

– Não importa – respondeu Forster. – Creio que, lançando o trem com o máximo de sua velocidade, teríamos algumas chances de passar.

– Diabo! – disse Passepartout.

Mas alguns passageiros foram imediatamente seduzidos pela proposta. Ela agradava particularmente o coronel Proctor. Este cabeça quente julgava a coisa muito exequível. Ele lembrava até que os engenheiros haviam tido a ideia de passar pelos rios "sem ponte", com trens rígidos lançados a toda a velocidade etc. E, no fim das contas, todos os interessados na questão ficaram do lado do maquinista.

– Nossa chance de passar é de cinquenta por cento – dizia um.

– Sessenta – dizia outro.

– Oitenta...! Noventa!

Passepartout ficara desnorteado; mesmo estando disposto a tentar de tudo para realizar a passagem até Medicine Creek, a tentativa lhe parecia um pouco "americana" demais.

"Além disso", pensou, "há uma coisa bem mais simples a se fazer, e estas pessoas nem mesmo a imaginam...!"

– Monsieur – disse Passepartout a um dos passageiros –, o método proposto pelo maquinista me parece um pouco perigoso, mas...

– Oitenta por cento de chances! – respondeu o passageiro, dando-lhe as costas.

– Sei bem – respondeu Passepartout, dirigindo-se a outro homem –, mas uma simples reflexão...

– Sem reflexões, são inúteis – respondeu o americano interpelado dando de ombros –, já que o maquinista nos garante que dará certo!

– Sem dúvida – retomou Passepartout –, passaremos, mas seria talvez mais prudente...

– Qual! Prudente! – exclamou o coronel Proctor, a quem a palavra, ouvida por acaso, fez saltar. – A toda velocidade, é o que estamos dizendo. Compreende? A toda velocidade!

– Eu sei... Compreendo... – repetia Passepartout, ao qual ninguém deixava terminar sua frase. – Mas seria, se não mais prudente, já que a palavra os choca, ao menos mais natural...

– Quem? O quê? O que ele quer dizer com natural? – ouvia-se por todo lado.

O pobre jovem não sabia mais como ser ouvido.

– Está com medo? – perguntou-lhe o coronel Proctor.

– Eu? Com medo? – exclamou Passepartout. – Bem, que seja! Mostrarei a essa gente que um francês pode ser tão americano quanto eles!

– Ao trem! Ao trem! – gritava o condutor.

– Sim! Ao trem – repetia Passepartout. – Ao trem! E imediatamente! Mas ninguém me impedirá de pensar que teria sido mais natural atravessarmos nós, os passageiros, a pé, e em seguida o trem...!

Entretanto ninguém ouviu essa sábia reflexão, e certamente ninguém teria querido reconhecer a sua justeza.

Os passageiros estavam de volta em seus vagões. Passepartout retomou seu lugar sem dizer nada do que se havia passado. Os jogadores estavam completamente imersos em seu uíste.

A locomotiva apitou vigorosamente. O maquinista, retrocedendo o trem, levou-o por quase uma milha para trás – recuando como um saltador que quer tomar seu impulso.

Em seguida, após um segundo apito, o movimento para frente recomeçou; acelerou; logo a velocidade tornou-se assustadora; ouvia-se apenas um só bramido saindo da locomotiva; os pistões cumpriam seu curso vinte vezes por segundo; os eixos das rodas fumegavam nas caixas de graxa. Sentia-se, por assim dizer, que todo o trem, seguindo a uma velocidade de cem milhas por hora, não pesava mais sobre os trilhos, que a velocidade comia seu peso.

E passaram! E foi como um raio. Não viram nada da ponte. O comboio saltou, pode-se dizer, de um lado a outro, e o maquinista só conseguiu frear sua máquina desvairada cinco milhas depois da estação.

Contudo, mal o trem havia atravessado o rio, e a ponte, definitivamente em ruínas, caiu estrondosamente na torrente de Medicine Bow.

XXIX. Onde será feita a narrativa de diversos incidentes que só acontecem nas estradas de ferro da União

Nessa mesma noite, o trem seguia seu caminho sem obstáculos, passava o forte Sanders, atravessava o estreito de Cheyenne e chegava ao estreito de Evans. Lá, a estrada de ferro alcançava o mais alto ponto do percurso, isto é, oito mil e noventa e um pés acima do nível do oceano. Os passageiros tinham agora apenas que descer até o Atlântico e chegar a planícies sem fim, niveladas pela natureza.

Lá encontrava-se com a Grand Trunk o ramal de Denver, a principal cidade do Colorado. Esse território é rico em minas de ouro e de prata, e mais de cinquenta mil habitantes já fixaram sua residência nessa localidade.

Nesse momento, mil, trezentas e oitenta e duas milhas haviam sido percorridas desde San Francisco, em três dias e três noites. Quatro noites e quatro dias, conforme todas as previsões, deveriam bastar para chegar a Nova York. Phileas Fogg mantinha-se, assim, entre os prazos regulamentares.

Durante a noite, o campo de Walbach podia ser visto à esquerda, e foi logo ultrapassado. O rio Lodgepole Creek corria paralelamente à via, seguindo a fronteira retilínea comum entre os estados de Wyoming e do Colorado. Às onze horas, entravam em Nebraska, passavam próximos a Sedgwick e alcançavam Julesburgh, localizada no braço sul do rio Platte.

Nesse ponto foi feita a inauguração da Union Pacific Road, no dia 23 de outubro de 1867, cujo engenheiro-chefe foi o general J. M. Dodge. Lá pararam duas possantes locomotivas, rebocando os nove vagões dos convidados, entre os quais figurava o vice-presidente, mister Thomas C. Durant; lá reboaram as aclamações; lá os sioux e os pawnies ofereceram o espetáculo de uma pequena guerra indígena; lá explodiram fogos de artifício; lá, enfim, publicou-se, por meio de uma prensa portátil, o primeiro número do jornal *Railway Pioneer*. Assim foi celebrada a inauguração dessa grande estrada de ferro, instrumento de progresso e civilização, construída no deserto e destinada a conectar entre si vilas e cidades que ainda nem existiam. O apito da locomotiva, mais potente que a lira de Anfião, logo as faria brotar do solo americano.

Às oito horas da manhã, o forte McPherson já havia sido deixado para trás. Trezentas e cinquenta e sete milhas separam esse ponto de Omaha. A via férrea seguia, pela margem esquerda, as caprichosas sinuosidades do braço sul do rio Platte. Às nove horas, chegava-se à importante cidade de North Platte, construída entre os dois braços desse grande curso d'água, que a contornam para então formar apenas uma artéria – afluente considerável cujas águas confundem-se com as do Missouri, um pouco acima de Omaha.

O centésimo primeiro meridiano havia sido ultrapassado.

Mister Fogg e seus companheiros retomaram o jogo. Nenhum deles reclamava da extensão da viagem – nem mesmo o morto. Fix começara ganhando alguns guinéus, os quais agora ele estava em via de perder novamente, mas não se mostrava menos animado que mister Fogg. Durante a manhã, a sorte favoreceu singularmente o *gentleman*. Trunfos e manilhas choviam em suas mãos. Em um determinado momento, após ter preparado uma jogada audaciosa, ele estava pronto para jogar a carta de espadas quando, atrás do banco, uma voz fez-se ouvir dizendo:

– Eu jogaria a carta de ouros...

Mister Fogg, mistress Aouda e Fix levantaram a cabeça. O coronel Proctor estava ali com eles.

Stamp Proctor e Phileas Fogg reconheceram-se imediatamente.

– Ah! É você, monsieur inglês – exclamou o coronel –, é você quem quer jogar a carta de espadas!

– E a jogo – respondeu friamente Phileas Fogg, jogando um dez deste naipe sobre a mesa.

– Bem, eu prefiro que seja a de ouros – replicou o coronel Proctor com uma voz irritada.

E fez um gesto para recolher a carta jogada, acrescentando:

– Você não entende nada deste jogo.

– Talvez eu seja melhor em outro – disse Phileas Fogg, levantando-se.

– Então vejamos, filho de John Bull[1] – replicou o grosseiro personagem. Mistress Aouda ficou pálida. Todo o seu sangue refluía ao coração. Ela pegou Phileas Fogg pelo braço, que a repeliu docemente. Passepartout estava pronto para jogar-se sobre o americano, que observava seu adversário do jeito mais insultante. No entanto Fix levantou-se e, indo até o coronel Proctor, disse-lhe:

– Esquece-se de que é comigo que tem de se preocupar, monsieur, comigo, já que não somente me insultou, mas me agrediu!

– Monsieur Fix – disse mister Fogg –, peço desculpas, mas isto diz respeito apenas a mim. Sugerindo que eu estava errado em jogar espadas, o coronel me fez nova injúria, e terá de dar-me satisfação.

– Quando quiser, onde quiser – respondeu o americano – e com a arma que preferir!

Mistress Aouda procurou em vão conter mister Fogg. O inspetor tentou inutilmente que a querela voltasse a tratar de si. Passepartout queria jogar o coronel pela porta, mas um sinal de seu patrão o deteve. Phileas Fogg deixou o vagão, e o americano seguiu-o pela passarela.

– Monsieur – disse mister Fogg a seu adversário –, tenho muita pressa de retornar à Europa, e qualquer atraso prejudicaria muito meus interesses.

– Bem, que tenho eu com isso? – retrucou o coronel Proctor.

– Monsieur – retomou polidamente mister Fogg –, após nosso encontro em San Francisco, eu havia planejado vir encontrá-lo aqui, na América, tão logo tivesse terminado os negócios que me chamam ao velho continente.

– Ah, é?

– Quer encontrar-me aqui dentro de seis meses?

---

1. John Bull é um personagem criado no começo do século XVIII que representa e personifica o Reino Unido, mais especificamente a Inglaterra. É frequentemente usado em campanhas de mobilização nacional e pode ser comparado ao Tio Sam, referente aos Estados Unidos, ou a Marianne, símbolo da República Francesa. (N.T.)

– E por que não em seis anos?

– Eu digo em seis meses – respondeu mister Fogg –, e serei pontual.

– Tudo isso são desculpas! – exclamou Stamp Proctor. – Agora ou nunca.

– Pois que seja! – respondeu mister Fogg. – Vai a Nova York?

– Não.

– A Chicago?

– Não.

– A Omaha?

– Pouco lhe importa! Conhece Plum Creek?

– Não – respondeu mister Fogg.

– É a próxima estação. O trem estará lá em uma hora. Ficará lá por dez minutos. Em dez minutos, podem-se trocar alguns tiros de revólver.

– Que seja – respondeu mister Fogg. – Descerei em Plum Creek.

– E acredito mesmo que ficará por lá! – acrescentou o americano com uma insolência sem igual.

– Quem sabe, monsieur? – respondeu mister Fogg, e voltou a seu vagão com sua frieza habitual.

Lá, o *gentleman* começou por tranquilizar mistress Aouda, dizendo-lhe que os fanfarrões não deveriam jamais ser temidos. Em seguida, pediu a Fix que lhe servisse de testemunha do duelo que iria acontecer. Fix não podia recusar, e Phileas Fogg retomou tranquilamente seu jogo interrompido, lançando sua carta de espadas com perfeita calma.

Às onze horas o apito da locomotiva anunciou a chegada à estação de Plum Creek. Mister Fogg levantou-se e, seguido de Fix, dirigiu-se à passarela. Passepartout o acompanhava levando um par de revólveres. Mistress Aouda ficara no vagão, pálida como uma morta.

Nesse momento, a porta do outro vagão abriu-se e o coronel Proctor igualmente apareceu na passarela, seguido de sua testemunha, um ianque da sua estirpe. No entanto, no momento em que os dois adversários iam descer do trem, o condutor gritou:

– Não vamos descer, senhores.

– E por quê? – perguntou o coronel.

– Nós estamos com vinte minutos de atraso, e o trem não vai ficar parado aqui.

– Mas eu preciso duelar com aquele senhor.

– Lamento – respondeu o empregado –, mas nós partiremos imediatamente. Ouçam o sino tocando!

O sino tocava, de fato, e o trem pôs-se novamente em movimento.

– Sinto muito, senhores – disse então o condutor. – Em qualquer outra circunstância, teria podido fazer-lhes o favor. Mas, afinal, já que não tiveram o tempo de duelar aqui, o que os impede de duelar durante a viagem?

– Isso talvez não seja conveniente a este senhor! – disse o coronel Proctor com um ar zombeteiro.

– Isso me é perfeitamente conveniente – respondeu Phileas Fogg.

"Então, decididamente estamos na América!", pensou Passepartout. "E o condutor do trem é um *gentleman* de primeira classe!"

E, com este pensamento, seguiu seu patrão.

Os dois adversários, com suas testemunhas, precedidas pelo condutor, dirigiram-se passando, de um vagão a outro, à traseira do trem. O último vagão estava ocupado apenas por uma dezena de passageiros. O condutor lhes perguntou se queriam fazer o favor de, por alguns instantes, deixar o lugar livre para dois *gentlemen* que tinham uma questão de honra a resolver.

Ora! Mas os passageiros estavam muito felizes em poder ajudar os dois *gentlemen*, então se retiraram até as passarelas.

O vagão, com cerca de cinquenta pés de comprimento, prestava-se convenientemente às circunstâncias. Os dois adversários poderiam se movimentar e se fuzilar com facilidade. Nunca um duelo fora tão facilmente organizado. Mister Fogg e o coronel Proctor, munidos cada um de dois revólveres de seis tiros, entraram no vagão. Suas testemunhas, ficando do lado de fora, fecharam-nos lá. Ao primeiro apito da locomotiva, deveriam começar o duelo... Em seguida, após um período de dois minutos, retirariam do vagão o que restasse dos *gentlemen*.

Nada mais simples, na verdade. Era mesmo tão simples que Fix e Passepartout sentiam seus corações batendo forte através da roupa.

Estavam, assim, esperando o apito convencionado quando subitamente gritos selvagens foram ouvidos. Algumas detonações os acompanharam, mas não vinham do vagão reservado aos duelistas. Essas detonações prolongaram-se, ao contrário, por toda a linha do trem até a sua frente. Gritos de medo eram ouvidos do interior do comboio.

O coronel Proctor e mister Fogg, com os revólveres em punho, saíram logo do vagão e se precipitaram até a frente, onde ressoavam mais ruidosamente as detonações e os gritos.

Eles perceberam que o trem estava sendo atacado por um bando de sioux.

Esses audaciosos índios não eram amadores, e mais de uma vez já haviam parado os comboios. Segundo seu hábito, sem esperar a parada do trem, lançando-se às centenas sobre os estribos, já haviam escalado os vagões como faz um palhaço em um cavalo a galope.

Os sioux estavam munidos de fuzis. Daí as detonações às quais os passageiros, quase todos armados, respondiam com tiros de revólver. Inicialmente, os índios haviam se precipitado sobre as máquinas. O maquinista e o condutor estavam quase desacordados em consequência de alguns golpes de porrete. Um líder sioux, querendo parar o trem, mas não sabendo como usar as manivelas, havia aumentado a introdução de vapor em vez de diminuí-la, e a locomotiva, disparando, corria a uma velocidade assustadora.

Ao mesmo tempo, os sioux haviam invadido o trem; corriam como macacos enfurecidos sobre os vagões, invadiam suas portas e lutavam corpo a corpo com os passageiros. Do vagão das bagagens, arrombado e pilhado, eram arremessados os embrulhos. Gritos e disparos eram ouvidos continuamente.

No entanto, os passageiros se defendiam com coragem. Certos vagões, barricados, aguentavam o cerco como verdadeiros fortes ambulantes, carregados a uma velocidade de cem milhas por hora.

Desde o começo do ataque, mistress Aouda comportara-se de forma corajosa. Com o revólver à mão, defendia-se heroicamente, atirando através das janelas quebradas quando algum selvagem se mostrava a ela. Cerca de vinte sioux, mortos, estavam caídos na via, e as rodas dos vagões esmagavam como vermes os que escorregavam do alto das passarelas.

Muitos passageiros, gravemente feridos por balas ou por porretes, jaziam sob os bancos.

Era preciso, no entanto, repelir o ataque. A luta já durava dez minutos, e só poderia terminar favoravelmente aos sioux se o trem não parasse em uma estação. Com efeito, a estação do forte Kearney não estava nem a duas milhas de distância. Lá havia um posto americano, mas, se passassem esse posto, os sioux dominariam o trem entre o forte Kearney e a estação seguinte.

O condutor lutava ao lado de mister Fogg quando uma bala o derrubou. Ao cair, o homem gritou:

– Estaremos perdidos se o trem não parar em cinco minutos!

– Ele vai parar! – disse Phileas Fogg, que fez menção de saltar do vagão.

– Fique, monsieur – gritou-lhe Passepartout. – Deixe comigo!

Phileas Fogg não teve tempo de impedir esse jovem corajoso, que, abrindo uma porta sem ser visto pelos índios, conseguiu deslizar até a parte de baixo do vagão. E então, enquanto a luta continuava, enquanto as balas cruzavam sobre sua cabeça, reencontrando sua agilidade, sua flexibilidade de palhaço, insinuando-se sob os vagões, agarrando-se às correntes, apoiando-se na alavanca dos freios e nas longarinas do chassi, como se estivesse escalando de um vagão a outro com uma destreza maravilhosa, chegou assim à frente do trem. Não foi visto nem poderia ter sido.

Lá, segurando-se com uma mão entre o vagão das bagagens e o tênder, com a outra soltou as correntes de segurança; mas, em virtude da tração produzida, jamais teria conseguido desparafusar a barra de tração se uma sacudidela não tivesse feito voar essa barra; e o trem, solto, ficou pouco a pouco para trás, enquanto a locomotiva escapava com velocidade renovada.

Conduzido ainda pelo movimento adquirido, o trem deslizou por alguns minutos, mas os freios foram manobrados do interior dos vagões e, finalmente, o trem parou a menos de cem passos da estação de Kearney.

Lá, os soldados do forte, atraídos pelos disparos, correram rapidamente em auxílio. Os sioux não os esperaram e, antes da parada completa do trem, todo o bando já havia sumido.

Todavia, quando os passageiros contaram-se uns aos outros na plataforma da estação, perceberam que muitos não responderam ao chamado, e entre estes estava o corajoso francês, cujo esforço e dedicação acabara de salvá-los.

XXX. No qual Phileas Fogg simplesmente cumpre o seu dever

Três passageiros, Passepartout incluso, haviam desaparecido. Teriam morrido durante a luta? Seriam prisioneiros dos sioux? Não podiam saber. Havia muitos feridos, mas nenhum fora atingido mortalmente. Um dos mais gravemente machucados era o coronel Proctor, que lutara bravamente e a quem uma bala na virilha havia derrubado. Ele foi levado à estação junto com outros passageiros cujo estado exigia cuidados imediatos.

Mistress Aouda estava a salvo. Phileas Fogg, que não poupara esforços, não tinha sequer um arranhão. Fix machucara o braço, mas o ferimento era sem importância. No entanto Passepartout não estava lá, e lágrimas corriam dos olhos da jovem mulher.

Todos os passageiros já haviam deixado o trem. As rodas dos vagões estavam manchadas de sangue. Dos cubos e dos raios pendiam pedaços disformes de carne. Viam-se, sobre a planície branca, longos rastros vermelhos a perder de vista. Os últimos índios desapareciam ao sul, na direção do rio Republicano.

Mister Fogg, de braços cruzados, permanecia imóvel. Ele tinha uma importante decisão a tomar. Mistress Aouda, junto a ele, observava-o sem dizer palavra alguma... Ele compreendeu seu olhar. Se seu criado tivesse sido aprisionado, não deveria ele arriscar tudo para salvá-lo dos índios?

– Eu o encontrarei vivo ou morto – disse simplesmente a mistress Aouda.

– Ah! Monsieur... monsieur Fogg! – exclamou a jovem mulher, agarrando as mãos de seu companheiro, que ela cobria de lágrimas.

– Vivo! – acrescentou mister Fogg. – Se não perdermos tempo!

Com essa resolução, Phileas Fogg sacrificava-se inteiramente. Ele acabava de anunciar sua ruína. Um só dia de atraso lhe faria perder o paquete de Nova York. Sua aposta estava irrevogavelmente perdida. Entretanto, imbuído do pensamento "é meu dever!", ele não hesitou.

O capitão encarregado do forte Kearney estava lá. Seus soldados – cerca de uma centena de homens – puseram-se na defensiva, para o caso de os sioux organizarem um ataque direto contra a estação.

– Monsieur – disse mister Fogg ao capitão –, três passageiros desapareceram.

– Mortos? – perguntou o capitão.

– Mortos ou prisioneiros – respondeu Phileas Fogg. – Aí está uma incerteza que é preciso decifrar. Pretende perseguir os sioux?

– É um caso sério, monsieur – disse o capitão. – Os índios podem fugir até depois do Arkansas! Eu não poderia abandonar o forte que me foi confiado.

– Monsieur – retomou Phileas Fogg –, trata-se da vida de três homens.

– Sem dúvida... mas posso arriscar a vida de cinquenta para salvar três?

– Não sei se pode, monsieur, mas deve.

– Monsieur – respondeu o capitão –, ninguém aqui tem de me dizer qual é o meu dever.

– Que seja – disse friamente Phileas Fogg. – Irei sozinho.

– Monsieur! – exclamou Fix, que havia se aproximado. – Ir sozinho atrás dos índios?!

– Quer que eu deixe morrer esse pobre jovem, a quem todos que estão vivos aqui devem a vida? Eu irei.

– Bem, não, não irá sozinho! – exclamou o capitão, comovido contra toda a sua vontade. – Não! O senhor tem um bravo coração...! Trinta homens de boa vontade! – acrescentou, virando-se para os soldados.

Toda a companhia avançou junta. O capitão acabou tendo de escolher entre essa brava gente. Trinta soldados foram designados, e um velho sargento se pôs a comandá-los.

– Obrigado, capitão! – disse mister Fogg.

– O senhor permite que eu os acompanhe? – perguntou Fix ao *gentleman*.

– Faça como quiser, monsieur – respondeu-lhe Phileas Fogg. – Mas, se quer me fazer um favor, fique junto a mistress Aouda. Caso algo me aconteça...

Uma palidez súbita invadiu a figura do inspetor de polícia. Separar-se do homem cujos passos ele havia seguido de tão perto e com tanta persistência! Deixá-lo aventurar-se assim nesse deserto! Fix observou atentamente o *gentleman* e, fosse como fosse, apesar de suas prevenções e a despeito de seu conflito interior, baixou os olhos frente a esse olhar calmo e franco.

– Ficarei – disse ele.

Alguns instantes depois, mister Fogg apertava a mão da jovem mulher; em seguida, após lhe entregar sua preciosa sacola de viagens, partia com o sargento e sua pequena tropa.

Entretanto, antes de partir, disse aos soldados:

– Meus amigos, há mil libras para todos, se nós salvarmos os prisioneiros!

Era então meio-dia e alguns minutos.

Mistress Aouda retirou-se para um dos quartos da estação, e lá, sozinha, esperava, pensando em Phileas Fogg, nessa generosidade simples e grande, nessa coragem tranquila. Mister Fogg sacrificara sua fortuna e, agora, arriscava sua vida, tudo isso sem hesitação, por dever, sem circunlóquios. Phileas Fogg era um herói a seus olhos.

O inspetor Fix, este, não pensava assim, ele mal conseguia conter sua agitação. Ele andava febrilmente, de um lado para outro, na plataforma da estação. Por um momento subjugado, agora voltava a si. Quando Fogg partiu, ele compreendeu a estupidez que era tê-lo deixado ir. Qual! O homem que seguira ao redor do mundo, ele havia consentido em separar-se dele! Seu verdadeiro ser apoderava-se novamente de sua consciência; incriminava-se, acusava-se, tratava-se como se fosse o diretor da polícia metropolitana admoestando um agente pego em flagrante delito de ingenuidade.

"Fui inepto!", pensava. "O outro lhe dirá quem eu sou! Partiu e não voltará. Onde irei reencontrá-lo agora? Mas como pude me deixar fascinar assim, eu, Fix, eu, que tenho no bolso sua ordem de prisão? Decididamente não passo de uma besta!"

Assim raciocinava o inspetor de polícia, enquanto as horas passavam tão lentamente para o seu gosto. Ele não sabia o que fazer. Às vezes, tinha vontade de contar tudo a mistress Aouda. Porém sabia como seria recebido pela jovem mulher. Que decisão tomar? Estava tentado a atravessar as longas e brancas planícies no encalço de Fogg! Não lhe parecia impossível reencontrá-lo. Os passos do destacamento ainda estavam marcados sobre a neve...! Mas logo, sob uma nova camada, todas as pegadas sumiriam.

Assim, o desânimo apoderou-se de Fix. Ele experimentou uma insuperável vontade de largar tudo. Ora, justamente essa oportunidade de deixar a estação de Kearney e de prosseguir a viagem, tão fértil em desilusões, fora-lhe oferecida.

Com efeito, por volta das duas horas da tarde, enquanto caíam grandes flocos de neve, ouviram-se longos apitos que vinham do leste. Uma enorme sombra, precedida por uma luminosidade ocre, avançava lentamente, consideravelmente aumentada pela bruma, que lhe dava um aspecto fantástico.

No entanto, ainda não era esperado nenhum trem proveniente do leste. Os socorros reclamados pelo telégrafo não poderiam chegar tão cedo, e o trem de Omaha a San Francisco deveria passar somente no dia seguinte. As incertezas foram logo sanadas.

Essa locomotiva, que marchava lentamente, lançando grandes apitos, era aquela que, após ter sido desprendida do trem, continuara seu caminho com assustadora velocidade, levando o condutor e o maquinista desacordados. Ela correra sobre os trilhos por várias milhas; depois, seu fogo diminuíra por falta de combustível; o vapor minguara e, uma hora depois, desacelerando pouco a pouco sua marcha, a máquina parava enfim a vinte milhas da estação de Kearney.

Nem o maquinista nem o condutor haviam sucumbido, e, após um desvanecimento bastante prolongado, eles finalmente haviam voltado a si.

A máquina estava, assim, parada. Quando se viu no deserto, a locomotiva sozinha, não tendo mais vagões atrás de si, o maquinista compreendeu o que se passara. Como a locomotiva desprendera-se do trem, ele não conseguiu adivinhar, mas não era duvidoso, para ele, que o trem, tendo ficado para trás, estivesse em perigo.

O maquinista não hesitou quanto ao que deveria fazer. Continuar o percurso até Omaha era prudente; voltar até o trem que os índios talvez ainda pilhassem era perigoso... Mas não importa! Pás de carvão e madeira foram jogadas no fogo de sua caldeira, o fogo se reanimou, a pressão subiu novamente, e, por volta das duas horas da tarde, a máquina marchava em ré até a estação de Kearney. Era ela que apitava na bruma. Foi uma grande satisfação para os passageiros quando viram a locomotiva novamente à frente do trem. Poderiam continuar a viagem desgraçadamente interrompida.

Com a chegada da máquina, mistress Aouda deixara a estação e, dirigindo-se ao condutor, perguntou-lhe:

– Vai partir?

– Agora mesmo, madame.

– Mas os prisioneiros... nossos infelizes companheiros...

– Não posso interromper o serviço – respondeu o condutor. – Nós já temos três horas de atraso.

– E quando passará o próximo trem vindo de San Francisco?

– Amanhã à noite, madame.

– Amanhã à noite! Mas será tarde demais. É preciso esperar...

– É impossível – respondeu o condutor. – Se quiser partir, suba no veículo.

– Não partirei – respondeu a jovem mulher.

Fix havia escutado essa conversa. Alguns momentos antes, quando todos os meios de locomoção lhe faltavam, ele estava decidido a deixar Kearney. E agora que o trem estava lá, pronto para partir, não lhe faltando senão tomar seu assento no vagão, uma força irresistível lhe prendia ao solo. A plataforma da estação lhe queimava os pés, e ele não conseguia deixá-la. Seu conflito interno recomeçava. A cólera do insucesso o sufocava. Queria lutar até o fim.

Enquanto isso, os passageiros e alguns feridos – entre outros, o coronel Proctor, cujo estado era grave – haviam tomado seus lugares nos vagões. Ouviam-se os silvos da caldeira superaquecida, e o vapor escapava pelas válvulas. O maquinista apitou, o trem pôs-se em marcha e logo desapareceu, mesclando sua fumaça branca ao turbilhão das neves.

O inspetor Fix ficara.

Algumas horas se passaram. O tempo estava muito ruim, o frio era intenso. Fix, sentado em um banco na estação, permanecia imóvel. Parecia dormir. Mistress Aouda, apesar da ventania, saía a toda hora do quarto que havia sido colocado à sua disposição. Ela ia até a extremidade da plataforma, procurando ver através da tempestade de neve, querendo perfurar a bruma que dominava o horizonte à sua volta, procurando ouvir qualquer ruído que fosse. Mas nada. Então ela voltava ao quarto, assustada, para sair novamente alguns minutos mais tarde, sempre inutilmente.

Chegou o fim de tarde. O pequeno destacamento não estava de volta. Onde estaria neste momento? Teriam conseguido encontrar os índios? Teria havido confronto, ou os soldados, perdidos na bruma, erravam sem destino? O capitão do forte Kearney estava muito inquieto, ainda que tentasse não deixar transparecer sua inquietude.

Veio a noite, e a neve caiu menos copiosamente, mas a intensidade do frio aumentara. O olhar mais intrépido não teria podido divisar sem temor essa obscura imensidão. Um absoluto silêncio reinava sobre a planície. Nem o voo de uma ave nem a passagem de uma fera perturbava essa calma infinita.

Durante toda a noite, mistress Aouda, com o espírito cheio de pressentimentos sinistros, o coração repleto de angústias, vagou pela orla da planície. Sua imaginação a levava longe e lhe mostrava mil perigos. Não é possível exprimir o que ela sofreu durante essas longas horas.

Fix permanecia imóvel no mesmo lugar, mas também não dormia. A um dado momento, um homem se aproximara, até falara com ele, mas o agente o mandara embora após ter respondido suas palavras com um sinal negativo.

A noite correu assim. Ao amanhecer, o disco meio apagado do sol levantou-se sobre um horizonte embrumado. O alcance dos olhos, no entanto, podia estender-se até uma distância de duas milhas. Fora para o sul que Phileas Fogg e o destacamento se dirigiram... O sul estava absolutamente deserto. Eram então sete horas da manhã.

O capitão, extremamente preocupado, não sabia que decisão tomar. Deveria enviar um segundo destacamento em socorro do primeiro? Deveria sacrificar mais homens havendo tão poucas chances de salvar aqueles que já haviam sido sacrificados antes? Mas sua hesitação não durou, e, com um gesto, ele chamou um de seus tenentes, deu-lhe a ordem de fazer um reconhecimento ao sul – quando disparos eclodiram. Era um sinal?

Os soldados saíram correndo do forte, e a meia milha dali viram uma pequena tropa que voltava em boas condições.

Mister Fogg marchava à frente, e a seu lado iam Passepartout e os outros dois passageiros salvos das mãos dos sioux.

Ocorrera um confronto a dez milhas ao sul de Kearney. Poucos instantes antes da chegada do destacamento, Passepartout e seus dois companheiros lutavam já contra seus guardas, e o francês havia surrado três deles quando seu patrão e os soldados chegaram em seu socorro.

Todos, libertadores e libertos, foram acolhidos com gritos de alegria, e Phileas Fogg distribuiu aos soldados a quantia que lhes havia prometido, enquanto Passepartout repetia a si mesmo, não sem alguma razão:

– Decididamente, é preciso confessar que custo caro a meu patrão!

Fix, sem dizer coisa alguma, observava mister Fogg, e aparentemente tinha dificuldade de analisar as impressões conflitivas que surgiam dentro de si. Quanto a mistress Aouda, ela pegou a mão do *gentleman* e a apertou entre as suas sem conseguir dizer uma só palavra!

Enquanto isso, Passepartout, tão logo chegara, começou a procurar o trem na estação. Acreditava poder encontrá-lo lá pronto para correr até Omaha e esperava que pudessem ainda recuperar o tempo perdido.

– O trem, o trem! – exclamou.

– Partiu – respondeu Fix.

– E o trem seguinte, quando passará? – perguntou Phileas Fogg.

– Só à noite.

– Ah! – respondeu simplesmente o impassível *gentleman*.

XXXI. No qual o inspetor Fix leva muito a sério os interesses de Phileas Fogg

Phileas Fogg estava vinte horas atrasado. Passepartout, a causa involuntária desse atraso, encontrava-se desesperado. Ele havia decididamente arruinado seu patrão!

Nesse momento, o inspetor aproximou-se de mister Fogg e, olhando bem para o seu rosto, perguntou-lhe:

– Falando seriamente, monsieur, o senhor está com pressa?

– Muita – respondeu Phileas Fogg.

– Insisto – retomou Fix. – Tem mesmo interesse em estar em Nova York no dia 11, antes das nove horas da noite, hora de partida do paquete de Liverpool?

– Um interesse enorme.

– E se sua viagem não tivesse sido interrompida por esse ataque de índios, o senhor teria chegado a Nova York no dia 11, pela manhã?

– Sim, com doze horas de antecedência em relação ao paquete.

– Bem. O senhor tem então vinte horas de atraso. Entre vinte e doze, a diferença é de oito. São oito horas a recuperar. O senhor quer tentar recuperá-las?

– A pé? – perguntou mister Fogg.

– Não, de trenó – respondeu Fix –, de trenó a vela. Um homem me propôs esse meio de transporte.

Era o homem que havia falado com o inspetor de polícia durante a noite, e ao qual Fix recusara a oferta.

Phileas Fogg não respondeu a Fix; mas, tendo Fix lhe mostrado o homem em questão, que vagava pela estação, o *gentleman* foi até ele. Um instante depois, Phileas Fogg e esse americano chamado Mudge entravam em uma cabana construída na parte de baixo do forte Kearney.

Lá, mister Fogg examinou um veículo bastante singular, uma espécie de chassi instalado sobre duas longas vigas, um pouco levantadas na frente como o assoalho de um trenó, sobre o qual cinco ou seis pessoas poderiam se acomodar. Na parte da frente do chassi erguia-se um mastro muito alto, no qual envergava-se uma imensa vela de bergantim. Esse mastro, solidamente preso por ovéns metálicos, estendia uma escora de ferro que servia para içar uma bujarrona de grandes dimensões. Atrás, uma espécie de leme permitia que se dirigisse o aparelho.

Era, como se vê, um trenó aparelhado como uma corveta. Durante o inverno, sobre a planície congelada, quando a neve bloqueia os trens, esses veículos fazem travessias extremamente rápidas de uma estação a outra. Eles têm, além disso, um prodigioso velame – um número de velas que nem um cúter pode ter, sob pena de soçobrar – e, com o vento favorável, deslizam pela superfície das pradarias com uma velocidade igual, se não superior, à dos expressos.

Em alguns instantes, um acordo foi concluído entre mister Fogg e o dono dessa embarcação terrestre. O vento estava bom. Soprava do oeste em uma grande brisa. A neve endurecera, e Mudge garantia ser capaz de conduzir mister Fogg em poucas horas até a estação de Omaha. Lá, os trens são frequentes, e as vias que conduzem até Chicago ou Nova York, numerosas. Não era impossível recuperar o atraso. Não deveriam, portanto, hesitar em tentar essa aventura.

Mister Fogg, não querendo expor mistress Aouda às torturas de uma travessia assim desprotegida do ar frio, que a velocidade tornava ainda mais insuportável, propôs a ela que ficasse sob a proteção de Passepartout na estação de Kearney. O bravo rapaz se encarregaria de levar a moça até a Europa por uma rota melhor e em condições mais aceitáveis.

Mistress Aouda não quis separar-se de mister Fogg, e Passepartout sentiu-se muito feliz com essa determinação. Com efeito, por nada no mundo teria querido deixar seu patrão, já que Fix iria acompanhá-lo.

Quanto ao que então pensava o inspetor de polícia, seria difícil dizê-lo. Fora sua convicção abalada pelo retorno de Phileas Fogg, ou agora o tinha por um escroque extremamente resiliente que, uma vez feita sua volta ao mundo, imaginava estar em absoluta segurança na Inglaterra? Talvez a opinião de Fix a respeito de Phileas Fogg tivesse sido de fato modificada. Porém ele não estava menos decidido a cumprir seu dever e, mais impaciente que todos, a apressar por todos os meios de que dispunha o retorno à Inglaterra.

Às oito horas, o trenó estava pronto para partir. Os passageiros – poder-se-ia dizer os navegantes – acomodaram-se e protegeram-se rigorosamente em suas cobertas de viagem. As duas imensas velas foram içadas, e, sob a impulsão do vento, o veículo corria sobre a neve endurecida com uma velocidade de quarenta milhas por hora.

A distância que separa o forte Kearney de Omaha é, em linha reta – a voo de abelha, como dizem os americanos –, de no máximo duzentas milhas. Se o vento se mantivesse, essa distância poderia ser vencida em cinco horas. Se nenhum incidente ocorresse, à uma hora da tarde o trenó já deveria ter alcançado Omaha.

Que travessia! Os passageiros, apertados uns contra os outros, não conseguiam conversar. Intensificado pela velocidade, o frio lhes teria cortado a palavra. O trenó deslizava tão levemente sobre a superfície da planície quanto uma embarcação sobre a superfície das águas – mas sem o marulho. Quando o vento vinha rasando a terra, parecia que o trenó havia sido levantado do chão por suas velas, vastas asas de uma imensa envergadura. Mudge, no leme, mantinha-se em linha reta e, com pequenas manobras, retificava as guinadas que o aparelho tendia a fazer. Todos os panos foram desfraldados. A bujarrona não estava mais protegida pelos bergantins. A vela da gávea foi içada, e uma mezena, enfunada com o vento, somou sua capacidade de impulsão à das outras. Não era possível estimar matematicamente, mas com certeza a velocidade do trenó não deveria ser menor do que quarenta milhas por hora.

– Se não der nenhuma pane – disse Mudge –, chegaremos lá!

E Mudge tinha interesse de chegar no prazo convencionado, pois mister Fogg, fiel a seu sistema, havia-o seduzido com uma grande recompensa.

A pradaria, que o trenó cortava em linha reta, era plana como um mar. Dir-se-ia um imenso lago de gelo. A estrada de ferro que percorria esse território avançava, do sudoeste ao noroeste, por Grand Island, Columbus, importante cidade de Nebraska, Schuyler, Fremont, e depois Omaha. Seguia durante todo o seu percurso a margem direita do rio Platte. O trenó, atalhando essa rota, formava a corda do arco descrito pela estrada de ferro. Mudge não temia ser atrasado pelo rio Platte, por causa dessa pequena curva que ele faz antes de Fremont, já que suas águas estavam congeladas. O caminho permanecia inteiramente livre de obstáculos, e Phileas Fogg tinha apenas duas circunstâncias a temer: uma avaria no aparelho e uma mudança ou um esmorecimento do vento.

No entanto, a brisa não amainava. Ao contrário, ela soprava até vergar o mastro, que os ovéns de ferro seguravam solidamente. Esses cabos metálicos, semelhantes às cordas de um instrumento, ressoavam como se o arco de um violino provocasse as suas vibrações. O trenó se elevava em meio a uma harmonia chorosa, de uma intensidade toda particular.

– Essas cordas soam como a quinta e a oitava – disse mister Fogg.

E essas foram as únicas palavras pronunciadas por ele durante a travessia. Mistress Aouda, cuidadosamente entrouxada nos casacos de pele e nas cobertas de viagem, estava, tanto quanto possível, protegida das investidas do frio.

Quanto a Passepartout, a face vermelha como o sol quando se põe nas brumas, aspirava esse ar intenso. Com o fundo de imperturbável confiança que tinha, colocara-se a esperar. Em vez de chegarem a Nova York de manhã, chegariam à noite, mas ainda havia alguma chance de que fosse antes da partida do paquete de Liverpool.

Passepartout sentira até mesmo um forte desejo de apertar a mão de seu aliado Fix. Não esquecia de que fora o próprio inspetor que conseguira o trenó a vela e, consequentemente, conseguira o único meio possível de chegar a Omaha a tempo. Entretanto, por não se sabe que pressentimento, mantinha-se em sua reserva costumeira.

Em todo caso, uma coisa de que Passepartout não se esqueceria jamais era o sacrifício que mister Fogg fizera, sem hesitar, para salvá-lo dos sioux. Com isso, mister Fogg arriscara sua fortuna e sua vida... Não! Seu criado não se esqueceria disso jamais!

Enquanto cada um dos passageiros se deixava levar por reflexões tão diversas, o trenó voava sobre um imenso tapete de neve. Se passava por alguns riachos, afluentes ou subafluentes do rio Little Blue, não era perceptível. Os campos e os cursos d'água desapareciam sob uma alvura uniforme. A planície estava absolutamente deserta. Compreendida

192

entre a Union Pacific Road e o ramal que une Kearney a Saint Joseph, ela formava uma espécie de ilha desabitada. Não havia um só vilarejo, uma só estação, nem mesmo um só forte. De tempos em tempos, via-se passar como um clarão alguma árvore distorcida, cujo branco esquelético se misturava com a brisa. Por vezes também alguns lobos das estepes, em bandos numerosos, magros, famintos, movidos por uma necessidade feroz, tentavam correr ao lado do trenó. Então Passepartout, revólver à mão, mantinha-se pronto a disparar contra os mais próximos. Se, então, algum acidente tivesse feito parar o trenó, os passageiros, atacados por esses carnívoros ferozes, teriam corrido os maiores riscos. Contudo o trenó aguentava firme, não tardava a tomar a dianteira, e logo todo o bando uivante ficava para trás.

Ao meio-dia, Mudge avistou alguns indícios de que passavam pelo curso congelado do rio Platte. Não disse nada, mas estava seguro de que, vinte milhas adiante, teria já alcançado a estação de Omaha.

E, com efeito, não era ainda uma hora quando o hábil guia, abandonando o timão, foi até as adriças e as recolheu, enquanto o trenó, levado ainda por seu irresistível impulso, seguia por mais meia milha com as velas recolhidas. Finalmente parou, e Mudge, mostrando um apanhado de panos esbranquiçados de neve, disse:

– Chegamos.

Chegaram! Chegaram, com efeito, a essa estação que, por meio de diversos trens, está cotidianamente em comunicação com o leste dos Estados Unidos!

Passepartout e Fix saltaram e sacudiram seus membros dormentes. Ajudaram mister Fogg e a jovem mulher a descer do trenó. Phileas Fogg entendeu-se generosamente com Mudge, de quem Passepartout apertou a mão como se este fosse um amigo, e todos seguiram até a estação de Omaha.

É nessa importante cidade de Nebraska que termina a estrada de ferro do Pacífico propriamente dita, a qual põe a bacia do Mississippi em comunicação com o oceano Pacífico. Para ir de Omaha a Chicago, a estrada de ferro, sob o nome de Chicago Rock Island Road, corre diretamente para o leste, ligando cinquenta estações.

Um trem direto estava pronto para partir. Phileas Fogg e seus companheiros tiveram apenas o tempo de precipitar-se até um vagão. Nada viram de Omaha, mas Passepartout admitiu a si mesmo que não era razão para lamentar, e que não se tratava de vê-la ou não.

Com extrema velocidade, o trem cruzou o estado de Iowa, passando por Council Bluffs, Des Moines, Iowa City. Durante a noite, atravessou o Mississippi até Davenport e entrou em Illinois por Rock Island. No dia seguinte, 10, às quatro horas da tarde, chegava a Chicago, já reerguida de suas ruínas, e mais orgulhosamente assentada que nunca às margens de seu belo lago Michigan.

Novecentas milhas separam Chicago de Nova York. Não faltam trens em Chicago. Mister Fogg passou imediatamente de um a outro. A irrequieta locomotiva da Pittsburgh – Fort Wayne – Chicago Railroad partiu a toda velocidade como se tivesse compreendido que o respeitável *gentleman* não tinha tempo a perder. Ela atravessou como um raio Indiana, Ohio, Pensilvânia, Nova Jersey, passando por cidades de nomes antigos, em algumas das quais havia ruas e bondes, mas não casas. Enfim o Hudson apareceu, e no dia 11 de dezembro, às 23h15, o trem parou na estação, sobre a margem direita do rio, em frente ao píer dos vapores da linha Cunard, também chamada British and North American Royal Mail Steam Packet Co.

O *China*, com destino a Liverpool, partira havia quarenta e cinco minutos!

XXXII. No qual Phileas Fogg trava uma luta direta contra a má sorte

Partindo, o *China* parecia ter levado consigo a última esperança de Phileas Fogg.

Com efeito, nenhum dos outros paquetes que fazem a conexão direta entre a América e a Europa, nem os transatlânticos franceses, nem os navios da White Star Line, nem os vapores da Companhia Imman, nem aqueles da linha Hambourgeoise, nem quaisquer outros poderiam ser úteis aos desígnios do *gentleman*.

Com efeito, o *Pereire*, da Companhia Transatlântica Francesa – cujas admiráveis embarcações igualam em velocidade e superam em conforto todos os das outras linhas, sem exceção –, partiria apenas três dias depois, em 14 de dezembro. E, além disso, assim como aqueles da companhia hamburguesa, não iria diretamente a Liverpool ou a Londres, mas a Havre, e essa travessia suplementar de Havre a Southampton, retardando Phileas Fogg, teria anulado seus últimos esforços.

Quanto aos paquetes Imman – dos quais um, o *City of Paris*, partiria no dia seguinte –, nem pensar. Esses navios são particularmente destinados ao transporte de emigrantes, suas máquinas são fracas, navegam tanto a vela quanto a vapor, e a uma velocidade medíocre. Eles empregam mais tempo nessa travessia de Nova York à Inglaterra que o tempo que restava a mister Fogg para ganhar a aposta.

De tudo isso o *gentleman* foi detalhadamente informado ao consultar seu *Bradshaw*, que lhe dava, para cada dia específico, os movimentos da navegação transoceânica.

Passepartout estava arrasado. Ter perdido o paquete por quarenta e cinco minutos, isso o matava. Era sua culpa, só dele, que, em vez de ajudar seu patrão, não parava de criar obstáculos em seu caminho! E, quando rememorava todos os incidentes da viagem, quando calculava os valores simplesmente perdidos ou gastos apenas por sua causa, quando imaginava que essa enorme aposta, somada aos gastos consideráveis dessa viagem agora inútil, arruinava completamente mister Fogg, Passepartout cobria-se de injúrias.

Mister Fogg não lhe fez, no entanto, nenhuma censura, e, deixando o píer dos paquetes transatlânticos, disse-lhe apenas estas palavras:

– Pensaremos sobre isso amanhã. Vamos.

Mister Fogg, mistress Aouda, Fix e Passepartout atravessaram o Hudson no *Jersey City Ferryboat* e subiram em um fiacre, que os conduziu ao hotel Saint Nicholas, na Broadway. Os quartos foram postos à sua disposição, e a noite passou, curta para Phileas Fogg, que dormia um sono perfeito, mas bem longa para mistress Aouda e seus companheiros, aos quais a agitação não permitiu que repousassem.

O dia seguinte era 12 de dezembro. Do dia 12, às sete horas da manhã, até o dia 21, às 20h45, havia nove dias, treze horas e quarenta e cinco minutos. Se, portanto, Phileas Fogg tivesse partido na véspera com o *China*, um dos mais rápidos da linha Cunard, teria chegado a Liverpool, e depois a Londres, no tempo desejado!

Mister Fogg deixou o hotel sozinho, depois de recomendar ao criado que o esperasse e pedir a mistress Aouda que ficasse pronta para partir a qualquer momento.

Mister Fogg dirigiu-se às margens do Hudson e, entre os navios ancorados ou amarrados ao cais, procurou com atenção os que estavam prontos para partir. Várias embarcações estavam com o guião de partida e se preparavam para encarar o mar e a sua maré matutina, pois, nesse imenso e admirável porto de Nova York, não passa um só dia em que cem navios não partam para todos os lugares do mundo; mas a maior parte era de embarcações a vela, que não serviam a Phileas Fogg.

Parecia que o *gentleman* iria falhar em sua última tentativa quando este avistou, ancorado em frente à bateria, a no máximo duzentos metros, um navio comercial movido a hélice, de formas finas, cuja chaminé, deixando escapar grandes esferas de fumaça, indicava que se preparava para partir.

Phileas Fogg chamou uma canoa, embarcou nela e, algumas remadas depois, encontrava-se na escada do *Henrietta*, vapor de casco de ferro, mas com os altos em madeira.

O capitão do *Henrietta* estava a bordo. Phileas Fogg subiu ao convés e chamou por ele. Este apresentou-se imediatamente.

Era um homem de cinquenta anos, uma espécie de lobo do mar, um rabugento que não deveria ser simpático. Olhos grandes, da cor de um cobre oxidado, cabelos ruivos, parrudo – nada do aspecto de um homem comum.

– O capitão? – perguntou mister Fogg.

– Sou eu.

– Sou Phileas Fogg, de Londres.

– E eu, Andrew Speedy, de Cardiff.

– Vai partir...?

– Em uma hora.

– Leva a carga até...

– Bordeaux.

– E que leva de carga?

– Pedras. Não há frete. Estou partindo em lastro.

– Há passageiros?

– Sem passageiros. Nunca passageiros. Mercadoria que incomoda e que questiona.

– O navio marcha bem?

– Entre onze e doze nós. O *Henrietta*, bem conhecido.

– Quer me transportar até Liverpool, eu e mais três pessoas?

– A Liverpool? Por que não à China?

– Digo Liverpool.

– Não!

– Não?

– Não. Estou partindo para Bordeaux, e vou a Bordeaux.

– Não importa a que preço?

– Não importa a que preço.

O capitão falara em um tom que não admitia réplica.

– Mas os armadores do *Henrietta*... – retomou Phileas Fogg.

– Os armadores sou eu – respondeu o capitão. – O navio me pertence.

– Eu o alugo.

– Não.

– Eu o compro.

– Não.

Phileas Fogg permaneceu impassível. No entanto, a situação era grave. Nova York não era como Hong Kong, e o capitão do *Henrietta* não era como o dono da *Tankadère*. Até aqui o dinheiro do *gentleman* sempre triunfara sobre os obstáculos. Dessa vez, o dinheiro fracassava.

Entretanto era preciso encontrar um meio de atravessar o Atlântico a barco – a menos que o atravessassem de balão, o que seria aventuroso demais, e, aliás, inexequível.

Pareceu, todavia, que Phileas Fogg havia tido uma ideia, pois disse ao capitão:

– Bem, quer me levar até Bordeaux?

– Não, nem que me pagasse duzentos dólares!

– Ofereço dois mil (dez mil francos).

– Por pessoa?

– Por pessoa.

– E são quatro?

– Quatro.

O capitão Speedy começou a coçar a testa como se quisesse arrancar a sua pele. Para ganhar oito mil dólares, sem modificar sua viagem, até valia a pena que pusesse de lado sua pronunciada antipatia a toda espécie de passageiro. Passageiros a dois mil dólares, aliás, já não são passageiros, são preciosas mercadorias.

– Parto às nove horas – disse simplesmente o capitão Speedy. – O senhor e seus companheiros estarão aqui...?

– Às nove horas, estaremos a bordo! – respondeu não menos simplesmente mister Fogg.

Eram oito e meia. Desembarcar do *Henrietta*, subir em um carro, ir ao hotel Saint Nicholas, trazer até ali mistress Aouda, Passepartout e mesmo o inseparável Fix, ao qual oferecia com graciosidade a passagem, isso tudo foi feito pelo *gentleman* com a calma que não o abandonava em nenhuma circunstância.

No momento em que o *Henrietta* se preparava para partir, todos os quatro estavam a bordo.

Quando Passepartout descobriu quanto custaria essa última travessia, soltou um desses "Oh!" prolongados, que percorrem todos os intervalos da escala cromática descendente!

Quanto ao inspetor Fix, este disse a si mesmo que o Banco da Inglaterra decididamente não sairia desse caso sem prejuízos. Com efeito, chegando e admitindo que o senhor Fogg não jogasse mais um punhado de dinheiro ao mar, mais de sete mil libras (cento e setenta e cinco mil francos) estariam faltando na sacola de dinheiro!

XXXIII. Onde Phileas Fogg se mostra à altura das circunstâncias

Uma hora depois, o vapor *Henrietta* passava o navio-farol que marca a entrada do Hudson, contornava a ponta de Sandy Hook e caía no mar. Durante a jornada, costeou Long Island, ao largo das luzes de Fire Island, e seguiu rapidamente para o leste.

No dia seguinte, 13 de dezembro, ao meio-dia, um homem subiu ao passadiço para determinar a posição do navio. Claro, poder-se-ia suspeitar que o homem fosse o capitão Speedy. Mas não! Era Phileas Fogg, escudeiro.

Quanto ao capitão Speedy, ele encontrava-se simplesmente fechado à chave em sua cabine, e soltava uivos que denotavam uma cólera, bem perdoável, elevada ao paroxismo.

O que se passara era bem simples. Phileas Fogg queria ir a Liverpool, o capitão não queria levá-lo até lá. Então Phileas Fogg aceitara seguir até Bordeaux e, depois de trinta horas a bordo, havia manipulado tão bem com sua sacola de dinheiro, que a equipagem – os marinheiros e foguistas, equipagem um pouco suspeita, talvez contrabandista, que não tinha uma boa relação com o capitão – já lhe pertencia. Eis por que Phileas Fogg ocupara o lugar do capitão Speedy, por que o capitão estava encerrado em sua cabine, e por que, enfim, o *Henrietta* dirigia-se a Liverpool. Além disso, ficava claro, ao ver mister Fogg manobrar, que ele havia sido um marinheiro.

Agora, como acabaria a aventura, saberemos mais tarde. Mistress Aouda, todavia, não deixava de estar inquieta, sem nada dizer. Fix, este, estava antes de tudo estupefato. Quanto a Passepartout, julgava a coisa simplesmente adorável.

"Entre onze e doze nós", dissera o capitão Speedy, e, de fato, o *Henrietta* se mantinha nesta média de velocidade.

Se, então – quantos "se"! –, se o mar não ficasse muito ruim, se o vento leste não mudasse bruscamente, se não sobreviesse nenhuma avaria à embarcação, nenhum acidente com a máquina, o *Henrietta*, durante os nove dias contados de 12 de dezembro a 21, poderia atravessar as três mil milhas que separam Nova York de Liverpool. É verdade que, uma vez que chegasse lá, o caso do *Henrietta* ligando-se ao caso do banco, o *gentleman* poderia ser levado um pouco mais longe do que gostaria.

Durante os primeiros dias, a navegação se fez em excelentes condições. O mar não estava tão difícil; o vento parecia fixado ao nordeste; as velas foram desfraldadas e, com elas, o *Henrietta* marchava como um verdadeiro transatlântico.

Passepartout estava encantado. A última proeza de seu patrão, em cujas consequências ele não queria pensar, entusiasmava-o. A equipagem nunca havia visto um jovem mais alegre, mais ágil. Falava muito amigavelmente com os marinheiros e os encantava com seus truques de equilibrista. Gastava com eles os melhores adjetivos e as mais atraentes bebidas. Para ele, manobravam como *gentlemen*, e os fogueiros fogueavam como heróis. Seu bom humor, muito comunicativo, impregnava-se em todos. Havia esquecido o passado, os aborrecimentos, os perigos. Pensava apenas nessa meta, tão próxima de ser cumprida, e às vezes fervia de impaciência, como se tivesse sido aquecido pela fornalha do *Henrietta*. Frequentemente, também, o bravo jovem aproximava-se de Fix; olhava-o de um jeito que "dizia muito", mas não lhe falava nada, pois já não existia nenhuma intimidade entre os dois antigos amigos.

Além disso, Fix, é preciso dizer, já não compreendia nada! A conquista do *Henrietta*, a compra de sua equipagem, Fogg manobrando como um marinheiro consumado, todo esse estado de coisas o aturdia. Não sabia mais que pensar! Mas, afinal de contas, um *gentleman* que começava roubando cinquenta e cinco mil libras podia muito bem terminar roubando uma embarcação. E Fix foi naturalmente levado a crer que o *Henrietta*, dirigido por Fogg, não ia de modo algum a Liverpool, mas a algum lugar do mundo em que o ladrão, agora pirata, ficaria tranquilamente em segurança! Essa hipótese, é preciso admitir, não poderia ser mais plausível, e o detetive começou a lamentar seriamente ter embarcado nesse caso.

Quanto ao capitão Speedy, ele continuava a uivar em sua cabine, e Passepartout, encarregado de alimentá-lo, não o fazia senão tomando as maiores precauções, por mais vigoroso que fosse. Mister Fogg, este, não parecia sequer lembrar que havia um capitão a bordo.

No dia 13, passaram pela cauda dos bancos de areia de Terra Nova. Lá não é uma boa paragem. Durante o inverno, sobretudo, as brumas são frequentes, e as rajadas de vento, assustadoras. Desde a véspera o barômetro baixara bruscamente, o que fazia pressentir uma mudança iminente na atmosfera. Durante a noite, com efeito, a temperatura mudou, o frio tornou-se mais intenso e, ao mesmo tempo, o vento saltou para o sudeste.

Era um contratempo. Mister Fogg, a fim de não se afastar de sua rota, precisou recolher as velas e forçar o vapor. No entanto a marcha do navio desacelerou, dado o estado do mar, cujas longas ondas batiam contra seu casco. Sofria com movimentos de arfagem muito violentos, e isso em prejuízo de sua velocidade. A brisa virava pouco a pouco furacão, e já previa-se a possibilidade de o *Henrietta* não poder mais manter a proa acima das ondas. Ora, se fosse preciso mudar de rota, estariam em território desconhecido, e com todos os infortúnios que o acompanham.

A expressão de Passepartout se fechou ao mesmo tempo que o céu, e, durante dois dias, o bravo jovem sofreu com transes mortais. Mas Phileas Fogg era um marinheiro audacioso, que sabia enfrentar o mar, e continuou avançando sem mesmo desacelerar muito o vapor. O *Henrietta*, quando não conseguia manter a proa acima das ondas, atravessava-as, e seu convés era varrido fortemente pelo mar, mas ela passava. Algumas vezes, também, a hélice emergia, batendo no ar com suas pás enlouquecidas, quando uma montanha de água levantava a popa, mas o navio seguia sempre.

O vento, todavia, não se intensificou tanto quanto se poderia temer. Não foi um desses furacões que passam com uma velocidade de noventa milhas por hora. Manteve-se a uma velocidade tolerável, mas infelizmente soprou obstinadamente do sudeste e não permitiu que os panos fossem soltos. No entanto, como veremos, teria sido bem útil que o vento viesse ajudar o vapor!

O dia 16 de dezembro era o septuagésimo quinto desde a partida de Londres. Em suma, o *Henrietta* ainda não estava com nenhum atraso inquietante. Praticamente metade da travessia já havia sido feita, e as piores paragens já haviam sido ultrapassadas. No verão, estariam certos do sucesso. No inverno, estavam à mercê da estação. Passepartout nem se pronunciava. No fundo, tinha esperanças, e, se o vento se ausentasse, ao menos contava com o vapor.

Ora, nesse dia o maquinista subira ao convés, encontrara mister Fogg e com ele conversara alvoroçadamente.

Sem saber por quê – por um pressentimento, sem dúvida –, Passepartout sentiu uma vaga inquietude. Teria dado uma de suas orelhas para ouvir com a outra o que estava sendo dito. No entanto, pôde compreender algumas palavras, estas, entre outras, pronunciadas por seu patrão:

– Está certo do que diz?

– Estou, monsieur – respondeu o maquinista. – Não esqueça que, desde que partimos, estamos com todas as fornalhas acesas, e que, se nós tínhamos carvão suficiente para ir de Nova York a Bordeaux com a velocidade controlada, não temos carvão suficiente para ir de Nova York a Liverpool a todo vapor!

– Pensarei sobre isso – respondeu mister Fogg.

Passepartout havia compreendido. Foi tomado por uma inquietude mortal.

O carvão iria acabar!

– Ah! Se meu patrão sair dessa – disse a si mesmo –, será um homem famoso!

E, tendo encontrado Fix, não se pôde impedir de colocá-lo a par da situação.

– Então – respondeu-lhe o agente rangendo os dentes –, acredita que estamos indo a Liverpool!

– Mas é claro!

– Imbecil! – respondeu o inspetor, que foi embora dando de ombros.

Passepartout esteve próximo de incomodar-se vivamente com o qualificativo, do qual não conseguia, aliás, compreender o verdadeiro significado; mas disse a si mesmo que o desafortunado Fix devia estar muito desapontado, muito atingido em seu amor-próprio, depois de ter tão desastradamente perseguido uma falsa pista ao redor do mundo, e relevou a ofensa.

E agora, que decisão tomaria Phileas Fogg? Era difícil de imaginar. No entanto parece que o fleumático *gentleman* havia tomado alguma, pois nessa noite mesma mandou chamar o maquinista e lhe disse:

– Atice o fogo e siga a rota até o esgotamento completo do combustível.

Alguns instantes depois, a chaminé do *Henrietta* vomitava torrentes de fumaça.

O navio, dessa forma, continuou a viagem a todo vapor; mas, assim como o havia anunciado, dois dias mais tarde, 18, o maquinista fez saber que faltaria carvão naquele dia.

– Não deixemos o fogo baixar – respondeu mister Fogg. – Ao contrário. Forcemos as válvulas.

Nesse dia, por volta do meio-dia, depois de calcular a altura do sol, Phileas Fogg chamou Passepartout e lhe deu a ordem de buscar o capitão Speedy. Fora como se tivessem mandado esse bravo jovem ir soltar um tigre, e este desceu a duneta dizendo:

– Certamente estará enfurecido!

Com efeito, alguns minutos depois, entre gritos e injúrias, uma bomba chegava à duneta. Essa bomba era o capitão Speedy, e era evidente que iria explodir.

– Onde estamos? – foram as primeiras palavras que pronunciou, por entre arfadas de cólera, dando sinais de uma apoplexia da qual talvez nunca se curasse. – Onde estamos? – repetiu, com a face vermelha.

– A setecentas e setenta milhas de Liverpool (trezentas léguas) – respondeu mister Fogg com uma calma imperturbável.

– Pirata! – exclamou Andrew Speedy.

– Mandei chamá-lo, monsieur...

– Corsário!

– ...monsieur – retomou Phileas Fogg –, para pedir que me venda seu navio.

– Não! Por nada no mundo, não!

– É que serei obrigado a queimá-lo.

– Queimar meu navio!

– Sim, pelo menos seus altos, pois ficamos sem combustível.

– Queimar meu navio! – exclamou o capitão Speedy, que não conseguia nem pronunciar as sílabas. – Um navio que vale cinquenta mil dólares (duzentos e cinquenta mil francos)!

– Pois aqui estão sessenta mil (trezentos mil francos)! – respondeu Phileas Fogg, oferecendo ao capitão um maço de notas.

Isso teve um efeito prodigioso sobre Andrew Speedy. Não se é americano sem que a visão de sessenta mil dólares lhe cause certa emoção. O capitão esqueceu em um instante sua cólera, seu aprisionamento, todas as suas mágoas do passageiro. Seu navio tinha vinte anos. Isso poderia ser uma oportunidade de ouro...! A bomba já não explodiria mais. Mister Fogg havia arrancado o pavio.

– E o casco de ferro ficará comigo – disse ele em um tom singularmente meloso.

– O casco de ferro e a máquina, monsieur. Combinado?

– Combinado.

E Andrew Speedy, pegando o maço de notas, contou-as e fê-las desaparecer em seu bolso.

Durante essa cena, Passepartout ficara branco. Quanto a Fix, quase teve um aneurisma. Quase vinte mil libras desembolsadas, e esse Fogg ainda abandonava ao vendedor o casco e a máquina, isto é, quase o valor total do navio! Mas é verdade que a soma roubada do banco era de cinquenta e cinco mil libras.

E quando Andrew Speedy terminou de pôr o dinheiro no bolso, mister Fogg lhe disse:

– Monsieur, que tudo isso não o perturbe. Saiba que perco vinte mil libras se não estiver de volta a Londres no dia 21 de dezembro, às 20h45. Ora, eu havia perdido o paquete de Nova York, e como o senhor se recusava a me levar a Liverpool...

– E fiz bem, diabos! – exclamou Andrew Speedy. – Já que assim ganhei ao menos quarenta mil dólares.

E depois, mais calmamente, arrematou:

– Sabe de uma coisa, capitão...?

– Fogg.

– Capitão Fogg, bem, há algo de ianque no senhor.

E depois de ter feito a seu passageiro o que acreditava ser um elogio, estava indo embora quando Phileas Fogg lhe disse:

– Agora o navio me pertence?

– Certamente. Da quilha à ponta dos mastros. Tudo aquilo que se entende como "madeira".

– Bem. Mande demolir os cômodos interiores e use os restos para aquecer as fornalhas.

Imagina-se quanto foi preciso consumir dessa madeira seca para manter o vapor com suficiente pressão. Nesse dia, a duneta, parte do convés, as cabines, os alojamentos, o convés inferior, tudo se foi.

No dia seguinte, 19 de dezembro, queimaram a mastreação e todas as peças reservas. Cortaram e diminuíram os mastros com golpes de machado. A equipagem trabalhava com um zelo incrível. Passepartout, talhando, cortando, serrando, fazia o trabalho de dez homens. Era um furor de demolição.

No dia seguinte, 20, a pavesada, os escudos, as obras mortas, a maior parte do convés foram devorados. O *Henrietta* já não era mais que uma embarcação baixa como um pontão.

Porém, nesse dia, avistaram a costa da Irlanda e as luzes de Fastnet.

Todavia, às dez horas da noite, o navio estava ainda em Queenstown. Phileas Fogg só tinha vinte e quatro horas para chegar a Londres! Ora, esse era o tempo que faltava ao *Henrietta* para alcançar Liverpool – mesmo seguindo a todo vapor. E vapor era o que faltava ao audacioso *gentleman*!

– Monsieur – disse-lhe então o capitão Speedy, que acabara se interessando por seus projetos –, realmente sinto muito. Tudo está contra o senhor! Estamos apenas chegando a Queenstown.

– Ah! – fez mister Fogg. – São de Queenstown estas luzes que vemos?

– Sim.

– Podemos entrar no porto?

– Não antes de três horas. Com a maré cheia somente.

– Esperemos! – respondeu tranquilamente Phileas Fogg, sem deixar ver em seu rosto que, graças a uma inspiração suprema, iria tentar vencer uma vez mais a falta de sorte!

Com efeito, Queenstown é um porto da costa da Irlanda no qual os transatlânticos que vêm dos Estados Unidos deixam as malas postais, que são levadas a Dublin por expressos sempre prontos para partir. De Dublin, chegam a Liverpool por vapores muito velozes – vencendo por doze horas os navios das companhias marítimas.

As doze horas que ganhava o correio da América, Phileas Fogg as pretendia ganhar também. Em vez de chegar a Liverpool com o *Henrietta* no dia seguinte à tarde, estaria lá ao meio-dia e, em consequência, haveria tempo para estar em Londres antes das 20h45.

Por volta da uma hora da manhã, o *Henrietta* entrava no porto de Queenstown, e Phileas Fogg, após ter recebido um vigoroso aperto de mão do capitão Speedy, deixava-o com a carcaça arrasada de seu navio, que ainda valia metade do valor pelo qual o tinha vendido!

Os passageiros desembarcaram imediatamente. Fix, neste momento, teve a ideia feroz de prender o senhor Fogg. Ele não o fez, no entanto! Por quê? Que conflito se dava em seu íntimo? Mudara de opinião quanto a mister Fogg? Compreendera que se enganara? Todavia Fix não abandonou mister Fogg. Com ele, com mistress Aouda, com Passepartout, que não perdia tempo nem para respirar, subia no trem de Queenstown à uma e meia da madrugada, chegava a Dublin ao nascer do sol, e embarcava imediatamente em um desses vapores – máquinas que eram verdadeiros fusos de aço – que, desdenhando da ideia de passar por cima das ondas, atravessam-nas invariavelmente.

Às onze e quarenta do dia 21 de dezembro, Phileas Fogg desembarcava enfim no cais de Liverpool. Estava a apenas seis horas de Londres.

Contudo, neste momento, Fix se aproximou, pôs a mão sobre seus ombros e, exibindo o mandado, disse:

– O senhor é Phileas Fogg?

– Sim, monsieur.

– Em nome da rainha, o senhor está preso!

XXXIV. Que oferece a Passepartout a oportunidade de fazer um jogo de palavras atroz, mas talvez inédito

Phileas Fogg estava na prisão. Fora detido no posto de Custom House, a alfândega de Liverpool, e lá devia passar a noite, esperando sua transferência para Londres.

No momento da prisão, Passepartout quisera jogar-se sobre o detetive. Policiais o contiveram. Mistress Aouda, assustada com a brutalidade do fato e sem saber de coisa alguma, nada podia compreender. Passepartout lhe explicou a situação. Mister Fogg, este honesto e corajoso *gentleman*, ao qual ela devia a vida, fora preso como se fosse um ladrão. A jovem mulher protestou contra tal alegação, indignou-se profundamente, e lágrimas escorreram de seus olhos quando viu que não podia fazer nada, tentar nada, para salvar seu salvador.

Quanto a Fix, havia prendido o *gentleman* porque seu dever lhe ordenava que o prendesse, fosse culpado ou não. A justiça o decidiria.

Mas então um pensamento veio a Passepartout, o pensamento terrível de que era decididamente ele a causa de toda essa infelicidade! Com efeito, por que escondera essa peripécia de mister Fogg? Quando Fix relevara sua qualidade de inspetor de polícia e a missão da qual estava encarregado, por que tomara a decisão de não avisar seu patrão? Este, prevenido, teria sem dúvida dado a Fix provas de sua inocência; ter-lhe--ia demonstrado seu erro; em todo caso, não teria transportado às suas próprias custas, e no seu encalço, este infausto agente, cuja primeira providência havia sido a de prendê-lo, tão logo puseram os pés no Reino Unido. Ao pensar em seus erros, suas imprudências, o pobre jovem fora tomado por irresistíveis remorsos. Ele chorava, dava pena de ver, estava a ponto de matar-se!

Mistress Aouda e ele ficaram, apesar do frio, sob o peristilo da alfândega. Não queriam nem um nem outro deixar o lugar. Queriam rever uma vez mais mister Fogg.

Quanto a este *gentleman*, estava simples e irrevogavelmente arruinado, e isso no momento mesmo em que iria cumprir seu objetivo. Essa detenção o derrotava sem volta. Tendo chegado às 11h40 em Liverpool, no dia 21 de dezembro, tinha até as 20h45 para se apresentar no Reform Club, ou seja, nove horas e quarenta e cinco minutos – e não precisava de mais que seis horas para chegar a Londres.

Nesse momento, quem tivesse entrado no posto da alfândega teria encontrado mister Fogg imóvel, sentado em um banco de madeira, sem cólera, imperturbável. Resignado não é possível dizer, mas, ao menos em aparência, este último golpe não conseguira abalá-lo. Teria se formado em seu íntimo uma dessas iras secretas, terríveis porque contidas, que estouram apenas no último momento com uma força irresistível? Não se sabe. No entanto Phileas Fogg estava lá, calmo, esperando... o quê? Conservava alguma esperança? Acreditava ainda em seu sucesso, quando a porta da prisão estava fechada para ele?

De qualquer maneira, mister Fogg havia cuidadosamente colocado seu relógio sobre uma mesa e observava seus ponteiros se movendo. Nenhuma palavra escapava de seus lábios, mas seu olhar tinha uma firmeza singular.

Em todo caso, a situação era terrível, e, para quem não podia ler sua consciência, ela se resumia assim:

Homem honesto, Phileas Fogg estava arruinado.

Homem desonesto, ele estava preso.

Estaria ele pensando em salvar-se? Pensou em averiguar se o posto apresentava alguma saída praticável? Pensou em fugir? Ficaríamos tentados em acreditar que sim, pois, em certo momento, ele deu uma volta pelo aposento. Porém a porta estava solidamente trancada e a janela, protegida com barras de ferro. Ele então sentou-se e tirou de sua carteira o itinerário de sua viagem. Sobre a linha que continha estas palavras "21 de dezembro, sábado, Liverpool", acrescentou: "Octogésimo dia, 11h40 da manhã", e esperou.

Soou uma hora da tarde no relógio de Custom House. Mister Fogg constatou que seu relógio estava dois minutos adiantados em relação a ele.

Duas horas! Admitindo que ele subisse neste momento em um expresso, poderia ainda chegar a Londres e ao Reform Club antes das 20h45. Sua testa ficou levemente franzida...

Às 14h33, um barulho ecoou do lado de fora. Um ruído de portas que se abriam. Ouvia-se a voz de Passepartout, ouvia-se a voz de Fix.

O olhar de Phileas Fogg brilhou por um instante.

A porta do posto se abriu, e ele viu mistress Aouda, Passepartout e Fix, que se precipitavam em sua direção.

Fix estava sem fôlego, os cabelos desalinhados... Não conseguia falar!

– Monsieur – balbuciou –, monsieur... Perdão... Uma semelhança deplorável... Ladrão preso há três dias... Está... livre...!

Phileas Fogg estava livre! Ele foi até o detetive. Olhou-o bem nos olhos e, fazendo o único movimento rápido que jamais fizera em sua vida, e que jamais sentira necessidade de fazer, levou seus dois braços para trás e, em seguida, com a precisão de um autômato, bateu com seus dois punhos no infeliz inspetor.

– Bem feito! – exclamou Passepartout, que, permitindo-se um atroz jogo de palavras, bem digno de um francês, acrescentou: – Céus! Isto sim é o que podemos chamar de "um inglês bem aplicado"![1]

Fix, caído, não disse nada. Recebera apenas o que merecia. Mas imediatamente mister Fogg, mistress Aouda e Passepartout deixaram a alfândega. Jogaram-se dentro de um carro e, em alguns minutos, chegaram à estação de Liverpool.

Phileas Fogg perguntou se havia algum expresso pronto para partir até Londres...

Eram 14h40... O expresso havia partido trinta e cinco minutos antes.

Phileas Fogg pediu então um trem particular. Havia várias locomotivas de alta velocidade; mas, dadas as exigências do serviço, o trem não podia deixar a estação antes das três horas.

---

1. No original, "belle aplication de poings d'Angleterre!". Trata-se de um trocadilho entre os homófonos *poing*, "mão fechada, punho", e *point*, "ponto". *Point d'Angleterre* é o chamado "ponto inglês", um método de costura feito normalmente de tricô. (N.T.)

Às três horas, Phileas Fogg, após dizer algumas palavras ao maquinista sobre certa recompensa a ganhar, corria na direção de Londres em companhia da jovem mulher e de seu fiel criado.

Era preciso vencer em cinco horas e meia a distância que separa Liverpool de Londres – coisa muito factível quando a via está livre por todo o percurso.

Porém houve alguns atrasos forçados e, quando o *gentleman* chegou à estação, eram dez para as nove em todos os relógios de Londres.

Phileas Fogg, após ter cumprido a viagem ao redor do mundo, chegava ao seu destino com um atraso de cinco minutos...!

Ele havia perdido.

XXXV. No qual não é preciso repetir a Passepartout a ordem que seu patrão lhe dá

No dia seguinte, os habitantes da Savile Row teriam ficado muito surpresos se lhes tivessem afirmado que mister Fogg retornara a seu domicílio. Portas e janelas, tudo estava fechado. Nenhuma mudança se produzira no seu exterior.

Com efeito, após deixar a estação, Phileas Fogg dera a Passepartout a ordem de comprar algumas provisões e retornara a casa.

O *gentleman* havia recebido com sua impassibilidade habitual o golpe que lhe atingia. Arruinado! E por culpa deste inepto inspetor de polícia! Após ter marchado com confiança durante o longo percurso, após ter vencido mil obstáculos, desafiado mil perigos, tendo ainda encontrado tempo para fazer algum bem pelo caminho, morrer na praia frente a um fato brutal, que não podia prever, e contra o qual estava desarmado: isso era terrível! Da quantia considerável que levara consigo no início da viagem, não lhe restava senão um resto insignificante. Sua fortuna não se compunha de mais que vinte mil libras depositadas com os irmãos Baring, e essas vinte mil libras, ele as devia aos colegas do Reform Club. Após tantas despesas, a aposta certamente não o teria enriquecido, e é provável que não tivesse procurado enriquecer-se – sendo ele destes homens que apostam pela honra –, mas a aposta perdida o arruinava totalmente. Enfim, a decisão do *gentleman* já estava tomada. Ele sabia o que lhe restava fazer.

Um quarto da casa de Savile Row fora reservado à mistress Aouda. A jovem mulher estava desesperada. De algumas palavras pronunciadas por mister Fogg, ela compreendera que este ruminava algum projeto funesto.

Sabe-se, com efeito, a que deploráveis extremos se lançam às vezes os ingleses monômanos sob a pressão de uma ideia fixa. Também Passepartout, sem dar na vista, vigiava seu patrão.

Porém, antes de tudo, o bravo jovem subira ao seu quarto e apagara o bico de gás que queimara durante os últimos oitenta dias. Ele havia encontrado na caixa do correio uma conta da companhia de gás, e pensou que era mais que hora de quitar as dívidas por que era responsável.

A noite passou. Mister Fogg deitara-se, mas havia dormido? Quanto a mistress Aouda, não teve um só instante de repouso. Passepartout, este, passara a noite vigiando como um cachorro a porta de seu patrão.

No dia seguinte, mister Fogg chamou-o e recomendou-lhe em termos muito breves que se ocupasse do almoço de mistress Aouda. Para ele, ficaria satisfeito com uma xícara de chá e uma torrada. Mistress Aouda que o escusasse de acompanhá-la no almoço e na janta, pois todo o seu tempo estaria dedicado a pôr seus negócios em ordem. Não desceria. À noite, somente, pediria a mistress Aouda a permissão para conversar por alguns instantes.

Passepartout, tendo recebido a programação do dia, só tinha a se conformar. Ele observava seu patrão sempre impassível, e não conseguia se decidir a deixar o quarto. Seu coração estava pesado, sua consciência, atormentada por remorsos, pois culpava-se mais que nunca por este irreparável desastre. Sim! Se tivesse prevenido mister Fogg, se tivesse desvelado os projetos do agente Fix, mister Fogg certamente não teria levado o agente até Liverpool, e então...

Passepartout não pôde mais aguentar.

– Patrão! Monsieur Fogg! – exclamou. – Repreenda-me. Foi por minha causa que...

– Não acuso ninguém – respondeu Phileas Fogg com o tom muito calmo. – Vá.

Passepartout deixou o quarto e foi encontrar a jovem mulher, à qual revelou as intenções de seu patrão.

– Madame – disse ele –, não posso nada sozinho, nada! Não tenho nenhuma influência sobre meu patrão. A senhora, talvez...

– Que influência teria eu? – retrucou mistress Aouda. – Mister Fogg não sofre influência nenhuma! Percebeu ele que minha gratidão estava a ponto de se transformar? Leu ele alguma vez meu coração...? Meu amigo, é preciso não o deixar sozinho um só instante. Disse que ele manifestou a intenção de falar comigo à noite?

– Sim, madame. Trata-se sem dúvida de salvaguardar sua situação na Inglaterra.

– Esperemos – respondeu a jovem mulher, que ficou toda pensativa.

Assim, durante todo o domingo, a casa de Savile Row esteve como se fosse desabitada, e, pela primeira vez desde que vivia lá, Phileas Fogg não foi a seu clube quando soaram as onze e meia na torre do Parlamento.

E por que o *gentleman* teria comparecido ao Reform Club? Seus colegas não o esperavam mais lá. Já que na véspera, à noite, nessa data fatal do sábado de 21 de dezembro, às 20h45, Phileas Fogg não havia aparecido no salão do Reform Club, sua aposta estava perdida. Não era nem mesmo necessário que fosse até seu banqueiro para sacar esse valor de vinte mil libras. Seus adversários tinham nas mãos um cheque assinado por ele, e bastava um simples título ser lançado aos irmãos Baring para que as vinte mil libras lhes fossem creditadas.

Mister Fogg não tinha por que sair, e de fato não saiu. Permaneceu em seu quarto e cuidou de seus negócios. Passepartout não parava de subir e descer a escada da casa da Savile Row. As horas não passavam para este pobre jovem. Ele escutava à porta do quarto de seu patrão e, com isso, não pensava cometer a menor indiscrição! Observava pelo buraco da fechadura e se imaginava no direito de fazê-lo! Passepartout temia a todo instante alguma catástrofe. Às vezes, pensava em Fix, mas uma mudança ocorrera em seu íntimo. Ele não queria mal ao inspetor de polícia. Fix se enganara como todo mundo no que se referia a Phileas Fogg, e, ao segui-lo, ao prendê-lo, não fizera mais que seu dever, enquanto ele... Esse pensamento o oprimia, e ele se julgava o pior dos miseráveis.

Quando, enfim, Passepartout se encontrava muito infeliz sozinho, batia à porta de mistress Aouda, entrava em seu quarto, sentava-se em um canto, sem dizer palavra, e observava a jovem mulher, sempre pensativa.

Por volta das sete e meia da noite, mister Fogg mandou perguntar a mistress Aouda se ela poderia recebê-lo, e, alguns instantes depois, a jovem mulher e ele estavam a sós neste quarto.

Phileas Fogg pegou uma cadeira e sentou-se perto de uma chaminé, de frente para mistress Aouda. Seu rosto não refletia nenhuma emoção. O Fogg da volta era exatamente o Fogg da partida. Mesma calma, mesma impassibilidade.

214

Permaneceu sem falar durante cinco minutos. Depois, levantando os olhos para mistress Aouda, disse:

– Madame, perdoar-me-ás por tê-la trazido à Inglaterra?

– Eu, monsieur Fogg...! – respondeu mistress Aouda, comprimindo as batidas de seu coração.

– Permita-me concluir – retomou mister Fogg. – Quando tive a ideia de levá-la para longe daquela região, que se tornara tão perigosa para a senhora, era eu rico e pretendia colocar uma parte de minha fortuna à sua disposição. Sua existência teria sido feliz e livre. Agora, estou arruinado.

– Eu sei, monsieur Fogg – respondeu a jovem mulher –, e lhe perguntarei, de minha parte: perdoar-me-ás o senhor, por tê-lo seguido e... quem sabe... por ter talvez, ao atrasá-lo, contribuído para a sua ruína?

– Madame, a senhora não teria podido permanecer na Índia, e sua saúde somente estaria assegurada se se afastasse o suficiente para que os fanáticos não lhe pegassem novamente.

– Desse jeito, monsieur Fogg, não contente em salvar-me de uma morte terrível, ainda se sente na obrigação de garantir-me uma boa posição no estrangeiro?

– Sim, madame – respondeu Fogg –, mas os acontecimentos se voltaram contra mim. No entanto, do pouco que me resta, peço-lhe a permissão de colocá-lo à sua disposição.

– Mas, monsieur Fogg, que será do senhor? – perguntou mistress Aouda.

– Eu, madame – respondeu friamente o *gentleman* –, eu não preciso de nada.

– Mas como, monsieur, enfrentará o futuro que o espera?

– Como convém fazê-lo – respondeu mister Fogg.

– Em todo caso – retomou mistress Aouda –, a miséria não poderia atingir um homem tal como o senhor. Seus amigos...

– Não tenho amigos, madame.

– Seus parentes...

– Já não tenho parentes.

– Então lamento pelo senhor, monsieur Fogg, pois o isolamento é uma coisa triste. Deus! Nem um só coração para compartilhar suas dores. Dizem, no entanto, que a dois até a miséria é suportável!

– Dizem-no, madame.

– Monsieur Fogg – disse então mistress Aouda, que se levantara e estendera a mão ao *gentleman* –, quer o senhor, de uma vez só, um parente e uma amiga? Quer a mim como sua mulher?

Mister Fogg, ao ouvir estas palavras, levantara-se também. Tinha um reflexo incomum em seus olhos, um tremor nos lábios. Mistress Aouda o observava. A sinceridade, a retidão, a firmeza e a doçura deste belo olhar de uma nobre mulher que tudo ousa para salvar aquele a quem deve tudo inicialmente o surpreenderam, depois o penetraram. Ele fechou os olhos por um instante, como para evitar que o olhar penetrasse mais fundo... E quando os reabriu disse simplesmente:

– Eu a amo! Sim, na verdade, por tudo que há de mais sagrado no mundo, eu a amo, e sou todo seu!

– Ah...! – exclamou mistress Aouda, levando a mão ao coração.

Passepartout foi chamado e chegou imediatamente. Mister Fogg tinha ainda a sua mão na mão de mistress Aouda. Passepartout compreendeu, e seu largo rosto irradiou-se como o sol ao zênite nas regiões tropicais.

Mister Fogg lhe perguntou se não seria muito tarde para ir avisar o reverendo Samuel Wilson, da paróquia de Marylebone.

Passepartout sorriu com seu melhor sorriso.

– Nunca é muito tarde – disse.

Eram somente 20h05.

– Ficará para amanhã, segunda-feira! – disse mistress Aouda.

– Para amanhã, segunda? – perguntou mister Fogg olhando a jovem mulher.

– Para amanhã, segunda-feira! – respondeu mistress Aouda.

Passepartout saiu correndo.

XXXVI. No qual Phileas Fogg domina novamente o mercado

É hora de dizer aqui que mudança brusca de opinião se produzira no Reino Unido quando ficaram sabendo da prisão do verdadeiro ladrão do banco – um certo James Strand –, que ocorrera no dia 17 de dezembro, em Edimburgo.

Três dias antes, Phileas Fogg era um criminoso que a polícia perseguia à exaustão, e agora era o mais honesto *gentleman*, que cumpria matematicamente sua excêntrica viagem ao redor do mundo.

Que efeito, que bulício nos jornais! Todos os apostadores, a favor ou contra, que já tinham se esquecido desse caso, ressuscitaram como por magia. Todas as transações voltavam a ser válidas. Todos os compromissos voltavam à vida, e, é preciso dizer, as apostas ressurgiram com uma nova energia. O nome de Phileas Fogg dominou novamente o mercado.

Os cinco colegas do *gentleman* no Reform Club passaram esses três dias com uma certa inquietude. Esse Phileas Fogg, de quem já haviam se esquecido, aparecia novamente na sua frente! Onde estava ele nesse momento? No dia 17 de dezembro – o dia em que James Strand fora preso –, fazia setenta e sete dias que Phileas Fogg havia partido, e nem uma só notícia dele! Haveria sucumbido? Renunciado à luta, ou continuava sua marcha conforme o itinerário convencionado? E no sábado, 21 de dezembro, às 20h45, iria ele reaparecer, como o deus da exatidão, na porta do salão do Reform Club?

É preciso renunciar à imagem da ansiedade na qual, durante três dias, viveu todo o mundo da sociedade inglesa. Lançaram despachos à América, à Ásia, para ter notícias de Phileas Fogg! Enviaram noite e dia observadores para a casa da Savile Row... e nada. A própria polícia já não sabia o que havia acontecido com o detetive Fix, que tão desastradamente se lançara atrás de uma falsa pista. O que não impediu as apostas de recomeçarem em uma ainda mais vasta escala. Phileas Fogg, como um cavalo de corrida, chegava à última curva. Não o cotavam mais às centenas, mas em pacotes de vinte, dez, cinco, e o velho paralítico, lorde Albermale, este, ao um para um.

Assim, no sábado à noite, havia uma multidão na Pall Mall e nas ruas vizinhas. Dir-se-ia uma imensa aglomeração de corretores, estabelecidos permanentemente nos arredores do Reform Club. A circulação estava bloqueada. Discutia-se, disputava-se, apregoavam os "Phileas Fogg" como se fossem fundos ingleses. Os policiais tinham muita dificuldade para conter os populares, e, à medida que se aproximava a hora em que devia chegar Phileas Fogg, a emoção ganhava contornos surpreendentes.

Nessa noite, os cinco colegas do *gentleman* estavam reunidos desde as nove da manhã no grande salão do Reform Club. Os dois banqueiros, John Sullivan e Samuel Fallentin, o engenheiro Andrew Stuart, Gauthier Ralph, o administrador do Banco da Inglaterra, o cervejeiro Thomas Flanagan, todos esperavam com ansiedade.

No momento em que o relógio do grande salão marcou 20h25, Andrew Stuart, levantando-se, disse:

– Senhores, em vinte minutos o prazo convencionado entre mister Phileas Fogg e nós estará expirado.

– A que horas chegou o último trem de Liverpool? – perguntou Thomas Flanagan.

– Às 19h23 – respondeu Gauthier Ralph –, e o trem seguinte chegará somente à 0h10.

– Bem, senhores – retomou Andrew Stuart –, se Phileas Fogg tivesse chegado no trem das 19h23, já estaria aqui. Podemos considerar a aposta como ganha.

– Esperemos, não nos precipitemos – respondeu Samuel Fallentin. – Sabem que nosso colega é um excêntrico de primeira ordem. Sua exatidão em tudo é bem conhecida. Nunca chega nem tarde nem cedo, e, caso apareça aqui no último minuto, não ficarei nem um pouco surpreso.

– E eu – disse Andrew Stuart, que estava, como sempre, muito nervoso –, eu o veria e não poderia acreditar.

– Com efeito – retomou Thomas Flanagan –, o projeto de Phileas Fogg era insensato. Qualquer que fosse sua própria pontualidade, ele não poderia impedir atrasos inevitáveis, e um atraso de apenas dois ou três dias bastaria para comprometer sua viagem.

– Lembrem-se, ainda – acrescentou John Sullivan –, que não recebemos nenhuma notícia de nosso colega, e, no entanto, não faltam cabos telegráficos em seu itinerário.

– Ele perdeu, senhores – retomou Andrew Stuart –, mil vezes perdeu! Sabem, ainda, que o *China*, o único paquete de Nova York que ele poderia tomar para chegar a tempo, chegou ontem. Ora, aqui está a lista de passageiros publicada pela *Shipping Gazette*, e o nome de Phileas Fogg não figura entre eles. Admitindo as chances mais favoráveis, nosso colega estará em breve na América! Estimo em vinte dias, ao menos, o atraso que ele sofrerá, e o velho lorde Albermale perderá suas cinco mil libras!

– É evidente – respondeu Gauthier Ralph –, e amanhã só teremos que apresentar aos irmãos Baring o cheque de mister Fogg.

Neste momento, o relógio do salão mostrava 20h40.

– Mais cinco minutos – disse Andrew Stuart.

Os cinco colegas se entreolhavam. Pode-se imaginar que os batimentos dos seus corações haviam sofrido uma leve aceleração, pois, afinal, mesmo para bons jogadores, a aposta era enorme! Mas não queriam deixar transparecer, pois, após o convite de Samuel Fallentin, sentaram-se a uma mesa de jogo.

– Não daria minha parte de quatro mil libras da aposta – disse Andrew Stuart, sentando-se – nem mesmo se me oferecessem três mil, novecentas e noventa e nove!

O ponteiro marcava, nesse momento, 20h42.

Os jogadores haviam pegado as suas cartas, mas a cada instante seus olhares se fixavam no relógio. Pode-se apenas afirmar que, qualquer que fosse a segurança deles, jamais os minutos lhes haviam parecido tão longos!

– São 20h43 – disse Thomas Flanagan, cortando o baralho que lhe apresentava Gauthier Ralph.

Depois se fez um momento de silêncio. O vasto salão do clube estava tranquilo. Mas, do lado de fora, ouvia-se a confusão da multidão, que lançava por vezes gritos agudos. O pêndulo do relógio batia os segundos com uma regularidade matemática. Cada jogador podia contar as divisões sexagesimais que chegavam aos seus ouvidos.

– São 20h44! – disse John Sullivan, com uma voz em que se percebia uma emoção involuntária.

Não mais que um minuto e a aposta estaria ganha. Andrew Stuart e seus colegas já não jogavam. Haviam abandonado as cartas! Eles contavam os segundos!

Ao quadragésimo segundo, nada. Ao quinquagésimo, nada ainda!

Ao quinquagésimo quinto, ouviram uma espécie de trovão lá fora, aplausos, hurras, e mesmo imprecações, que se propagaram em ondas contínuas.

Os jogadores se levantaram.

Ao quinquagésimo sétimo segundo, a porta do salão se abriu, e o pêndulo não havia batido o sexagésimo segundo quando Phileas Fogg apareceu, seguido por uma multidão em delírio que havia forçado a entrada no clube, e com sua voz calma, disse:

– Eis-me aqui, senhores!

XXXVII. No qual fica provado que Phileas Fogg nada ganhou ao dar a volta ao mundo senão a felicidade

Sim! Phileas Fogg em pessoa.

Devemos nos lembrar de que, às 20h05 – cerca de vinte e três horas após a chegada dos passageiros em Londres –, Passepartout fora encarregado por seu patrão de ir avisar o reverendo Samuel Wilson a respeito de certo casamento que deveria ser concluído no dia seguinte mesmo.

Passepartout então partira, encantado. Seguiu com um passo rápido até a residência do reverendo Samuel Wilson, que ainda não havia voltado para casa. Naturalmente, Passepartout esperou, mas esperou vinte bons minutos pelo menos.

Em suma, eram 20h35 quando saiu da casa do reverendo. Mas em que estado! Os cabelos desarrumados, sem chapéu, correndo, correndo, como não se tem memória de se ter visto alguém correr, derrubando os transeuntes, precipitando-se como uma tromba d'água sobre as calçadas!

Em três minutos, estava de volta à casa de Savile Row, e caía, sem fôlego, no quarto de mister Fogg.

Não conseguia falar.

– Que há? – perguntou mister Fogg.

– Patrão... – balbuciou Passepartout... – casamento... impossível.

– Impossível?

– Impossível... para amanhã.

– Por quê?

– Porque amanhã... é domingo!

– Segunda – respondeu mister Fogg.

– Não... hoje... sábado.

– Sábado? Impossível!

– Sim, sim, sim, sim! – exclamou Passepartout. – O senhor se enganou em um dia! Chegamos vinte e quatro horas antes... mas restam apenas dez minutos...!

Passepartout havia pegado seu patrão pelo colarinho e o conduzia com uma força irresistível!

Phileas Fogg, assim arrastado, sem ter tempo de refletir, deixou seu quarto, deixou sua casa, pulou em um táxi, prometeu cem libras ao motorista e, após atropelar dois cachorros e bater em cinco carros, chegou ao Reform Club.

O relógio ia marcar 20h45 quando ele apareceu no salão...

Phileas Fogg havia cumprido a volta ao mundo em oitenta dias...!

Phileas Fogg havia ganhado sua aposta de vinte mil libras!

E, então, como um homem tão exato, tão meticuloso pudera cometer um erro de dia? Como acreditava ser sábado à noite, 21 de dezembro, quando desembarcou em Londres, se era somente sexta, 20 de dezembro, setenta e nove dias apenas depois de sua partida?

Eis aqui a razão desse erro. Ela é muito simples.

Phileas Fogg havia, "sem nem suspeitar", ganhado um dia em relação a seu itinerário – e isso unicamente porque dera a volta ao mundo indo em direção ao leste, e ele teria, ao contrário, perdido esse dia se tivesse ido no sentido inverso, ou seja, ao oeste.

Com efeito, indo para o leste, Phileas Fogg seguia a direção do sol, e, consequentemente, os dias diminuíam para ele em quatro minutos a cada grau que percorria nessa direção. Ora, contam-se trezentos e sessenta graus na circunferência terrestre, e esses trezentos e sessenta graus, multiplicados por quatro minutos, dão precisamente vinte e quatro horas – daí o dia inconscientemente conquistado. Em outros termos, enquanto Phileas Fogg marchava em direção ao leste, e via o sol passar oitenta vezes pelo meridiano, seus colegas que ficaram em Londres viram-no passar apenas setenta e nove vezes. É por isso que, nesse mesmo dia, que era sábado e não domingo como acreditava mister Fogg, eles o esperavam no salão do Reform Club.

E é isso que o famoso relógio de Passepartout – que havia conservado a hora de Londres – teria constatado se, assim como os minutos e as horas, marcasse também os dias!

Phileas Fogg ganhara, assim, as vinte mil libras. Porém, como havia gastado na viagem dezenove mil, o resultado pecuniário era medíocre. Todavia, já disseram, o excêntrico *gentleman* havia procurado, com essa aposta, resolver uma disputa, e não fazer fortuna. E mesmo as mil libras restantes, ele as dividiu entre o honesto Passepartout e o desafortunado Fix, ao qual era incapaz de querer mal. Somente, e por uma questão de princípios, reteve de seu criado o valor das mil, novecentas e vinte horas de gás que tinham sido gastas por sua culpa.

Nessa mesma noite, mister Fogg, tão impassível, tão fleumático, dizia a mistress Aouda:

– O casamento ainda lhe convém, madame?

– Monsieur Fogg – respondeu mistress Aouda –, sou eu que devo lhe fazer essa pergunta. O senhor estava arruinado, e agora está rico...

– Perdoe-me, madame, esta fortuna lhe pertence. Se não lhe tivesse ocorrido a ideia do casamento, meu criado não teria ido até o reverendo Samuel Wilson, eu não teria sido avisado do meu erro, e...

– Caro senhor Fogg... – disse a jovem mulher.

– Cara Aouda... – respondeu Phileas Fogg.

Compreende-se que o casamento tenha ocorrido quarenta e oito horas mais tarde, e Passepartout, soberbo, resplandecente, ofuscante, figurou como testemunha da jovem mulher. Não a havia salvado, e não lhe deviam essa honra?

Contudo, no dia seguinte, ao amanhecer, Passepartout batia ruidosamente na porta de seu patrão.

A porta se abriu e o impassível *gentleman* apareceu.

– Que há, Passepartout?

– O que há, monsieur... é que acabo de descobrir, agora mesmo...

– O quê?

– Que poderíamos ter dado a volta ao mundo em setenta e oito dias apenas.

– Sem dúvida – respondeu mister Fogg –, se não tivéssemos atravessado a Índia. Mas, se eu não tivesse atravessado a Índia, não teria salvado mistress Aouda, ela não seria minha mulher, e...

E mister Fogg fechou tranquilamente a porta.

Assim, portanto, Phileas Fogg havia ganhado sua aposta. Completara em oitenta dias a viagem ao redor do mundo! Empregara, para fazê-lo, todos os meios de transporte, paquetes, estradas de ferro, carros, iates, navios mercantes, trenós, elefantes. O excêntrico *gentleman* servira-se de suas maravilhosas qualidades de sangue-frio e pontualidade. Mas e depois? Que ganhara nesse percurso? Que lucrara com essa viagem?

Nada, diriam? Pois bem, nada, a não ser uma mulher encantadora que – por mais inverossímil que possa parecer – tornou-o o mais feliz dos homens!

Na verdade, não daríamos nós, por menos que isso, a volta ao mundo?

Este livro foi impresso pela Gráfica Rettec
em fonte Minion Pro sobre papel Ivory Slim 58 g/m²
para a Via Leitura no verão de 2025.